兜行千里

沿着长江上高原

长江出版社
CHANGJIANG PRESS

龙寿宏 著

引 子

亲爱的母亲：

这一次，我又要远行了：从长江入海口到青藏高原上的长江源头。

因为您当年从西安调到武汉和父亲团聚，所以，我有幸出生在有一条宽阔的大河穿城而过的武汉。您也常说，世界上有大河穿城而过的城市并不多，而武汉却拥有两条：一条长江，一条长江最大的支流汉水。

在长江边生活半个多世纪，看到的长江总是片段，身为画家的您也曾希望有朝一日能将它从头到尾走一趟。而当我遇到一个拍摄纪录长江全程的机会时，您已年逾八旬了。

我这一生有无数次的出发，但这一次的告别却有着从未有过的艰难。

多少年来，我疯狂地爱上去远方的大路，拎起行囊道一声："我去西藏了!"或"我去南极了!""我去非洲了!"头也不回便出了家门，一心直奔目的地。

直到有一天，离开院子走了很远，忽然漫不经心地回过头的时候，发现年迈的姥姥、两鬓染霜的您和父亲仍然伫立在阳台上，望着我。

原来，每次出远门的时候，你们都是这样久久地凝视着我的背影，只是因为我从不回头，所以从不知道。我还不知道，即便我度完周末离家去江对岸的报社上班的时候，你们同样在阳台上目送着我的离去。

我回头的那一天，第一次向你们扬起了手。我永远记得你们的笑容。

一年又一年过去了，站在阳台上的亲人一个个离我而去，只剩下妈妈您，以不变的柔情站在那里。

1989 年，刚满 30 岁的我骑单车穿越中国，那时通信手段尚很落后，您将一封封家书提前寄到我将到达的地方，好让我每次抵达一个陌生的城镇时，都会收到家的问候：父亲要办画展了，您要出画册了，小黑生了5只小猫，阳台上的葡萄结果了……它温暖了我一程又一程。而且自那以后，每次风尘仆仆地从远方归来时，我的背囊里总装有一摞您写给我的沉甸甸的家书。

儿行千里母担忧。

行走了大半生，渐渐年长的我希望陪您的时间多一点再多一点。所以，这次面对曾经梦想过多年的行走长江，却产生了从未有过的纠结。

再过两天我就满56岁，您理解我能远行的年龄也不多了，更不愿我因为您放弃这一生可能只有这一次的长江行。先生齐伟为了不让您为我的安全操心，年过六旬的他也收拾好摄影装备和我一起出发。

母亲，这次的行旅时间不会短，每走完一程，我们会返回武汉休整一段时间，这样就不会把分别拉得很长。再说现在通讯联络已经非常便捷，在路上除了时常给您打电话报平安，我还会将路上的经历写给您，就像当年您为我做的那样。

这些文字也会是留给未来的，如果人们想知道长江的故事曾是怎样的，可以读读我写给您的长信。没有比写信更真实的文字了。

您说我们走后的日子，将全身心完成给每位家庭成员的油画肖像，这将是您晚年留给家人的礼物，而我能给您最好的礼物就是代您从头至尾体验一条大江，然后平平安安回家。

家里的豆豆寄放在妹妹春雨家，那儿还有几只小猫与它做伴，我很放心。只是豆豆已是老猫了，将离开那么久，也有些不舍。

长江全长约6300公里，每走完一程便会离家近一程。您如果思念我，就这样想好了。

家中有什么大事，一定要及时给我打电话，纵有千山万水，我都会赶回来的。

保重！

女儿　春歌

2015年4月20日

目　录

从长江入海口的崇明岛向东望去，江海一色。

一条大河从海拔 4000 米以上的青藏高原，来到海拔仅有 4 米的崇明岛与
东海会面，没有想象中的汹涌澎湃，却是一派波澜不惊。

此刻的长江宛若人生，在万里迢迢的奔流中褪去了孩童的天真稚嫩、少年
的鲁莽顽皮，伸出一双成熟的大手和大海相握，从容淡定地完成了它的成年礼。

来到崇明岛之前，也曾踌躇满志地构想从这里启程的仪式，领略了大江大海平和从容的相逢，当我们在岸边一块刻有"崇明岛"三个大字的地标石前架好摄影像机，忽然发现没有比这寻常的开始更隆重的仪式了。

第一位被摄入镜头的人，竟然也是一位远行客。

他是来自河南省洛阳市的一位退休职工，从黄河一路骑行而来。在崇明岛的这块地标石面前，他取出一幅绘有旅行线路图的红绸在阳光下展开，立马被人团团围住。

这一刻，我仿佛看见了曾在路上长途骑行的自己。

早在 1989 年骑单车穿越中国的时候，如我这类的行者尚寥寥无几，路上经常被围观、一再追问，山高路远为何不坐火车、不乘飞机。而齐伟从海南骑行西藏，许多路人也好奇一个人为什么万里迢迢只为实现少年梦。

如今，就连深山村寨的老太太都知道啥叫驴友了，所以，洛阳的这位骑行客被旁人围起来后，谈论的主题已成为交流旅行经历。

崇明岛专门修建有 200 公里高水准的环岛绿道，更有多条风光秀美的骑行线路遍布全岛，被誉为"骑行者的天堂"。若不是拍摄任务在身，我俩也好想在街头租辆绿色的单车来一趟环岛行，重返当年驰骋中国的不羁青春。

偶读崇明岛县志，我了解到长江入海处远非第一眼见到的温和平静。

当地人和我的家乡武汉一样，在享受江水恩泽的同时也承受洪水肆虐的苦痛，而台风、海潮的叠加，往往让崇明岛的灾难更加惨重。仅 1297 到 1341 年的短短 40 余年，岛上就遭受了 4 次大潮灾，遇难者最多时超过 5 万人之众。

正如张之洞在武汉率众治水留下张公堤的美誉，岛上也留下了"刘公堤""赵公堤""陈公坝"等诸多防汛遗迹。有位叫黄传祁的知县，苦于筑堤巨大的工程经费，几度上书，却总是泥牛入海无消息。情急之下，他得知两江总督将在吴淞口阅兵，乘船渡江赶往现场，不惧冒着犯上的风险闪现在总督面前力陈治灾的当务之急，终于盼来朝廷调拨的官银，坚固的石筑海埂工程得以实施。

而古代百姓万众一心踊跃筑堤，和水患风灾肉身相搏，更是崇明岛屡遭重创却未变成荒岛的主要原因。

在崇明岛地标石的背面镌刻着一篇今人所书的《崇明海塘碑记》，可惜洋洋洒洒五六百字的碑文，对当年那些防汛史绩，仅以"海塘工程总时兴时废，水利建设仍若有若无"一句，轻轻带过了。

我常常讲，所有的人生都写在脸上的。齐伟笑我这话带点麻衣相士的味道。

见到安静地坐在海埂上望江观海的一位老先生，我凭职业的直觉认为他

应是一个有故事的人。上前搭讪，果然。

年过八旬的他从衣袋里掏出一本驾驶证，领证时间竟是 1950 年，显然它是新中国最早的驾照之一。老先生开车的经历更加传奇，早在 20 世纪 40 年代就在崇明岛的乡镇间跑客运了，而且开的是自家从上海购进的一台福特牌汽车。当年岛上能通公路的地方也只有二三个乡镇。

我好奇地问那台老福特烧汽油还是柴油，他说烧柴。见我没懂他的意思，特意指指身后的树林子。原来，老福特是台蒸汽车，靠司炉沿途往炉膛投放木柴作动力。如果动力不足时，乘客还得帮助推车前进。

想象着那台装着炉子堆放木头的福特，在乡间小路上喷着浓烟前行的画面，感觉在听一个天方夜谭似的故事。

正待深入发问，老人家要回家吃饭了，便约下午到他家继续聊聊崇明岛的往事。有旁听的悄声提醒他，会不会有人骗钞票。也有的说，看面相不像，给人家讲讲崇明岛的老故事，再不记下来就没人知道了。

午后，老先生和夫人开门接待了我们，齐伟精心地为老夫妇拍了数幅家庭肖像。遗憾的是二老的崇明方言浓郁，讲述的许多细节听不太懂，又约好第二天请他唤回女儿作"翻译"。

第二天，带着在岛上的彩扩店特意为老夫妇冲洗放大的几张照片登门。一位中年女子在窗口冷冷地回应说二老不在家。失望之余仍想把照片留给老先生，他忽然从女子的身后露出头来，脸庞因激动而涨得通红：你们离开！我不要照片！

我俩顿时懵住了，连连解释不收费，只是送给二老作个纪念。他不听。小区的邻居也纷纷投来警惕的目光，怀疑老人遭遇某个陷阱。照片拍得这么好，不留下太可惜了，所以我们还是说服了邻居将装照片的纸袋转给二老。

中午坐在餐馆里，齐伟揶揄说，你不是讲人生都写在脸上吗，怎么没看出这个结果。我俩郁闷地要了一壶花雕老酒，你一杯我一杯，聊起过去已聊过无数遍的那些古道热肠的故事。

他说，那年独自骑辆摩托去内蒙古草原拍片，远远地见了一个蒙古包就跑了去，刚坐下，人家就把热腾腾的奶茶端上来，坐了没一会儿，发现主人家的儿子不见了，主人说因有远客来，他骑马去了镇上买酒。问镇有多远，主人说不远，20来里。主人的儿子回来了，咚地往地上搁下一箱"草原白"。那个草原之夜啊，大家醉得话不成句。

我讲，那年下着雨去湖北武当山脚下的一个村子采风，走进一位家徒四壁的乡村老歌手家里，见我满手满脚的泥巴，老人端了一盆清水，转身又趴在墙角黑漆漆的大木柜里不停地翻啊翻啊，递给我一条多年舍不得用的新毛巾，又从鸡窝里摸出一个热乎乎的鸡蛋。

唉，人与人的信任之墙今天为何出现了裂隙？

写到这里，母亲可能会为我俩遭到人们误解而难过，我要继续说的是，黄昏来临的时候，峰回路转。在海埝上邂逅了挽手而行的吴老先生夫妇，他俩主动邀请我们去家里做客。

生于崇明岛后来在南京某大学任教的吴先生，与在岛上担任小学教师的夫人多年分居两地。

崇明岛在上海长江大桥开通之前，千百年来都是一座四面环水的孤岛，唯有水路与外界相通。岛上流传一个"浪搭桥"的传说：有一个新娘苦于要嫁到外地，却因风大浪高出不了岛，浪花得知新娘的苦楚便搭起桥来，将她送了出去。

传说毕竟是传说。吴先生夫妇每每乘船到彼此居住的地方相聚时，经常会因台风来临轮渡停航而推后或取消。

有一天，吴先生看见高校的林荫道上结伴散步的夫妻们，忽觉自己欠妻子太多，执意从省城调回崇明岛工作，从此他和夫人出门都会挽着手，把多年的离别之情都补起来。

当我们给二老拍合影时，年过八旬的吴老先生和她满头银丝的夫人，从里屋抬出一对斑驳的老红木椅说，这是当年结婚时买的，我俩就坐在这儿吧。

离开崇明岛的清晨，去江海交汇处的海埝补拍几个镜头，忽然发现岸边一长溜橘红色的栏柱，都被人用墨水笔涂鸦，不由心生不快。走近细看，每一根栏柱写有一句话，接下来的发现让我惊呆了：将所有栏柱上的文字连起来读，竟是一封情书。

这是一个男孩写给一个崇明岛女孩的，他俩曾在这里相爱。男孩来到当初山盟海誓的地方，用这种特别的方式留下心语。他在最后一根栏柱上写道：如果错过就错过了，再见。下面留有三个拼音字母，可能是男孩名字拼音的缩写。

仔细看了留下的日期，就在昨日。

长堤空荡荡，江海安静如初。我多么盼望这些涂鸦能长久地留在这里，留到那个女孩子恰好来到，恰巧看见。可是，晨光里走来一位拿着扫帚和抹布的女清洁工。我跑上前去请求她暂时不要把这封特别的情书抹去，她仔细看了看栏柱微笑道，好吧，我先去扫地。

当我们的越野车启动之时，但见已经扫完地的女工斜倚在洒满阳光的栏柱，耐心地等待着一个奇迹。

这都是崇明岛留给我的故事，既非波澜壮阔也不惊心动魄。

然而，无滴水何以成江河。

和黄河不同，长江在注入东海的最后一段流程，生长着一座特大城市上海，它仿佛是长江送给大海的一份大礼。

外来游客大都喜欢站在黄浦江的西岸眺望浦东，那里耸立着中国最壮观的摩天大楼队阵，也是被形容为"街上流淌着银子"的金融帝国。

我却愿意在浦东远眺外滩这边的老上海，20 世纪 90 年代初，我被报社派驻上海，曾在老城生活三年之久。因此，上海对我来说，是生煎小包、白兰花、红房子、南京路，当然还有我经历的上海的故事。

不用说，南京路大概是我来的次数最多的地方。那几年，每当武汉有同事或朋友来，自然要带着从头至尾逛一趟最繁华的南京路，走得次数太多了，曾暗暗叫苦。如今故地重游，感觉从未有过的亲切。

在街头新建的景观中，一组"南京路上好八连"的群雕让我不由停住了脚步。

有一部以"南京路上好八连"为原型的电影《霓虹灯下的哨兵》，20 世纪 60 年代家喻户晓。邻居马叔叔还在影片中扮演过扔掉打补丁袜子的三排排长陈喜。

当年我初到上海，曾专程去寻访"南京路上好八连"。

沿着长江上高原

记得到了和南京路一墙之隔的"好八连"驻地，才发现这座老式的红砖小院驻着武警上海总队的一个中队，原来他们接手了"好八连"在南京路的执勤巡逻任务，被称作"霓虹灯下新哨兵"。

进门就看见一溜已磨破后跟的橄榄绿胶鞋整齐地晾在晒台上，好像晾着一排不合时宜的"文物"。营区的食堂也不见餐厅常设的泔水桶，因为官兵用餐不剩一颗米粒和一片菜叶。尽管南京路有着上海最绚烂的霓虹灯，但营区的每个开关下面都贴有一张醒目的"节约用电"的告示。

1949 年的一个黎明，为了不惊扰尚在睡梦之中的市民，解放军进城部队的战士抱着枪支露宿街头的故事，在这里衍生出新的章节。

中队指导员告诉我，有天清晨，队伍像往常那样喊着响亮的口号出操，发现居民楼的窗口有位老人探出头来，面带睡意地示意轻声，他们这才顿悟到，在闹市区喊口令影响市民休息，便果断取消了出早操喊口令的老规矩。

距那次寻访已过去 20 年。媒体报道说，今天的老营区已配上了彩电、空调，鞋袜"新三年、旧三年，缝缝补补又三年"亦成历史，战士们执勤时遇到外国游客还能使用娴熟的英语……而每月的 20 号仍是连队的为民服务日。有位上海老市民，10 多年来每到这一天，都会搭乘早晨第一班地铁准时出现，不是为了免费理发，就为享受和"好八连"在一起。

看来，霓虹灯下的故事仍常说常新。它也使我眼前的这组"好八连"群雕成为有温度的雕塑。

再次走过年逾百年的外白渡桥，已不见在桥上卖茶叶蛋的阿婆，但我始终记得在沪上的寒冬，一只滚烫的散放清香的茶叶蛋合在掌心的感受。

眼前的外白渡桥上，一对对情侣或身披洁白的婚纱或身着优雅的旗袍，拍摄温馨浪漫的婚纱照。我忽然想起当年在上海采访过的一个年仅 9 岁的湖北女孩，她如今应是一位披过婚纱的年轻母亲了吧。

这位女孩名叫吴青，从出生的那天起，她的心脏就长在胸腔之外，仅隔着一层薄薄的皮肤跳动着，一旦遭到碰撞，心跳节奏就会改变导致骤停。这样的病例，全世界仅发现 44 例。父母为她缝制了一只布袋，包裹着那颗随时与生命攸关的心脏，她终日只能眼巴巴地望着同伴们玩耍，不能奔跑、跳绳，每走一步都揪着父母的心。

年过八旬的著名上海整复外科专家张涤生先生得知小吴青的病况后，冒着巨大的风险邀请她到上海动手术。小吴青从湖北的一个乡镇来沪之后，上海市民通过广播电台了解到她家的经济困境，在极短的时间内为她捐赠了手术的所有费用。

那是 1996 年，上海多年不遇的一个寒春。我追踪了整个手术过程，也亲眼见证了这座城市踊跃捐款的热情。

一位患有腿疾的七旬老人拄着拐杖赶到医院，将 500 元塞入吴青父母的

手中，并婉拒了我给他拍照。他说，同饮一江水，表示这点心意是应当的。上海针织九厂女职工周雅琴，一大早冒着寒风赶到电台，送来1000元的捐款，她觉得自己最困难的时候曾得到工厂和社会上的帮助，今天她要把这份人间温情转给小吴青。还有一位叫陈洁的小女孩担心吴青住院寂寞，在妈妈的陪同下送来一本童话故事书，和她头挨头地说着小姑娘家的悄悄话。

在小吴青住进上海市第九医院的10天里，院长亲自主持了3次全院大会诊，各路专家们对这例国内首例、世界罕见的病例进行了反复的研究，以选择最安全、有效、可靠，也是最复杂的"自体移植修复"手术方案。

因天长日久，小吴青的心脏已与皮肤完全粘连在一起，手术刀稍有偏差即会损伤心脏。长达1个多小时的剥离中，手术刀犹如缓慢地行走在一条细如银丝的生命线上，接着又从她的骨盆取下一块椭圆形的髂骨为她的心脏筑"屋"。历时6个多小时的手术结束，这颗9年来危若累卵的心脏终于有了平安的保障。

术后第二天，到医院捐款捐物或来看望这位湖北小女孩的上海市民仍然络绎不绝。一位阿婆气喘吁吁地从包裹中取出 3 件新衣让转交给小吴青的父母，担心气温转暖后他们来不及给吴青添春装，临走不肯留下姓名，却又留下一个红包。

吴青的父母对来采访的记者们激动地感慨道：我要告诉孩子，是上海人民给了她第二次生命，她长大之后要用爱加倍回报祖国！

让上海市民同样感动的是，全家人离开上海之前，当医院将术后剩余的 2 万多元捐款交给他们时，他们以吴青的名义全部转赠给了上海慈善基金会。

小吴青出院回到湖北不久，我曾到她的家乡回访，小吴青从院门外蹦跳地跑来告诉我，她再也不怕摔跤了，而且马上就去跟小伙伴们学骑自行车！她的父母也高兴地讲，孩子的身体恢复得非常好。

记得在那次回访的 10 年之后，有一天接到一个电话，竟是吴青打来的，告诉说正就读大学的动漫专业，个子已长到了一米七〇，给她动手术的上海医院每年都会邀请她赴沪检查身体，她也会借这个机会看望被称为"中国整复外科之父"的张涤生爷爷。

今天在外白渡桥想起小吴青，算起来她今年该满 28 岁了，不知道如今生活在何处，而桥上与我擦肩而过的人群中，没准就有当年为这个湖北女孩伸出援手的市民。

街上有阿婆在卖白兰花，花瓣玉白，暗香盈路，从前遇到总是会买上两对，我禁不住快步向它走去。那是熟悉的上海味道，多年来未曾忘记。我依旧买了两对，一对别在胸襟，一对留在了桥栏，留给了上海。

第三章

日出东海 // 和早霞一起到来的赶海人 // 长江入海纪念碑 // 田野里，我以为看见了童话中的城堡 // 听不到渔家号子的吕四港

凌晨四点，就从启东市寅阳镇的一个旅馆醒来了。

两个小时后将日出东海，我俩要赶往一个叫圆陀角的村落拍摄海上日出的景色。

驾着车赶到圆陀角村的海滩，天和海仍沉睡着。耐心等到东方泛鱼肚白，赶海的人陆续到了，他们合力扛着渔具缓缓地走向大海，太阳似被搅醒，在与海床再次缠绵之后，终于一跃而起，万丈光芒尽情地洒向天地。那一霎间，感觉所有的等待都是值得的。

随着太阳越升越高，退潮的海水让出的滩涂也越来越大，三五成群采泥螺的人，各手持一根绑着塑料网兜的长竿，探雷似的在浅水里四处游走。

长江上游带来的泥沙在这一带沉积形成的滩涂，蕴藏了丰富的贝类、虾蟹资源。但此地长达几十公里的滩涂已被人承包了，海埂上树立着一个告示牌：严禁私自下海捕捞，违规者将严肃查处。

当我担心会有人来驱赶采螺者时，他们笑起来说，就是承包的老板喊来采螺的，采集的黄泥螺全部由他收购，而且当场给现钞，每人每天可挣到100多元。

采螺人来自附近的村庄，年龄都在50开外，家里的土地转租给种田大户，所以平日也闲，一旦天气晴好，就有人打手机通知来采螺。这些上了年龄留守在家的村民，在家门口既能赚到钱，又能享受久违的集体劳动的快乐，所以唯恐漏掉采螺的机会。

　　到了午后一点多，村民们仍守着自己满满一桶的泥螺，顾不上吃午饭，眼巴巴地等待人来收螺。趁这个功夫跟他们聊起来。他们说从前海滩上的黄泥螺可以随便采的，将螺用盐腌了，是村民佐酒下饭的一道美味，市场上也只卖几毛钱一斤。江海岸线的滩涂被承包后，就不能随意来采了，泥螺也涨到十几元一斤，被加工后卖到外地又涨到几十甚至上百元。

　　正说着，收购泥螺的小货车缓缓开来了，大家一拥而上，不一会儿就用满是海泥的手点起了钞票。

　　听说圆陀村有座"长江入海纪念碑"建在附近的一个旅游度假区内，我们便找去了。到了那儿才发现此地已杂草丛生，那座众人传说中的"长江入海纪念碑"实际是座"江堤达标工程纪念碑"，只是碑廊镌刻了"万里长江到此入海"八个字。

见到"万里长江到此入海"的题款署名为毛泽东，我俩面面相觑，碑的建造时间是 1998 年，老人家 1976 年就去世了，也从未听说他为圆陀角题过字。可是字体又酷似他的书法风格，便又揣测会不会是早年就写好的。恰好走来两个当地人，赶紧问起题字的由来，对方笑道，说是毛主席写的也不为错，这八个字都是从他的书法里挑出来的。

站在荒凉的海埂，眼前只有无边的滩涂，根本见不到长江入海的影子。杂草簇拥的观景楼、缄默无语的巨型雕像和干涸见底的观景池，以及遍地残砖断瓦，暗示了这个度假区昔日的规模，不知为何残败如此。想再问两位当地人，我刚开口他们就挥手作别。

沿着空寂无人的海滨公路行驶，忽见海边广袤的农田里冒出一大片巍峨的欧式建筑群，由于它的四周过于空旷，使人产生一种贸然闯入神话古堡的幻觉，齐伟笑道：或许还有一位睡美人正待咱们唤醒呢。

没有遇到任何盘问，车就顺当地进了大门，驶上一条两边栽满奇花异草的景观大道，时有一座座古希腊风格的雕塑和喷泉池扑面而来，仿佛骤然间驶入了欧洲。

一条蜿蜒的人工河流和景观大道并行，岸边的绿树鲜花和幢幢欧式别墅交相辉映。除了偶尔从花丛里露出脑袋的花匠，很久见不到一个行人。四周安静得令人窒息，感觉比先前遇到的那个荒凉的度假区还要诡异。

景观大道的尽头出现一座宏伟拱顶的欧式大厦，筑有巨型罗马柱的大门悬挂着售楼中心的标语。金碧辉煌的大厅宽阔得足以举办千人舞会，但只有几名售房人员悄然坐着。大理石走廊上有间偌大的会议室空无一人，宽银幕正滚动播放楼盘广告，气势恢宏得如同好莱坞大片，解说词称这里具有 3 公里私家海岸线，园中还将克隆 40 座世界名桥，建造 58 座住宅岛屿及 5 大欧式皇家园林……

我俩身陷柔软的沙发，早晨双脚陷进滩涂拍摄采螺人的场景恍若隔世。

出了大殿不远，一个推土机刨出的足球场似的巨坑袒露在海滩，坑底铺着同样巨大的白色薄膜。满头大汗给一大棵仿真棕榈缠绕金箔的工人告诉说，他们在做人造海景。就在海边，为何还造海景？我纳闷。工人说这段海水的颜色不正，要搞成威尼斯那样的蔚蓝色。

想象这片黄色的海域未来将出现一片巨大的蔚蓝海景，令人咋舌。当我们的越野车继续行驶在海埂边空旷的田野上，很久了还有跑错片场的梦幻之感。

休渔期的吕四港，大量渔船停泊在河汊里，一眼望去，彩旗猎猎，首尾衔接，宛若嗷待出征的兵阵。当地人说，若赶上禁渔期结束的开渔盛会，百舸争流，千帆竞发，那个阵势才叫壮观呢。

当摄像镜头扫向云集的渔船时，一艘沧桑的大木船在钢筋铁骨的船队中分外醒目，估摸船龄该有上百年了。或许还有一位老船长？于是我按捺不住，好奇地向它跑去。

担心渔船的禁忌比较多，上船之前，迟疑了一下，齐伟小心翼翼地向舱内询问女性可否登船，舱里钻出一位瘦削的被海风吹得肤色黑亮的中年男子，爽快地回答：没有关系，那是以前的老规矩。

男子姓夏，年纪虽然只有 46 岁，捕鱼生涯却已 30 年。更让人意外的是，这艘近 200 吨的木船，船龄只有 20 岁。夏师傅解释，因为木船要被淘汰，船主不愿再花钱刷桐油，任它年年被海水"咬"，所以"咬"出这般老气横秋。明年这艘木船会被强制退休，以后吕四港再难见到这么大的木船了。

和吕四港的其他渔船一样，夏师傅的木船到处贴着"一帆风顺""满载而归"等吉祥语，做饭的灶台贴的是"青云直上""顺风相送"，放水桶的地方贴着"龙泉饮水"。船头高高地绑着一根大竹枝，竹梢在风中来回摇摆，夏师傅说那是"摇钱树"，祈愿每次出海都有个好收成。

30 来年的渔船生涯里，他既跑长江也跑过公海，什么样的风浪都经历过。谈起珍稀动物江豚，夏师傅挺兴奋：当年长江可多了，成群结队，长得胖嘟嘟，不怕人，还爱跟着渔船玩耍，也有人捕捞了烧肉，说并不好吃。那时也经常在江里捕到中华鲟。但现在很难遇到，有时捕到都放了，大家都知道它们受国家保护，和大熊猫一样金贵，谁敢偷偷捕捞出售的话，被人举报后是要坐牢的。

夏师傅还热情地领我在船上参观了一圈，木船的外观虽然陈旧，但雷达、对讲机等现代化装备一应俱全。船上生活也不寂寞，手机可上网，又有卫星电视可看。但他遗憾地说，如今条件这么好，年轻人也不愿上船，认为陆上的生活自由，将来还有没人当渔民真难讲。

告别夏师傅，上岸在一家卖海产品的商铺前歇息，店主年轻时也出过海，乐意和我们聊天，谈些海上的奇事。比如，打捞过一条从未见过的百斤重的怪鱼，眼睛像猪眼，有睫毛还能眨眼睛，大家骇坏了，赶紧又放入海中。又如，18岁那年第一次跟船出海，船老大特意买了猪肉、豆腐等食品祭祀海神，他不懂得，做饭时竟将它们烧菜吃了。这可是犯了大忌，船老大火冒三丈，坚信出海一定会遭遇厄运，他心里也害怕。很快，在海上果然遇到风暴，好几艘同时出海的渔船出事，而他所在的这条船却完好无损地回来了。说到这里，店主大笑，从此就不相信禁忌了。

一位卖甘蔗的老汉走过来，摸出一根古朴的老烟斗吧嗒吧嗒地吸着，头上仿佛绕了一圈圈祥云。齐伟被烟斗吸引，对着咔嚓拍了一个镜头。老汉不慌不忙地收好烟斗，伸手要镜头费。我们赶紧将镜头回放给他看，只拍了烟斗并没有拍他的肖像，老汉并不急：就是这烟斗值钱呢，人有啥好拍的？只要拍了我的烟斗，都得给钱。

付了钱，目送老汉揣起烟斗推着车缓缓而去，我俩仿佛为了打破尴尬齐声说：走，去找吕四港的渔歌号子。

久闻吕四渔歌号子大名。渔民们在码头上抬网挑鱼、运货背物，在渔船上升蓬、起锚、收网，为了协调一致，都要喊号子。吕四镇参加全国渔歌号子大赛还拿了冠军。可那位商铺店主在我们身后提醒：机械早就代替了人拉肩扛，上哪里找渔歌号子哟，还是等开渔盛会时再来，有专门表演的。

眼下，吕四是这样的安静。

第四章

浏河镇，郑和下西洋船队从这里扬帆 // 送我
重走郑和路的守萍姐 // 回到家乡的物理学家吴
健雄，她的乳名叫薇薇

不是第一次来到太仓的浏河镇了。

2000 年 7 月 11 日，我选择郑和下西洋始航的日子，只身去海外追踪郑和
下西洋航线，就是从这儿出发的。

浏河从元代开始就是风帆高张的漕运通道。据明孝宗弘治年间的《弘治
太仓州志》记载：而海外诸番因得于此交通市易，是以四关居民，闾阎相接，
粮艘海舶，蛮商夷贾，辐凑而云集，谓之六国码头。

明朝郑和率船队七次下西洋都起锚于太仓的浏河。浏河镇有座天妃宫，
供奉着海神妈祖，郑和每次出使西洋都会来到这里祈愿妈祖的保佑。

天妃宫有座郑和纪念馆，是当时全国仅有的三座郑和纪念馆之一。

重走郑和路之行，让时任馆长的黄守萍大姐特别欣慰，专门为我筹办了
一个出发仪式，为了增添出发的隆重气氛，还特意请来驻扎在当地的江苏海
警支队的十几名战士列队壮威，并按照当地送渔民出海的传统风俗，点燃 36
只震耳欲聋的冲天炮，寓意一路 "六六大顺"。

黄馆长将我送到从浏河镇开往入海口的小江轮时，在我背着行囊登船的
刹那，她抱住我流下眼泪：当年郑和下西洋几万人马，你今天却只身上路，
一定要平安回来啊！我紧紧搂住她，止不住热泪满眶。

一转眼，距我完成对郑和航线上 18 个亚非国家的采访已经 15 年了，听
说这次长江行还将重返浏河镇，本已退休寓居沪上的黄馆长，专程和先生一

同返回了浏河。

见面真是惊讶，过去的 15 年岁月竟没有在她身上留下痕迹，亦如当年气若幽兰、美丽典雅，她的先生乐鹏辛儒雅亲和，也让我一见如故。

今天的浏河镇，作为"郑和下西洋起锚地"，已成为著名的旅游景点。古朴的石桥下，流水变得清亮了，小河两岸的民居经过精心修葺，粉墙黛瓦的江南气息更为浓郁。石板铺成的小街洁净又安静，或许因为先祖都是见证过大历史、经历过大场面的人，人们生活得从容不迫，宠辱不惊。

这里也是世界著名物理学家吴健雄女士的故乡，镇上闻名遐迩的百年老校明德学校就是她的父亲生前创办的。守萍大姐夫妇特意带我和齐伟走进这座非同寻常的校园。

园内有一座吴健雄独资捐款建造的紫薇阁，紫薇阁旁生长的一棵苍郁的百年紫薇，为吴仲裔先生亲手栽种。吴健雄逝世之后，根据她的遗愿安葬在了紫薇树旁，仿佛依偎着父亲温暖宽厚的胸襟。

物理学家的墓园设计也与众不同。主体部分是一座黑色花岗岩砌就的清水池，池中心有两颗石球，随着水流分别顺向或逆向转动的同时，喷出有节奏感的水柱。这个高深的"宇称守恒定律"实验原理模型，是吴健雄的同行、诺贝尔奖获得者李政道教授设计的。李政道还亲笔题写了一篇别开生面的碑文：

"按宇称守恒定律，凡是二个左右完全对称系统的演变应该是永远左右对称的，这似乎极合理的定律于一九五七年正月被吴教授钴核子衰变实验推翻了。这建筑中二石球象征二个左右对称的钴核子，而其衰变产生的电子分布由水流代表，它们是不对称的。谨以此纪念吴健雄划时代的重大科学贡献。"

如果说李政道教授这篇专业性颇强的碑文，一般人难以理解的话，《吴健雄》传记作者撰写的墓志铭却不难读懂。

"这里安葬着，世界最杰出女性物理学家——吴健雄（1912—1997）；她一生绵长深刻的科学工作，展现了深思力作和真知洞见；她的意志力和对工作的投入，使人联想到居里夫人；她的入世、优雅和聪慧，辉映着诚挚爱心和坚毅睿智；她是卓越的世界公民，和一个永远的中国人。"

　　墓园里还能见到另外两个耳熟能详的名字，一位是世界建筑设计大师贝聿铭先生，他担任墓园设计的特别顾问。另一位是诺贝尔奖获得者杨振宁先生，他亲笔题写了"吴健雄墓园"的题词。这一切都显示了墓园规格之高、卓尔不群。

　　而我觉得，对吴健雄女士来讲，最重要的莫过于回到了故土，回到父亲身边，85 岁的她，还原成那个乳名叫"薇薇"的小女孩。

南通，城里城外都是水。老武汉人常常说听武汉关的钟声长大，南通人近百年的生活也回荡着一座西式钟楼的钟声。

这座西洋风格的钟楼是南通的地标，位于最繁华的十字街，哥特式的塔尖高耸在蓝天之下。建造于1914年的它，比武汉关钟楼还早出世10年。

南通钟楼的建成与清末的一位状元有关，酷似伦敦大本钟的巨型机械钟，也是他用商人捐献的5000大洋从英国远道购回的。

提到这位叫张謇的清末状元，最为人称道的壮举还是在南通这座江头海角的小城，一口气创下中国近代史上7个第一：第一所师范学校、第一座博物馆、第一所纺织学校、第一所刺绣学校、第一所戏剧学校、第一所中国人办的盲哑学校和第一所气象站。

他 74 岁那年去世后，墓前的青铜立像没有身着传统的黄袍大褂，而身着笔挺的西式大衣。

或缘于南通开创中国公共博物馆之先河，风景秀美的古濠河沿岸，竟云集了 20 多家富有特色的博物馆，已经达到不足 5 万人就拥有一座博物馆的发达国家水平。

中国南通蓝印花布博物馆也在河边。馆内举目皆是蓝印花布，置身其中，耳畔会响起江南的烟雨落在白墙黛瓦的声音，江南的女子也从古镇的小河上摇橹而来。据说南通的土地和气候特别适合生长棉花，它自然也生长出如此素雅美丽的蓝印花布。当地人一出生就包裹在蓝天白云般的蓝印花布褓褓中，戴蓝印花布肚兜，长大后穿蓝印花布褂，铺蓝印花桌布，系蓝印花盖头。它仿佛是一枚印章，结实而鲜亮地印在南通人的人生长卷里。

如今走在街上已难见到蓝印花布的踪影了，好在有博物馆，给人留了个温暖的念想。

这次来南通，见到南通江海晚报已退休数年的范计春总编辑，退休后的他没闲着，又主编了一本杂志，向我热情组稿的同时，大力推荐去采写南通的沈绣，便跟随他来到濠河边一座幽静雅致的青砖小院，门楣镌刻"绣园"二字。

范总介绍说，百年前张謇在这里创办了中国最早的刺绣艺术学校，特地从苏州请来了著名刺绣专家沈寿执教。沈寿原名沈云芝，慈禧70寿辰时，她进献的绣品《八仙上寿图》和《无量寿佛图》深得慈禧喜爱，赐"寿"字而改名沈寿。她绣制的《意大利皇后像》曾被清朝政府作为国礼赠送意大利，独创的"仿真绣"技艺被称为沈绣，又称宫廷绣。

把一生心血融入刺绣的沈寿并不长寿，48岁就积劳成疾，殁于南通，站成绣园草坪上一尊洁白的雕塑。

绣园现为沈寿艺术馆，馆长卜元先生续写沈绣传奇，多次承担制作国家领导人出访的国礼。他打开一本厚厚的画册，里面集合了《普京总统肖像》《奥巴马总统全家福》《比利时国王夫妇像》等艺术馆的代表性作品。千针万线绣制的这些人物肖像，栩栩如生，几可呼之欲出。

国礼背后的故事很多，卜馆长详细讲述了《普京总统肖像》的故事。

那是2012年年末，都准备着过元旦了，艺术馆却接到外交部礼宾司的电话，希望能绣制一幅普京总统像，来年3月份习近平出访俄罗斯时，作为国礼赠送给连任的俄罗斯总统普京。

接到任务的卜元忧喜交加，平日60×50厘米这样大小的一幅绣品，若是一人绣制需要耗费一年多时间，而离领导人出访时间仅剩不到百日。他立刻召集艺术馆的6位沈绣工艺大师组成团队，"人歇针不歇"地轮班绣像。

拿到外交部提供的一批普京肖像资料后，负责画稿的卜元发现，心目中那个身手矫健、能驾战机、能练柔道的硬汉总统，照片上明显看出眼角已爬上了鱼尾纹。他下笔的时候，选择了10年前的普京作为绣像的原型，以呈现一位年轻富有活力的领袖形象。又因为外交部一再交代，绣像在媒体公开之前一定要保密。馆员们专门租下南通一个僻静小区的顶楼封闭式工作，还经常播放《红莓花儿开》《莫斯科郊外的晚上》等俄罗斯歌曲，营造特定的创作氛围。

卜元说这幅绣像的点睛之笔是普京的眼睛，使用的蓝、绿、黄、黑、灰等色线多达几十种，一根丝线又分成24根细丝，极为细小的绣针精准地表现了普京特有的眼神。

仅仅用了91天，这幅国礼在习近平出访前赶制完成，由卜元和南通政府的一位官员专程送往京城。由于担心礼品在途中被颠坏，卜元抱着它在开往北京的火车上坐了整整一宿。第二天，外交部礼宾司派专车取走了作品，但卜元没有丝毫轻松，惴惴不安地等待普京本人看到绣像后的反应。

在经历了对他来讲格外漫长的10天之后，终于收到了随行外交官员的电话，表示普京见到礼物特别开心。接着，他又收到外交部的感谢信，精神紧绷了3个来月的卜元这才如释重负。

当卜元又要接手制作赠送联合国秘书长的国礼时，今年81岁的张济生老先生在西南营老街，一如既往地守着他的老杂货铺。

西南营和寺街都是坐落在南通最繁华地段的明清及民国时期的老民居，我们游走在印满青苔的旗杆巷、官地街巷、育婴堂巷，好似穿行在一部黑白老电影中。

遇见张老先生是在西南营的筷儿桥巷。当时，我俩正在四处寻觅那座筷儿桥，戴着一副老式圆框眼镜的他快步走出杂货店，热心地解惑：当年确有两块条石搭建的小桥，因为像双筷子，就被称为筷儿桥，但桥已拆掉了，只留下一个巷名。因为这个巷名，也好歹证明它存在过。

见我们听得很有兴趣，他高兴地挥动双手继续讲述这条巷子的故事。在他声情并茂地讲述中，老墙上斑斓的壁画，屋檐上别致的瓦当，潺潺流过巷子的小河，爬满青苔的石板，那些渐行渐远的景致好像一下子又各归其位了。街坊们见聊得热闹也围上来七嘴八舌：有说画家范曾的家就住附近，小时候和他一起玩弹珠；有说巷口有位老人102岁还能嚼蚕豆，自个儿倒马桶；有

说往前走有座古寺，苏东坡还给题过诗……

直到巷子深处有人喊开饭，大家才发觉聊得很久了。告辞的时候，张老先生跑进柜台又跑出来，手里举着一包南通脆饼：我们这儿的特产，带着路上吃！见我们坚决要付钱，他使劲摆手：我的铺子虽然小，一包点心还送得起。今天你们的到来也让我回忆起好多事儿，真高兴啊。街坊们也劝收下作个纪念，说这片老街区将规划改造，许多住户也将腾迁，下次到南通来还不一定能见得到呢。

吃着张老先生送的脆饼继续游走，忽然发现一块镶在斑驳老墙上的白方石，上面写着"赵丹旧居"。

一座很普通的四合院，一棵老紫藤还未开花，有位穿迷彩服的男子在树下自顾忙碌着。开始以为是民工，一聊，原来是常住在院子里的赵丹的堂侄，年已六十有四。见我们拿着摄像机，以为是电视台记者，便倒苦水说这是市级文物保护单位，老房子年久失修。

赵丹2岁时随父母从扬州来到南通就住这院，一直住到17岁中学毕业考到上海美专，后来学了演戏成为红遍江南江北的大明星。20世纪50年代母亲去世时，赵丹回来过一次，再次回来就是他去世12年之后——他的骨灰安放在他就读过的崇敬中学，校园内有一座为他设立的"丹亭"。

在赵丹寂静的旧居里踱步，很是感慨，当年这个俊朗的少年自南通启程，在中国大地上画了一个大圈，从东边的上海到西边的新疆，从南方的柳州到北方的北京，命运始终在山巅和峰谷中摇摆，都说他本身就是一部情节跌宕起伏的大戏，但谁也没有料到他最终落幕在出发的地方。

南通的十字街头，有座赵丹主演的电影《马路天使》的铜雕，帅气俊朗的他坐在老房子的窗口纵情地拉着二胡，对面是羞涩地摆弄着长辫的金嗓子周璇。

站在十字街头的我，脑海里回荡的是一首熟悉的萨克斯曲《回家》。

第六章

三地争抢沙家浜 // 七弦河和琴川河的琴声呢？// 去张家港的路上曾惴惴不安

从南通过长江，对岸就是著名的水乡常熟，因气候温和，风调雨顺，年年丰收而得名。

京剧《沙家浜》讲述的故事，相传就发生在这里。沙家浜镇，名气也大过常熟了。而据当地老人回忆，沙家浜镇最早叫横泾，数常熟最僻远的乡镇，也是最晚才通公路的地方。后来受上海沪剧《芦荡火种》的影响，改名为芦荡乡，20世纪90年代初又改为沙家浜。据说当时阳澄湖周边有两个曾经是新四军抗日游击根据地的乡镇，都在抢注沙家浜这个名字，但最后让有先天优势的芦荡乡抢了先。

有意思的还有，当地还出了一则发现刻有"春来"二字的大茶壶的新闻，证明此地有过剧中主人公阿庆嫂的春来茶馆。其他两地不服，但沙家浜镇已经风风火火地开发芦苇荡，红红火火地开张了。

虽然对"芦花放，稻谷香，岸柳成行"的阳澄湖心驰神往已久，我们还是把镜头聚焦在了常熟市区。

自古以来，这座江南小城就崇文尊教，才俊辈出。且不说从唐至清，出过两朝帝师翁同龢等9名宰相、8名状元、483名进士，仅1949年以来，就产生了包括王淦昌在内的24位中国科学院院士与中国工程院院士，在全国县级行政区中位居榜首。

您说，流经城内的7条小河的名字能不雅吗！7条穿城而过的小河被古人喻为古琴弦，将它们分别取名为一弦河、二弦河、三弦河及至七弦河，而汇集 7 条小河的主河道，又取了同样诗情画意的名字——琴川河。 古诗"软红尘里小蓬莱，画阁文疏对岸开"，形容的都是它们的美。

一进常熟城，就迫不及待地去找已经琴弦似拨动我的琴川河。

城不大，没费周折就遇见了在白墙黛瓦的老街上缓缓流淌的它。站在青石板古桥上，俯视河水的我难以置信，这就是像古琴一样弹奏着乐曲的那条小河吗？这就是古诗中那条"七水流香穿郭过，半山飞绿进城来"的河流？

眼前的琴川河，河水浓黑如墨，黏稠的水面时有黑色的絮状物漂过，风一吹，怪味扑鼻。齐伟连连叹道：可惜，可惜了一个多么美的名字！

有几位过桥的行人停下来，指着黑臭的河水痛心地说：我们小的时候，可是清澈见底的，桥边蹲着洗菜浣衣的人。谁家做饭时想吃鱼虾了，从窗口支出一只绑了竹竿的网兜伸进河里，一会儿就是一网。现在这水涮马桶都嫌脏。

有些老居民也围上来讲，平心而论，当地政府花巨资也整治过多次了，可就是效果不明显。这条河像人病得太重，没救了。

大家正议论着，忽听河边噗啦一声，但见临河的老房子有住户将炒菜锅伸出窗外，直接就把污水残渣倒进河里。我不由连连摇头：自家门口的河流，也当爱惜才是啊！一位中年男子生气地说：是外来的租户，不心疼这条河。再说，水已坏掉，也没人在乎了。

入夜，琴川河在两岸璀璨的霓虹映照下显得色彩斑斓，美不胜收，让人完全不会和白天的那条黑水河联系在一起。可是太阳升起来，再斑斓的霓虹也终将消失。

古诗云"七溪流水接通海"，说明它们最终都流向了长江汇入大海。如果七弦河是一台古琴，在流向长江的途中，弹奏的一定是深深的忧伤。

或许因为琴川河对美丽的想象的粉碎，去张家港市的路上，我也一直忐忑不安。

1995 年我曾来这里采访过。

当时，江苏省这座濒临长江的小县城，美丽整洁、世风良好，被树为全国的精神文明典型，也被誉为"中国的新加坡"。

见过太多一哄而上的形象工程，在时间长河里有的化为残垣断壁，有的片瓦不剩，很担心张家港也不再是我记忆中的模样了。

记得初见张家港，挂着外地车牌满载参观者的大客车络绎不绝，不亚于当年参观大寨的气势和阵容，城中心的沙洲中路当时还真的叫大寨路，是全国县级城市中第一条商业步行街，街上到处是一队队左顾右盼的来自天南地北的参观人群。

可能是在媒体干久了，我对大张旗鼓宣传的典型总有一种天生的警惕，便离开人群最集中的步行街，径自走街串巷去"串门"。

记得在一条小巷叩开了一户民居，听我说从外地来，主人很客气地请我进屋。房间不大，但窗明几净。说话间我的眼神扫向厨房，厨间不仅碗筷有序、刀案整洁，挂在绳儿上的擦布也洗得干干净净的。后来，我又离开热闹的城区，穿过一片金黄的稻田，随机走访了郊区农家，鲜花盛开的庭院和户主的礼貌谈吐，同样留给我深刻的印象。记得有一对年轻的农民夫妇，家里竟有一个小小的书房，整齐的书架放满了图书，而这在当年中国的大城市里都不多见。

自行车管理一向是许多城市头疼的问题，我在居住的武汉已经连续失去两辆簇新的单车了。在张家港没有停车看管人，市民主动将单车停在指定的地方，而且自觉地排列得像士兵列队那么整齐。我还拦住一位正将单车推进停车线的当地小伙，问担不担心车丢失，他露出惊讶的神情：还没听说过丢车的事情呢。

张家港从前的面貌和中国其他县城差不多：市民随地吐痰、乱扔烟头、把鼻涕揩在灯柱上。改变的初衷来自市委书记出访受到的刺激，在泰国伸手和一位老板握手，对方佯装不见。去瑞士访问，那些个整洁漂亮的城市和他的家乡简直无法同日而语。它们激发了这位官员率部改变张家港的决心。

变化后的张家港，街上看不到一口痰迹、一片纸屑、一支烟头，四五岁的娃娃也知道踮起小脚尖，将冰棒纸放进路边的保洁箱，稍加留意，还可发现一些初次来到步行街参观的外地人，习惯性地扔下烟蒂又局促捡起。

眼见为实，我很快向供职的报社发回一组系列报道，标题就是《有一座城市叫美丽》。离开张家港的前夜，我曾在步行街上的第一人民商场，特意给母亲选购了一方美丽的水晶石镇纸。印象中，那座商场宽敞明亮，还设有双向的手扶自动电梯，这在 20 世纪 90 年代初的中国县城，也是罕见的。

一晃 20 年过去了，眼前的张家港变得有些陌生，和中国的所有城市一样，长高了。那条改名沙洲中路的老步行街也淹没在耸起的一座座大型购物中心之中。曾经穿梭在街头的一拨又一拨挎着长枪短炮的媒体记者，一队队跟在举着小旗的领队后面左顾右盼的参观团队，已成为只在我脑海里闪回的历史镜头。张家港又是熟悉的，因为我夸过它，也因为它头顶曾经的光环。

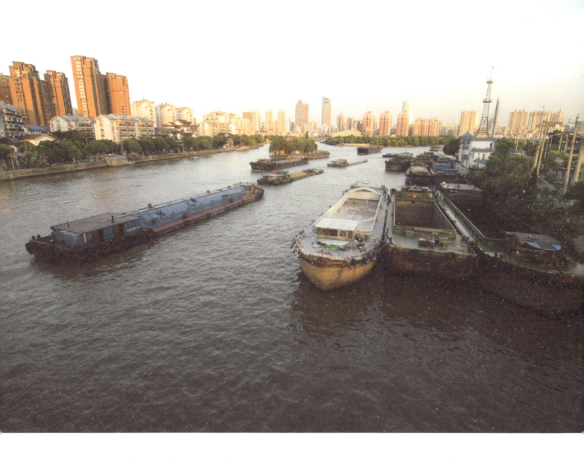

　　齐伟用近乎苛刻的目光扫描着这座城市，两天后他对我说，的确没有发现大街小巷有一片纸屑、一口痰迹、一支烟头，也没有发现有行人乱闯红灯、商家大放音响或店外经营，服了！

　　这天傍晚，我俩在街上忽然迷路，便向街口的巡警走去，他和蔼又详细地讲解了行走路线，谢过他之后，我俩已走出十几米远，又被跟过来的他叫住，微笑着示意我们走错了一个路口。

　　真的，我特别感谢张家港。在一个急剧变化的年代，在离开媒体灼热的聚光灯之后，让时隔 20 年重返的我，依然怀揣美好的记忆向它道别。

第七章

出了张家港一路向西，便是江阴。

在平原上恣意奔流的长江到这里骤然束紧，然后又呈喇叭形放开，江水经过这一戏剧性的收放，更加欢快地往东海奔去。

去江阴要会一个叫徐霞客的古代背包客。至今还记得小时候读《徐霞客游记》的情景，蒙着被拉着帘。那时这类的书被发现了，要扔进熊熊烈火，可是母亲和父亲都设法保存下来，嘱我悄悄读。在那个年代，像这样的家长真的不多。

过了几十年之后，我才知道毛主席其实说过"《徐霞客游记》可以看的"，他还说"如有可能，我就游历黄河、长江，从黄河口子沿河而上。搞一班人，地质学家、生物学家、文学家，只准骑马，不准坐车，骑马对身体实在好，一直往昆仑山，然后到猪八戒的那个通天河，翻过长江上游，然后沿江而下，从金沙江到崇明岛。我有这个志向，……我很想学徐霞客。徐霞客是明末崇祯时江苏江阴人，他就是走路，一辈子就是这么走遍了，主要力量用在长江"。

毛主席说这番话的时间是1959年的4月，我出生的那年和那月。可惜，咱们不知道这段语录，藏书的父母和读书的我，都如履薄冰。

齐伟也是急于见徐霞客的，或许喜欢远行的男人心中都藏有一个远行者，他就是揣了一本《徐霞客游记》，骑摩托车踏上了穿越中国南北的长路。

徐霞客的家乡很好找，就叫徐霞客镇徐霞客村。当年叫马镇，是宋元时邮递交接和往返马匹歇息的驿站，我揣测徐霞客从小在这里耳濡目染，后来

036
沿着长江上高原

选择了游历山河的人生。

　　居于江南水乡之中的徐霞客纪念馆，由徐霞客故居、晴山堂及徐霞客墓等组成，游客不多，显得特别幽静。来人都喜欢在天井的一棵罗汉松下留影，据说此松为400年前徐霞客亲手种植，感觉就像他本人站在那里，迎送一批又一批南来北往的远客。

　　相对于经过精心修茸的故居和藏有历代名家石刻的晴山堂，我更喜欢村口的胜水桥，相传徐霞客每次远游都要从这里出发，而一向尊重他选择的母亲也总是在这里为他送行。看见这座桥，我也想起母亲。

　　此时，有三五个年轻人站在这座江南小桥上眺望，或许看见了400年前那个孤独却欢快的背影，或许会有人去追。

　　钦佩徐霞客生前波澜壮阔的行旅，更感慨他去世后悲喜交集的动荡。

　　从坊间流传的史料中得知，鉴于毛主席对徐霞客的高度评价，当地有关部门曾打开了徐墓，把他散乱的骨骸放置进陶罐，准备放入马镇革命烈士墓，后觉不妥，便又送回原墓。

　　这个活了56岁的男人，生前34年都在考察山水地理的旅途中。"文革"期间，徐霞客被视为不务正业的二流子、败家子受到批判，墓地也被损毁。直到1978年，当地政府拨款重修徐霞客故居及徐氏宗祠晴山堂时，为使遗迹集中而将徐墓迁葬于堂后。生死都在漂泊的徐霞客终于安息。

　　除了遗散的文字，徐霞客还留给后人60万字的考察笔记，他游记开篇之日的5月19日，被定为"中国旅游日"，在他足迹所到之处，被立起的塑像愈来愈多。

　　今天来到他的墓前，发现新摆着一对鲜花编织的花圈，挽联上的署名来自遥远的云南丽江。对徐霞客来讲，那是一个再熟悉不过的地名，当年他游历到丽江时受到土司木府的热情接待，患病后又是木府派人千里迢迢护送他回家乡。纪念馆的讲解员说，因为这个因缘，丽江和江阴近年结成友好城市，这一对花圈就是丽江政府来访时敬献的。

　　离开徐霞客故居的时候，我特意选购了一本徐霞客游记，年轻的店员在

徐霞客
1587—1641

书的扉页上端端正正地盖了一个"霞客故居"的纪念戳。将来把它和家中早年的那本徐霞客游记放在一起，将是岁月的一段印证和呼应。

午间在同样修葺一新的徐霞客镇找了家饭馆坐下，店主饶有兴致地说，市政府要投资 300 亿元，借徐霞客的名气新建一个度假区，里面还会有中国式的迪斯尼乐园，下次来就更有得玩了。

我想，徐霞客若是听到这个消息也会大吃一惊。赶紧在网上搜索了一下，原来项目全称叫"梦东方徐霞客国际旅游度假区"，占地面积达 1 万亩。

400 多年前，当这个特立独行的背包客从家里的 6 间瓦房里走出后，因为旅费的拮据，沿途当完裤子又当了袜子，还被乡邻视为不务正业的疯子，历史纵使再有想象力，都想象不到他死后会衍生出这般宏大的盛景。

忽然联想到生前同样穷愁潦倒的荷兰画家凡·高，去世后仅一幅画作都价值数亿元，世界最著名的博物馆都以拥有他的作品为荣。

其实对他俩来讲，生前做了自己喜欢做的事，死后的繁华也都是浮云了。

齐伟听了将手中碗筷搁下，郑重地说，不错。

离徐霞客家乡不出 20 公里，还有一个名气不亚于徐霞客村的地方，那就是华西村。

刚走进华西村的村口，就能感受到它的霸气，它的门楼上高举着"中国华西村"五个大字，似乎还意犹未尽，门楣上又添了一行"天下第一村"。

当中国广大农村还在为脱贫而努力时，这个村庄不仅家家住别墅开轿车有百万存款，还从欧洲购回两架直升机，供村民们空中俯瞰家乡美景。而据媒体报道，1961 年建村的时候，华西村集体积累只有 1764 元，人均分配仅 53 元。所以有人讲它的创业史犹如一个神话。

不知道现在有没有城里的姑娘想嫁到大寨去，但我无意中发现一个渴望嫁到华西村的姑娘写的微博："每个有出息的姑娘，从小就有个嫁进华西村的愿望，我四年级的时候第一次在电视上看到华西村的家家大奔和别墅，我知道我看到了爱情。我已经比中国大多数女孩离华西村更近了，加油啊！"

在微博的跟帖中，我猜出她是江阴城里的姑娘，还在读高中，而且真的有可能嫁到华西村，已有人向她提亲了。

来华西之前，听说外人进村要买 100 多块钱一张的门票，到了村口才发现虽然有岗亭却并没有售票，任人进出。观光大道的两旁的确全是花团锦簇的别墅，从设计到装修都堪称时尚高档，放在中国任何一个大城市都不落伍。正想走近一户人家，跑来一位保安礼貌地劝我止步，说参观要跟团才行。望了望那些大多拉着厚厚窗帘的窗口，我理解没有谁想过一种被围观的生活，也就罢了。

比那些别墅更吸引目光的是 9 座巍峨的塔楼，还没有进入其中最著名的标志性建筑"华西金塔"，就被一个阵容强大的石雕群震住了，那是围绕着塔

楼的上百对雄风凛凛的大石狮或麒麟。我想，除了石雕厂，在中国恐怕还没有哪座大楼门口会集中如此多的石雕，华西村的这个摆法不知出于什么讲究。一对对地仔细看了看，都是当地各行各业庆贺金塔落成的赠礼。

华西金塔的一楼大厅是座商场，出售价格不菲的华西村牌羊绒衣、西服和华西村牌酒等商品，卖纪念品的专柜有村支书吴仁宝语录、村劳模特制邮票供游客选购。若想俯瞰华西村全景，需付30元买一张参观券，才能乘坐电梯上到楼顶。但游客稀少得令人吃惊，因为早先看过报道，高峰时每天约有5000人次来华西村"考察、取经、旅游、学习、培训"。

除了9座顶着金葫芦的塔楼，华西村还有一栋高70多层的龙希大酒店，据说造价30亿元，顶端有个号称亚洲最大的旋转餐厅。但人们津津乐道的还是楼里面站着的一头重达1吨的纯金牛，有的说价值4个亿，也有人说价值1个多亿，为此还争论不休。

金塔、金牛、金葫芦和国际酒店、空中游泳池、异域女服务员，仿佛混搭成天下独一份的装置艺术。网上有消息说，华西村已负债300多亿，也不知真假。但视线所见，作为华西标志的金塔公园，鱼池无鱼，猴山没猴，鸟园无鸟，西湖石也倒了一地，的确呈现出一种萧条的气氛。

经常有人劝，许多事情要100年后回头才看得清楚。

没有谁能等到那么久，从今天开始思考总是可以的。

第八章

因为走长江，才知道长江中还有一座面积仅次于崇明岛的江心洲——扬中岛，岛上有一个江苏省最小的县级市——扬中。

碰见外地客，当地人都爱问一句：有没有吃河豚？

长江流经镇江的焦山之后，水面变得宽阔而舒缓，使扬中岛成为从大海里洄游来的河豚最适宜的产房之一。每年"蒌蒿满地芦芽短，正是河豚欲上时"，当地都要举办河豚美食节。这让扬中岛有了一个别名"河豚岛"。

河豚已经可以人工养殖，一年四季都能吃上，因此餐馆价格并不昂贵，唯有野生河豚是稀珍品。在扬中人童年记忆里，当年江中野河豚极多，随意一捞就是一水桶，几角钱一斤，比现在的青菜都便宜。而如今能捕到几条就要上电视新闻，市场上能开出天价来。

河豚成了扬中很重要的一张"文化名片"后，街上到处可见河豚的雕塑，圆嘟嘟的身体、圆圆的眼睛，模样确实萌得很，最著名的当数扬中园博园中一条传说中造价达 7000 万元的黄铜河豚。赶到那儿的时候已到正午，坐落在河对岸西沙岛上的它，数千块铜板片拼接而成的鱼身在太阳下遍体金光。

据传这也是国内最大的异形钢结构城市雕塑，约有 15 层楼高，游客可以乘电梯直达它篮球场般的大肚里观景，因而又被称作河豚塔，2100 吨的体量创下世界之最，还将申报吉尼斯世界纪录。

当年这条巨豚问世的时候，曾引起巨大的争议。有的赞其栩栩如生、创

意大胆，有的质疑 7000 万元的造价太过铺张，更有经费捉襟见肘的民间环保人士批评，与其花巨资在水边雕塑一条假鱼，不如把资金用于对长江江豚等野生鱼类的保护。

此刻视线所及，千亩园博园行人寥寥，回望那座黄铜河豚，仿佛搁浅在旷远的沙洲上，也显出几分落寞和孤单。

当晚下榻在扬中市中心的"诗词美食街"，更是一再遇到人问吃不吃河豚。

河豚的血液、内脏和眼珠有剧毒，自古有拼死吃河豚一说。餐馆烧制河豚的厨师是要有正规上岗证的，而劝我们吃河豚的人讲，近些年只听说外地发生过吃河豚中毒身亡的事，有户户烧制河豚历史的扬中，倒是十几年来没有发生过。

我们还是不为所动。愿它的美味永远留在诗歌里。

武汉有 4 条为纪念抗日英雄而命名的道路——张自忠路、郝梦龄路、刘家麒路、陈怀民路。

　　陈怀民是江苏镇江人，在 1938 年武汉空战中，身负重伤的他驾机撞向敌机，与敌人同归于尽，年仅 22 岁。有资料介绍陈怀民出生于镇江白莲巷 29号，于是便有了到镇江后寻访他的出生地的想法。

　　到了镇江才知道白莲巷不是一条巷，而是一片老社区，门牌号码也比较乱。终于找到白莲巷 29 号时，发现它藏身于一个大院落的几幢住宅楼，而且显然是近年的建筑物。

　　进出的人们总是警惕地问要找谁，听说找陈怀民旧居，又问陈怀民是谁？于是，面对这样的询问，我们一遍又一遍地讲述陈怀民壮烈殉国的故事。欣慰的是当他们听了陈怀民的故事后，都显得肃然起敬。

　　虽然没有找到陈怀民的老宅，但起码让居住在白莲巷 29 号的人知道了，有一位为国殉职的抗日英烈曾经出生在此，他值得每个中国人铭记。

镇江长江边的金山寺，人人皆知。据说古时的金山是位于江中的，有"江心一朵芙蓉"之称，直到清代道光年间开始与陆地相连。从金山寺的香炉里厚厚的香灰和漫出的红烛油，能看出香火旺盛的程度。

在金山寺无意寻访法海和白娘子，而是亲身感受一下金山从江心挪到江边的沧海桑田而已。回头去找西津渡。处于大运河与长江交汇处的西津渡，也叫金陵渡，昔日是长江下游最繁华、最著名的码头之一，今天的它也远离江边几百米。当年的古渡商贾船夫络绎不绝，乾隆皇帝和苏东坡级别的文人墨客都来过，现在汹涌着由举着小彩旗的导游引领的观光客。

夜宿镇江。下榻的这座酒店是多日前在网上预定的。立在酒店16楼的窗口眺望长江之滨满城的灯火，想起唐代诗人张祜在西津渡写下的"金陵津渡小山楼，一宿行人自可愁。潮落夜江斜月里，两三星火是瓜州"，在今天的年轻人看来，大概是那个年代的旅游攻略了。

"故人西辞黄鹤楼，烟花三月下扬州。孤帆远影碧空尽，唯见长江天际流。"

打小就会背诵唐人李白的这首老少皆知的古诗，从来没有想到成年后竟嫁给扬州。

如今去扬州当然不再乘船了，从武汉坐高铁只需4个小时就到。

有人推算过，当年烟花三月告别李白从武汉下扬州的孟浩然，顺水而下也要行3天，船还不能直航到扬州，得从瓜州古渡拐进大运河，才能见到"两岸花柳全依水，一路楼台直到山"的扬州城。

成家之后来往扬州很多年了，瘦西湖、个园、何园这些天下闻名的景点自然也出入无数次。但世上再美的景点也都是被观看的，一旦出了景区，它就站得远远的了。所以最亲切的莫过于遍及全城和扬州人朝夕相处的古井。

齐伟经常向我谈起儿时在里巷的古井冰镇西瓜的往事。那时没有冰箱，大人买来西瓜后就让小孩用竹篮装上，系一根长长的绳子放入井内，在甘洌的井水中浸泡一两个时辰再拎起来，切开翠绿的瓜皮的刹那，一股凉气从裂成两瓣的瓜中扑面而来，红沙瓤在酷热天那个香甜冰爽啊，他说一生都忘不了。

我和先生在人生半途相遇，自然看不见他的童年，那些坐落在每条小巷深处的古井却让我看见了童年的他。

扬州城的古井有的著名，但大部分无名，著名的有"天下第五泉"，藏在同样闻名遐迩的大明寺，又名蜀井，宋人苏辙有诗云："行逢蜀井恍如梦，试煮山茶意自便。"这样的古井不是让用来洗衣煮饭冰镇瓜蔬的，反倒是遍及市井深巷的无名井最慷慨也最实用。

建城 2000 多年，扬州凿的古井数不胜数，如今究竟还剩多少？真有较真的人去数了一遍，现存 585 眼。当几百眼古井响彻着女人浆洗的木杵声时，扬州城该是一幅何等生动、何等壮观的场景啊。随着自来水的普及，绝大部分古井渐渐沉寂了，但每个扬州人的记忆深处里都会有一口古井像一位慈祥的老者端坐着。

当然，扬州人自豪的要数穿城而过的古运河。正因为有了运河才有了扬州的繁华富庶，乾隆也来，马可波罗也来，鉴真东渡也从这里出发。趋之如鹜的盐商粮商更是不计其数。他们中有的人腰缠万贯走了，有的挣得金银满盆留下来了，就连从阿拉伯海或波斯湾远道而来的穆罕默德的子孙也乐不思蜀，定居在扬州。

穿过曲折的小巷，我随先生去看他的一位朋友，当对方打开名为"听雨书屋"的厚重院门时，如同见到一座袖珍的个园，绿池红鱼穿梭、假山苍翠如滴、半亭明净儒雅、碑刻古朴大方，60 平方米的院落无处不见宅主的匠心。居室还采用了古典园林的窗艺，院内的红梅、翠竹、紫藤、白墙黛瓦被巧妙地一一揽入窗框，在屋内随着脚步的移动，真是窗景如画，宛若镜游。

这位朋友说，眼下扬州像他这样将老房子改建成私家园林的还有不少，用这种方式将以往只能游览的园林"搬"回了家，日子也变得不同寻常。

出了听雨书屋沿小巷散步，从身旁的一户人家传来鸟儿婉转的啾鸣，探头一看，里面过道狭窄，阳光明亮的地方搭建着一个不到 4 平方米的小阳台，上面栽满花草，花草上悬挂着几只精巧的鸟笼，悦耳的鸟啼就来自那里。

年过七旬的房主自我介绍，街坊都叫他小宝子，从小是孤儿，经常吃不饱却特别喜欢花鸟虫鱼，街坊们都说他可能投胎的是个大户人家呢。只住着狭小一居室的小宝子讲，他虽然没有能力弄个园林居住，但生活还得讲个乐

趣的。

　　这就是扬州城扬州人，无论贫富对生活从不慢怠。

　　美丽的长江孕育了一种美丽的彩石——雨花石。很久以来，世人多以为绚丽多彩的雨花石都集中于南京雨花台，其实不然，南京人都知道，位于长江边的六合、仪征才是雨花石的主产地。

　　自古以来，色彩斑斓充满诗情画意的雨花石深受人们的喜爱。近年雨花石的采集和收藏热度愈来愈高，每逢雨天或节假日，六合及相邻的仪征地区，凡沉积有厚厚砾石层的山野里，总是活跃着三五一群的雨花石爱好者，很多人甚至从南京自驾而来。

　　恰好遇到阴雨绵绵的日子，为一睹众人采集雨花石的场景，不邀自来。奇怪的是转了好半天，竟没有发现一位采石人的身影，便纳闷地询问一位荷锄而过的农妇，她惊讶地瞪着我说：你还不知道啊，前不久六合有个眼镜蛇养殖场的蛇都跑出来了，政府还派人到处抓蛇呢，那些采雨花石的人怕是吃了豹子胆也不敢来啦。

见她说得有鼻子有眼，我还是半信半疑。农妇说：南京的报纸都登了，不信，你看报。我们缩回越野车内，用手机上网搜索了南京新闻网站，果然发现一篇相关新闻报道：

"昨晚一条爆炸性消息在南京市民的微信中流传：200 多条眼镜蛇从该市北郊的六合区一养殖场大逃亡。这一消息披露后立即引起社会惊慌。当地政府表示，仅剩 50 条尚未寻到，将组织打蛇队，上山寻蛇。记者从南京六合区雄州街道获悉，100 多人的搜蛇队已经出发，在养殖场附近方圆 5 公里范围进行搜索。"

看来确有其事，不由觉得脊梁发凉。报道还说，当地负责人介绍，该区内有家养殖合作社从广东韶关引进孟加拉眼镜蛇蛋并孵化成幼蛇千余条，但未办理相关手续。后来养殖场发现有 200 多条幼蛇外逃，虽然陆续捉回百余条，对养蛇房屋采取了防护措施，但还有 50 多条下落不明。最可恶的是"事发后两个多月的时间，养殖主没有向当地任何部门汇报。直到当地一村民在家中发现一条眼镜蛇，并将其打死，随后报告地方管理部门，事情才被曝光"。

为避免当地民众过于恐慌，政府除连发通告外，还请了南京林业大学的教授到现场勘察，他安抚大家："这些幼蛇是热带蛇，15 摄氏度以下就不会攻击人畜了，10 摄氏度以下就进入冬眠状态，而现在已经 15 摄氏度以下。"

我们互相看看出发前为防路上泥泞特意换上的高帮雨靴，也稍稍心安。

虽然四周没有采集雨花石的人群，但不时传来推土机的轰鸣，但见河滩上有好几台推土机在隆隆挺进，问村民是否要建房？村民低声说，不是，有人以植树的名义低价承包村里的集体用地，卖鹅卵石赚大钱才是承包的真相，所以越挖面积越大，本来只签了 15 亩，在村干部的默许下挖到 50 多亩，每天车水马龙的，把好好的用地挖得坑坑洼洼，村民们也没有得到补偿。被人举报后，承包人以非法开采矿产资源罪被判刑，村支书和村主任涉嫌滥用职权被提起公诉。这些推土机正在恢复田地。

跟在推土机后，拾得几颗雨花石，洗去裹着的泥水，露出意想不到的清丽本色。这和生活是同样道理。

第九章

带一幅母亲的月下梅花图，给南京的刘大康先生 // 他说美好的谈话要在音乐中进行 // 燕子矶，长江第一矶

距上次到南京已近 10 年了。

那次本是去扬州公婆家，母亲嘱咐我在南京停一下，带件礼物给老朋友刘大康先生。

刘大康是母亲在陕西日报社做美术编辑时的同事，好多年没有见面了。礼物是母亲亲笔画的一幅月下梅花图，精心装裱后镶了精致的画框。

没有见刘大康先生之前，我读过他写的书，书里讲述了他被发配到北方一座矿区做矿工的经历。

在他当矿工之前，本是陕西日报社国际部一位精通英语的编辑，比这更早，抗战烽火中做过修建著名滇缅公路时的盟军翻译。当时，施工现场急需英语翻译，尚在大学外语系读书的他毫不犹豫地奔赴艰苦卓绝的滇缅公路，完成了翻译任务。抗战胜利后，对他的工作态度和英语才华留下深刻印象的美方，邀请他去美继续工作，可他选择留在了仍然灾难深重的祖国。

后来他又在北京读了新闻专业，毕业后分配到陕西日报社。

古城西安有一座叫阿房宫的专门放映外国原版电影的影院，刘大康曾带母亲去看过几部电影，没有比他更棒的翻译了。

20 世纪 60 年代初，母亲也有过下矿井的经历，那时是作为报社的美术编辑带着采访任务到南方的一座煤矿写生的。当母亲不顾矿领导的劝阻坚持下矿井时，面对那个笔直的仿佛深不见底的黑洞感到了恐惧，但还是硬着头皮两手紧紧扣住井壁上的洼坑，两腿分开牢牢蹬住井壁两侧，步步惊心地探到了幽深的井底。

那是一个完全黑暗的世界，只靠矿灯在迷宫似的坑道探路。走了很久才欣喜地发现矿工们采煤的身影，他们满脸乌黑，只有咧嘴微笑时，露出雪白的牙齿。

母亲不知道，刘大康此时也满脸乌黑地待在千里之外的一座北方的煤矿里。因为母亲早已离开陕西日报调到武汉，完全不知道此后发生的刘大康和他零乱的行李一起被甩到卡车上带走的事情。若不是多年后收到他辗转寄来的书籍，更不知晓他此后的苦难命运。

刘大康被发配到矿山之前，在一家农场劳动改造时悄悄掖藏了一包波斯菊的种子，转到矿山后在矿井下从事最繁重的劳动，终日覆盖着厚厚煤灰的矿区，连飞来飞去的麻雀都是黑的。

有一天，他将那包波斯菊种子悄悄种在宿舍前的空地上，不久开出了大片俏丽的鲜花，把一年到头阴沉单调的矿区照亮了。这些仙女般在风中摇曳的花朵，让他常常回想起年轻时躺在花丛中朗读英文诗歌的情景，被煤尘熏得漆黑的脸庞也有了笑容。

可是好景不长，有人对这片花园表示了极大的不满，认为他还在留恋"资产阶级的生活方式"，将盛开的波斯菊铲除殆尽，代之一片大葱。

不能种鲜花，他劳动间隙就拿出口琴，吹得最多的是《喀秋莎》：每当梨花开遍了天涯，河上飘着柔曼的轻纱，喀秋莎站在那峻峭的岸上，歌声好像明媚的春光。

琴声在百米深的矿井传得很远很远，让很多工友入迷。严酷的生活和繁重的劳役，并没有让他内心最柔软的部分变得像铁镐那么冰冷坚硬。

结束 20 多年的矿工生涯，年近六旬仍孑然一身的他，没有选择回到陕西日报社，而是回到自己的家乡南京。

那天，我和齐伟抱着月下梅花图，在南京城区一座法桐掩映的小区找到刘大康的家，很小的两室一厅。见到母亲送他的梅花图，喜欢得不行，不顾八旬高龄，当即爬到床上将它挂在屋内最显著的位置，他说这面白墙空了多年，仿佛就在等这幅画。

我俩围绕他坐下，围绕他的还有堆得满屋的书籍，对，还有音乐。刚刚开始交谈，他忽然用食指抵住爬满皱纹的唇角，转身打开了 CD，门德尔松的音乐宛如清泉在月下流淌开来，如暗香飘忽的梅枝在水面摇曳。他说，美好的谈话必须在音乐中进行。

后来，我说给母亲听，母亲笑道，对，这就是刘大康啊。

一直以来，我想起南京就会想到他，说起南京人也会说起他，那么坚强，那么浪漫，那么善良，在历经苦难之后。

几年前他就去世了。这次再来南京，我们和他以别的方式重逢。

俗称万里长江有七十二矶，最著名的三大矶是：南京的燕子矶、马鞍山的采石矶、岳阳的城陵矶。南京的燕子矶从地理位置上最靠近大海，人称万里长江第一矶。

从我们下榻的秦淮河畔到燕子矶，要穿过半个南京城，转了 2 次公汽，坐了近 30 站。快到燕子矶时，忽然看见一个公交站的站名——晓庄。晓庄师范是刘大康先生回到南京之后工作的地方。

冥冥中，他仿佛跟了过来。

燕子矶流传着李白的故事，流传着康熙乾隆的故事，更流传着晓庄师范的创立者陶行知先生的故事。

过去常有南京青年学生不堪各种疾苦，到地势险要、三面环江的燕子矶跳江自尽。陶先生非常心痛，挥笔写了两块木牌，一块插在燕子矶休息亭旁边，上书"想一想"三个大字及"人生为一大事来，应当做一大事去。你年富力强，有国当救，有民当爱，岂可轻死！"另一块插在燕子矶矶头的险要处，写着"死不得"，下面是"死有重于泰山，有轻于鸿毛，你与其为个人的事投江而死，何不从事乡村教育，为中国三万万四千万农民努力而死好呢?"据说许多想轻生的人看到牌子后，放弃了自杀的念头。

眼下的燕子矶树立着一块石碑，刻有陶先生"想一想，死不得"六个大字，依然振聋发聩。

在滚滚长江边面对这块石碑，我感觉刘大康先生的目光也从我的身后穿过来。他是南京人，自然知道燕子矶。

当他从一名风流倜傥的英文编辑变成一位受屈辱、受迫害的满脸煤灰的

矿工时，想到过燕子矶吗?

如果想到了，他想到的会是陶行知先生吧。许多年后，走出矿山的他谢绝了原报社的挽留，径直向家乡南京走来，走向陶行知的校院，去世前，一直都是陶行知教育思想研究会会员，出版过多部研究专著。

当然，也许他没有想到燕子矶，就是坚信这世界终究会善待一个真诚而美好的人，所以抱有希望，诗意地活着。

我没有回过头询问刘大康先生，只觉得门德尔松的音乐如江涛响起。

外省人常常分不清马鞍山和鞍山，其实一个在安徽一个在辽宁，都是全国著名的钢铁基地，再加地名相似，很容易被视为一地。

辽宁鞍山的来历，缘因有座外形酷似马鞍的山，而安徽马鞍山则来自一个浪漫凄切的传说：当年西楚霸王兵败乌江，自觉无颜面对江东父老,自刎于乌江，临死前将心爱的战马托付给一位亭长，当船到江心时，战马奋力一跃殉了主人，渔夫只打捞起一副马鞍，念其忠诚将它葬于江边的山上。

更让我感慨的是，这座以钢铁闻名的城市竟不乏此类凄美的故事：唐代大诗人李白多次在这里饮酒赋诗，最后因酒醉赴水中捉月而淹死！

当地人相信李白水中捉月的地方，就在长江三大名矶之一的采石矶。

采石矶有座岁月悠久的太白楼，在楼外的长廊上，与台湾老年旅游团的一位老人邂逅，老人家说3岁就会背诵李白的"床前明月光，疑是地上霜。举头望明月，低头思故乡"，现在又教3岁的重孙背诵。听说我们来自武汉，他兴奋地说，游完采石矶，他们还将沿江而上，寻访留下李白名句的黄鹤楼。

这时，导游召集旅游团全体成员在太白楼前合影留念，老人们神色虔诚地站在台阶上，面向李白曾泛舟吟诗的长江，银白的发丝不时被风撩起。在我眼里，每一根银丝仿佛都被李白吟诵的月光浸染过，因为，有明月的地方就有李白。

因为沿江的交通便利，历史上安徽的芜湖与江西九江、江苏无锡、湖南长沙，并称为中国四大米市。

而许多人认识芜湖是从"傻子瓜子"开始的。20世纪八九十年代，芜湖出产的这个牌子的炒货风靡全国，闲聊嗑，看电影嗑，去舞厅嗑，诗歌吟诵会也嗑，我当然也嗑过。

和这个牌子同样出名的是它的创始人年广久，邓小平都提到过他。人们津津乐道他的故事：年轻时曾因投机倒把罪判过刑，出狱后为了维持生活炒起了瓜子，卖的瓜子价格便宜，却味道香、个儿大、分量足，同行都称他"傻子"，他干脆就将自己作坊的瓜子命名为"傻子瓜子"，一炮打响。

年广久还在全国率先搞有奖销售，以一辆上海牌轿车作为头等奖，他3个月就赚了100万元……而那时，做个万元户都富得不得了。

再后来就听到他离婚结婚、为商标权打官司等，再往后，关于这位老人的新闻越来越少，我在市场上也很少见到"傻子瓜子"了。如今超市各种品牌的炒货看得人眼花缭乱，我倒是更喜欢街头那些卖炒货的小夫妻店，各种大小、各种味道的瓜子，用朴素的布袋装好，也没什么牌子，袋口敞开随意尝，好吃就一斤二斤地称了走。渐渐，"傻子瓜子"退隐到记忆深处。

这次来到芜湖，走在中山大道步行街，忽然看见街对面有家"傻子瓜子"

专卖店，便大步流星地赶过去。柜台后坐着态度和蔼的一男一女，或许因为下雨，店里仅有我一位顾客，而据说当年买瓜子的人要排长队的。

　　付 15 元买了一袋瓜子，迫不及待地嗑起来。说实话，早已忘记当年嗑过的"傻子瓜子"的味道，眼下只是回味一段远去的岁月，有青春、迷惘、激情、恣意。

和所有沿江城市一样，芜湖也有一座滨江公园，是我见到的最美丽的滨江公园之一。

沿着长长的临江木栈欣赏江景时，遇一位姓孔的中学退休老师，他义务做起向导，如数家珍地介绍了天主教堂、老海关、太古码头、中江塔等芜湖最具代表性的历史建筑。见我俩端着相机拍照，又有一位带着孩子散步的年轻人热情地迎上来，热心地介绍拍摄这些建筑的最佳角度，大方地分享他的拍摄经验。

红砖清水砌就的芜湖老海关，和武汉关同属中国40多座百年老海关之一，先后做过幼儿园和单位宿舍还有居委会。我看过修缮前的老照片，长年没有着意保护的它，已形同一位风烛残年、形枯面槁的老人。如今恢复了端庄典雅之美。

修缮后的老海关楼前，增加了一座人物雕塑，一男一女，一坐一立，分别是老芜湖海关的监督潘赞化和出身青楼的女画家潘玉良，据传，他俩惊世骇俗的情感故事就孕育此处。这里已成为年轻人喜爱的婚纱照取景地，我们在楼前流连的不长时间里，就有好几对年轻男女拍婚纱照，摄影师、灯光师、化妆师悉数排开，吸引了许多游客驻足欣赏并给予祝福。

游客尤以穿红披绿的老年人居多，活泼地摆出各种造型，还不时请我们帮忙拍摄各种组合的合影。被他们欢快的情绪所感染，我不禁对齐伟说，等这次长江行完成之后，咱们也该轻轻松松地去旅行。

从老人们胸前挂着的吊牌上看，不像本地居民。听说他们参加的是某公司组织的免费旅游，隐隐为他们担忧，一些商家以免费旅游为名向老人推销保健品的事例，近年太多了。豆大的雨滴冷不丁落下来，导游大喊着集合上车。那些请我们帮助拍照过的老人匆匆集合时，还不忘向我俩挥手致谢。

接下来，芜湖笼罩在大雨之中，我们也赶紧返回了宾馆。第二天早晨，齐伟推醒了我，挪过手机让看新闻：昨天下午三时许，一辆满载游客的安徽省马鞍山大巴在宁芜高速公路芜湖出口处侧翻，共计12人死亡、26人受伤。事发时正在下雨。另有消息说，肇事大客车乘客均为中老年顾客，年龄基本在60岁以上，此次出行是马鞍山市某公司以组织顾客旅游为名的销售保健品返利活动。

窗外，雨声不断，混沌一片的江面上，冗长的汽笛令人心碎。

在池州的闹市区见到秀山门的刹那确有些震撼，了解到巍峨的古城门及雄浑的城墙均为仿建时，更震惊了。听当地人说明代的池州城有 7 座城门，直到 20 世纪 60 年代被毁掉之后，惋惜。

遇到的池州人常常会问，去没去杏花村，可漂亮了。

全国足有 20 个地方都宣称是唐朝诗人杜牧《清明》诗中的那个杏花村，包括我们湖北的麻城在内。因为杜牧在池州做过刺史，池州人认为这里才是正宗的杏花村。而杜牧也在麻城做过地方长官，所以麻城坚信《清明》诗是在麻城写下的，他们的杏花村是唯一。至于其他地方也有其他道理，有的争执不下还打起官司。

在我看来，正如有月光的地方就有李白，有杏花的地方只要让你浮现"清明时节雨纷纷，路上行人欲断魂。借问酒家何处有？牧童遥指杏花村"的意境，那便是心中的杏花村了。

古人诗书里的地名有人抢，隔山隔海的洋名，今人也爱用。走在池州街上，既能遇到"维多利亚"小区，也能收到"曼哈顿"楼盘的广告，抬头能看到"米兰大酒店"。不单池州，它也是中国大小城市共有的一道奇观。

更喜欢贯穿池州城的清溪河，它是一条古老的护城河，也是一条最终将注入长江的河流。水流清澈，河草飘摇。连游历过半壁山河的李白都曾倾心歌咏："清溪清我心，水色异诸水。"当然，池州最著名的河流还数全长 180 公里的秋浦。李白一生留下 900 多首诗篇，有 200 多首是在安徽写下的，其中又有 40 多首和秋浦有关，秋浦也被认为是李白留下诗歌最多的河流。

和众多大小河流同样，清溪河与秋浦都未曾逃过被污染的厄运。秋浦沿岸兴建的各式码头最盛时达 500 多座，流经池州城的清溪更是污水横流，岸边垃圾遍地，当地人对我说，他们一度连河边都不愿靠近。

若不是当地政府近些年投入巨资治理，李白《秋浦歌》中"山鸡羞绿水，不敢照毛衣"和"渌水净素月，月明白鹭飞"的美丽景致，就只能永远留在古诗里了。如今，秋浦最美的季节海内外诗人云集，成为一条真正的流淌着诗歌的河流。

印象中傩戏盛行于贵州，殊不知池州也完好地保存有这种中国戏曲剧种的活化石，曾有"无傩不成村"的盛景，又以梅街村为最。

梅街村是距池州城20多公里的一个古朴的小山村。由于不是一年一度的傩戏活动的日子，村子非常安静。走在安静的乡间小路上，难以想象节日里人头攒动、水泄不通的热闹场景。

一位村民听说我们要了解傩戏，热情地将我俩带到了村民许来祥的家。五十出头的许来祥先生是当地表演傩戏的高手、傩戏社班的召集人之一，对傩戏文化也颇有研究。

跟随许来祥步行来到一家古祠，他喊人来打开了紧锁的大门。高而阔的大堂中，摆放着表演傩戏的大型道具。除了一只纯白色的傩戏面具放在外面，其他的面具都存放在一口名曰"日月箱"的神秘大箱里。许来祥说只有在每年正月初七表演时才能开箱，届时还要请出村里德高望重的人举行隆重的仪式，然后用新毛巾、新脸盆把依次取出的面具擦拭干净。

虽然我们很想拍摄那些神秘的傩戏面具，但还是尊重梅街人的习俗，没有提出开箱的建议。

许来祥绘声绘色地向我们描述傩戏表演的盛景。虽然是春寒料峭的日子，也是山村最热闹的日子。劳作了一年的村民们兴高采烈地聚集在祠堂大门前狂欢，然后跟随"傩神"乘坐的由8人抬起的龙亭走乡串户，夜幕降临之后，一场接一场的精彩傩戏更是将节日的气氛推向巅峰。这是人神共娱的时刻，也是久违了一年的合众欢乐的日子。

可是，这样的表演开始面临窘境。许来祥苦恼地说，随着村里的青壮年在外打工或定居的越来越多，有些人过年也留在城里。虽然留在家的老年人还能表演傩戏，但渐渐跳不动了。往后能不能如常表演，还真难讲。

从祠堂出来回到许来祥的家，他送给我们一本他自费出版的《傩韵》，书中还收集了梅街村傩戏表演的全剧剧本，有的地方细心地附上了方言土语和普通话的对照。年轻人大多在外面学习和生活，对家乡的方言了解得越来越少，再过些年，恐怕连方言都不会讲也听不懂了。土生土长的他解释说。

许来祥还写了一首村歌，他轻轻地给我们哼唱：

> 梅街好，梅街好哎，
>
> 乱石山涯松柏翠，
>
> 竹林风里枝点头，
>
> 鸟语话春秋喂，
>
> 投资环境优，
>
> 有志之士兴伟业喂，
>
> 政通人和服务周，
>
> 共赢双丰收。

听过国际歌、国歌、军歌、市歌、厂歌……平生还是第一次听到小山村的村歌。它的旋律是否优美在我俩听来倒不重要，重要的是它是由一位深爱家乡的人唱出来的。

第十一章

*安庆，万里长江此封喉 // 电视摄制组让我俩
客串镜头 // 在迎江寺的茶楼，见到陈独秀、严
凤英 // 行将消失的江上打鱼人*

"吴楚分疆第一州"，说的就是安庆。紧靠安徽省边界的它，做了 200 多年的安徽省会，直到 1952 年才换给了合肥，所以一直被称为老首府。

我是第二次来安庆了。20 世纪 80 年代那一次，傍晚在这里换船去合肥，见到江边有座瘦瘦的高塔，人说那是有名的振风塔。这大概就是安庆留给我的唯一印象。

这次来就先去迎江寺看振风塔。

始建于明代的振风塔，因其规模与高度，有万里长江第一塔之称，因此有"过了安庆不看塔"之说。它也是安庆最著名的地标。如同翻开武汉市民的老相册，几乎都少不了一张和黄鹤楼的合影，安庆人的相册大概也少不了它。

作为中国名寺的迎江寺，门票仅 10 元，比起那些动辄几十元上百元的寺院门票，真是良心价。可惜进门后得知，振风塔刚刚经过一年的大修，正待验收，游人不能登塔。踌躇之时，一个电视摄制组向我俩热情招手，问能否客串个镜头，跟随一位学者绕塔而行，聆听他讲解几块碑文的内容。我俩欣然应允。转完塔身后，编导忽然喊停，向我俩道声谢谢。我们不甘心地问怎不登塔？他说抱歉，塔内已拍过了。

就这样遗憾地在迎江寺和振风塔"失之交臂"。

未能登塔，便登上了迎江寺的茶楼，泡了一壶香茶和邻桌喝茶的安庆人聊天。听我问起迎江寺门口两侧一对大铁锚的由来，他们解释，相传安庆的

地形犹如一艘大船，而振风塔则似桅杆，若不用各重达 3 吨的铁锚镇固，安庆城会随江漂走。谈起振风塔的名气时，有位老先生讲的另一个传说更夸张了，他说振风塔是中国塔王，每年除夕的时候，全国的塔都要到安庆来朝拜。这又让我想到位于长江汉水交汇之处的武汉人，也经常骄傲地宣称"江汉朝宗"一样。

坐在迎江寺的茶楼里，能眺望万里长江，也能眺望和长江伴行的大路，史书里熟悉的几位安庆人仿佛接踵而来。

我看见清代桐城派散文代表人物方苞的童年，有人口念"稻草扎秧父抱子"，请他对下联。聪慧的他立刻应对："竹篮装笋母搂儿。"

看见参加反清起义的壮士徐锡麟刺杀安徽巡抚恩铭的那一刻，他在人群中高声说："报告，今天有革命党人起事！"恩铭拍案问："在哪里？什么人？"他应答说："在这里，就是我。"

新文化运动的倡导者陈独秀身着布衣青衫缄默不语，向我扬了扬手里的《新青年》；

著名物理学家、"两弹元勋"邓稼先年方四十出头，头上的青丝已经泛白了，他每天和时间赛跑，着急"一个太阳不够用啊"；

款款走来的是黄梅戏表演艺术家严凤英，扮相俊美的她身着《女驸马》里的大红状元袍调皮地唱道："我也曾赴过琼林宴，我也曾打马御街前……"

写下《啼笑因缘》《金粉世家》的小说家张恨水，叹了一句人生长恨水流东，便隐去了。

可是谁能说他们就像流水似的消逝了呢？

譬如我，一个素昧平生的人，此刻就想起了他们。

写下"江上往来人，但爱鲈鱼美。君看一叶舟，出没风波里"的范仲淹，决然想不到千年之后，长江上的打鱼人将因鱼类的锐减和对水生物的保护而消失。

到安庆不久，便听到当地让以船为家的渔民上岸安居的新闻。在《安徽日报》驻安庆记者胡劲松的陪同下，来到为上岸渔民建好的十里铺乡袁江新村。得知还有近百户渔民正待上岸，便赶往渔船停泊的江湾。

正处于长江长达3个月的禁渔期，渔民可以领到一笔休渔补贴，也利用这段时间修修船、补补渔网，这是他们一年中最闲散的日子。

年过六旬的老渔民王光明师傅划着小舟到江堤接应我们，跟在小舟后面的还有一群在水面嬉戏的鸭鹅。

王师傅的渔船不大，收拾得十分整洁，不但镶了绿色的纱窗防蚊虫，还铺上朱红的仿木地板。他说船就是家，现在也讲个装饰了。见有外人来，其他船上的渔民挤过来看热闹。听说我们来自武汉，王师傅高兴地说20世纪80年代去湖南打鱼曾两次路过武汉，把渔船系在汉水码头，逛了逛黄鹤楼和长江大桥。

我一直以为渔民打鱼如同农民种田，只能劳作在自己的"领地"，惊讶地问怎么能跨省捕鱼？王师傅掏出由农业部颁发的"中华人民共和国内陆渔业

船舶证书"，解释说只要在外地的渔政部门登记信息,交付捕捞税，就可以捕捞
了。他们的渔船常年往返于江苏至湖南近千公里的江段，还经常驶进洞庭湖、
鄱阳湖等湖泊和长江的支流，但渔获确是越来越少，尤其像珍稀水生物保护
区是严禁捕捞的。

　　讲起打鱼的历史，生于1949年的王师傅说父母也是渔民，他就出生在渔
船上，全家当年从江苏泰州一带的江面最后落脚到安徽。当我问到小孩上学
的问题，没想到牵出生于1973年的渔家女余根梅的满腹委屈。从出生就跟着
父母过着漂泊的打鱼生活的她，没有地方可以寄宿念书。她排行老六，家里7
个兄妹都没上过学！王师傅不好意思地笑说，三四十岁以上的渔民没念过书
的多着呢。

　　余根梅继续抱怨道，到了岸上就是个盲人，看什么字都不认得，年轻时
也忍不住问人，对方感到很奇怪，不相信中华人民共和国成立这多年竟还有

20岁的青年不识字，让她很是害羞。受了这个刺激，她除了学会写自己的名字，还能认得几十个字。生活好转后，她让儿子一定要好好读书，可惜儿子没读完寄宿初中，14岁就外出打工了。

昔日渔家生活除了不能上学的烦恼，余根梅说，全家九口挤在一条小渔船上，小孩子连个躲猫猫都玩不起来，挤在一堆往哪儿躲呢。打架更不敢，推推就掉江里了。为了防止小孩溺水，就在腰间拴根绳子。孩子多了，还是防不胜防。

现在家里船多了也大了，但又面临一个最大的苦恼，船跑得越来越远，江河湖泊的鱼越来越少。从前做饭时随意烧鱼吃，如今捞上来舍不得吃了，要卖个好价钱，小孩读书、儿女结婚、晚年养老，不攒点钱不踏实。

船上的人都唏嘘不已，祖祖辈辈，何曾想到偌大个长江偌多个大湖，鱼竟还有被捞完的时候！王师傅感叹，年轻人不愿再过这种动荡又辛苦的水上生活，他的儿子也和余根梅的儿子一样外出打工，早早地选择了自己的生活方式。即便政府不动员上岸，再过若干年，长江还有没有渔民很难说了。最纠结的是他们除了捕鱼之外没有其他一技之长，离开长江离开渔船怎么办？

说完，他点了根烟深深地吸了一口，满船的人都陷入了长长的缄默。

在大江大河大湖中经受过大风大浪的渔民们，面对时代急剧的变化却显得有些无所适从。

出了船舱，王师傅又划着小船将我俩送回岸边。告别的时候，我本想说，王师傅，您哪天再到武汉来打鱼，记得告诉我们。最后还是把话咽下了。

上岸后又去袁江村村委会坐了坐，村干部说长江全面禁捕，渔民全部上岸是迟早的事。我向他们提议，赶紧收集渔民的捕鱼工具和有代表性的船上生活用品，建个渔家文化陈列室。得知村里最老的两个渔民已有90多岁，我又建议赶紧给这两位老渔民做个口述史。村干部听了都叫好，马上就讨论分派干部负责此事。

离开袁江村的时候，我才注意到村口的广场上立着一座浪花托起大鱼的雕塑，对于渔民们世世代代的渔家生活，它是隽永的纪念，更是怅然的作别。

第十二章

渡江战役故地，偶遇当年儿童团团长 // 雨水浸湿望江的 128 位无名烈士墓 // 县里来了省巡视组 // 玫瑰，献给那些长眠在波涛中的人

无为县是 1949 年渡江战役的主战场。中国人民解放军渡过长江的百万大军中，有 20 多万人从无为县扬帆启航。

从县城出发，车行仅 20 公里，就到了当年主要渡口之一泥汊镇。宽阔平坦的无为大堤和悠长的泥汊镇老街交接的地方，有一座被高墙环绕的渡江英雄纪念碑，一对老夫妇看守院落的同时兼在街口摆了一个竹编摊。

据他们讲，20 世纪 50 年代初就建有一座渡江烈士塔，60 多年数度整修，直到今年这个规模。每年清明节或渡江战役纪念日，都有许多民众前来凭吊。

沿着老夫妇手指的方向，穿过老街去寻找当年的渡口，路上见一老人坐在门前看书报，上前询问当年渡江之事，他放下报纸客气地请我们进屋，指着墙上的一幅彩色照片说，你们算是找对人了。照片上有一群举着红旗的中年人，旗上写着"27 军后代重走渡江之旅"，他被热情地簇拥在中间。

老人名叫王德清，今年年过八旬，渡江战役前是当地的儿童团团长，和当地群众利用江边芦苇作为掩护，引导解放军渡江船从三溪出发至长江泥汊渡口。他还谈到当时准备渡江的解放军多为北方人，不熟悉水性，渡江之前部队曾进行水上练兵。

这个水上练兵的细节，让我想起父亲的老战友夏太安叔叔，他写的《从战火中走来》一书曾有详细的描写。

夏叔叔所属 15 军 103 团是在安徽的望江县一带渡江的，由于都是北方来

的"旱鸭子"，大家在渔民的指导下，在湖泊里练习游泳和划船，虽然整日泡在四月寒冷的湖水中，但被"打过长江去，解放全中国"的口号所鼓舞，硬是在短短半个月的时间变成游泳能手。即便如此，渡江开始的那天，他们在风平浪静的湖泊里练出的技术，第一次经受长江波涛的考验，难免措手不及，有些船只入江之后马上出现了操控难的问题。

可是，千里岸线上几十万名大部分由两周前还是"旱鸭子"组成的渡江大军，仍然成功逾越长江天堑。这个战例放在世界战争史上都是罕见的奇迹！

60多年过去了，站在当年千船竞发的岸边，已经看不到那场战役的任何遗迹。开阔的江面，船来船往。一只白色的水鸟在我身边的一棵老树上，清脆地啾啾了两声，便消失在云空。

老镇上的住户也不多了，大都搬到了大堤外建的新镇，遇到的多是老人或外来租户。见我们扛着摄像机，以为是当地电视台的，便悄悄询问"渡江第一船"始发地纪念馆以及其他旅游项目的选址进展怎么样了。

原来几个地方都在打"渡江第一船"的牌子，江阴做了个"渡江第一船"模型，对岸的繁昌搞起了"百万雄师渡江第一船登陆点"，还有地方的人对媒体说，他们才是第一船，因为当时听错了出发的命令，提前发了船，只好将错就错地过了江。泥汉镇急了，认为是这儿的船工最早将解放军先遣队送到长江南岸，当年那艘木船还陈列在中国革命博物馆，于是要建个"渡江第一船"始发地纪念馆。

当我们返回大堤旁的渡江烈士纪念碑门口，取了车辆再次回望松柏苍郁的陵园，它是那么安静。谁是渡江第一人、第一船的争执，对那些献出生命的英灵来讲，已比鸿毛还轻。

终于抵达了父亲和他的老战友们多次谈及的安徽省望江县。

准备在县府宾馆住下时，见大门口有个省纪检巡视组的告示牌，上面还公布有联系号码，就犹豫了一下，担心上访的人多了不清静，转而又想到停车的便利和摄影器材的安全，还是选择这里登记了住宿。

房客极少，实际上很安静。去餐厅吃饭时，偌大的宴会厅也只有我们两

个客人。禁不住和服务员开玩笑，巡视组住在这里，没有人敢来用餐了。服务员也笑，可不是，这些天都没生意了呢。见服务员眼巴巴地盯着我手里的菜单，本来吃饭挺简单的我们，破例点了两个荤菜。

　　第二天从房间搬摄影器材下楼，遇到一位干部模样的人询问，从哪里来准备往哪里去，我如实讲，去拍摄望江县的渡江烈士陵园。他很惊讶，武汉人怎么知道这座烈士陵园？我说我的父亲当年曾随 15 军从望江渡江。他哦了一声，不再问话。

　　在县城的一家鲜花店精心挑选了一大束玫瑰，我俩径直赶往位于华阳镇的渡江烈士陵园。

　　当时在部队从事文化宣传的父亲，是跟随二野 4 兵团 15 军从淮海战役转战到渡江战役的。他在世时曾多次讲述过一个细节：部队在讨论作战方案时反复地斟酌，有位首长再三地强调，战士们历经南征北战，如果倒在新中国的黎明前，该会多么遗憾！他们大都是农民的儿子，被父母含辛茹苦养育成人，部队一定要把伤亡降至最低，让他们将来能和望眼欲穿的爹娘团聚……

今天，我也是代我的父亲重返望江。

眼前的陵园和无为县泥汊镇的烈士陵园一样肃穆。园中长眠着210名在渡江战役中牺牲的烈士，其中有名字的烈士82名，无名烈士128名。

向烈士纪念碑敬献了鲜花之后，又特意将一束玫瑰敬献给了无名烈士墓。寒春的雨水不断地落在烈士们的黑色大理石墓碑上，也落在我们的脸颊上，那是上天的眼泪。

告别烈士陵园，掉头来到父亲和战友们冒着枪林弹雨渡江的地方。

一切早已归于寂静，长江无语东去。

和父亲在望江县同时渡江的夏叔叔曾这样描述战役的激烈："远远望去，只见几里长的敌人沿江阵地上，各种武器射击时喷吐的火焰，密集得像星星一样闪烁……一时间各种炮弹在我船周围爆炸，子弹从身边呼啸而过，几丈高的水柱从江水中溅起，有的船只桅杆折断，有的船体破损严重，战士们有的抱着木板跳入江心，有的因船老大牺牲而无人掌舵，战船一时失去控制，在江心打转转……"

战役中负伤的夏叔叔还目睹"岸上一个敌方士兵，背着火焰喷射器，向江中喷射出一股股火焰"。

后来成为军旅画家的父亲，经常回忆这样一幅悲壮场景：部队渡江后他接受任务查看有无幸存的伤员，夜色中只见靠近岸边的江面上停泊着一艘木船，坐着满满一船战士，于是朝船上大喊，有伤员吗？如是几声无人应答，他感觉有些异常，便蹚水翻进船舱，发现船上的战士们胸前满是弹洞，已全部牺牲。

此刻，面对长江，我将特意留下的一枝玫瑰撒向滔滔江水，雨后的江面，晚霞血红。

第十三章

长江流经江西，接纳了中国最大的淡水湖鄱阳湖。

湖口县就坐落在鄱阳湖汇入长江的地方，它也是长江下游和中游的分界线，由此而上就进入长江的中游了。

从长江入海口崇明岛出发以来，因为一直处于长江的下游平原，行到湖口县，海拔也仅从崇明岛的 4 米上升到不足 50 米。地势平缓，公路平坦，司机更容易忽略行车安全，因此公路两侧经常可以见到"十次事故九次快，麻痹大意事故来"等交通安全标语，国道上则经常出现的是"骑摩托走天下，戴上头盔更潇洒"。有时看见"儿行千里母担忧，夫婿在岗妻惦念"，让每天奔驰在公路上的我俩会心一笑。

是的，我们出发时承诺过，一定要平平安安回家。

路上也会经常见到各地的经济工作口号，比如湖口的"决战工业一千亿，打造沿江经济强县"，显示了这个人口仅 30 余万的小县非同寻常的雄心壮志。印象最为深刻的还数湖口林业局刻在自然保护区石座上的警诫："谁杀鸟谁犯罪，谁犯法谁坐牢。"言简意赅，非常干脆。

鄱阳湖是世界著名的候鸟栖息地，有诗云："鄱湖鸟，知多少，飞时遮尽云和月，落时不见湖边草。"过去，湖畔的村民家里来客杀只天鹅，进城走亲戚拎几只野鸭不足为奇，而今大人小孩都知道非法捕鸟是要被判刑的。

中午在湖边一家小餐馆吃饭，我们故意问有没有野味卖，店主盯了我们一眼告诫说，这可是犯法的，去年有几个村民为了捕鸟卖钱，竟想出用录音机播放鸟叫的声音诱捕鸟儿的歪点子，还真抓到很多鸟儿，后来被法院判了刑。一位隔壁来串门的女中学生快言快语地说，老师给我们讲了，好多越冬的鸟都是不远万里从外国飞来的，天暖和了还要飞回去，飞得那么辛苦，刚落地就被抓了吃，人家会笑话咱们中国人的。

我为女孩的这番话赞赏地伸出大拇指。

进了县城，发现下榻的宾馆距县政府办公楼不远，站在宾馆临街的窗前，气度不凡的县政府群楼和楼前宽阔的广场尽收眼底，最抢眼的要数一条流过楼前的"护城河"，河上有3座石桥，酷似天安门前的金水桥。前两年网上晒出国内县城的一些"豪华办公楼"图片，其中就有湖口县政府办公楼。

网上搜索湖口，很快跳出几个月前该县县委书记和一名副县长涉嫌严重违纪违规相继被查的新闻。媒体也有报道，当地一些政府性的投资工程项目，如县政府行政大楼、文博中心大楼、县公安局大楼、县国土局大楼等建设工程，虽然中标公司名称不同，但是实际承建商均为同一人，已有多名相关公务员移送司法处理。

县政府的侧面，有一座仍搭着脚手架的国际大厦似已停工，附近居民说，受县领导被查的影响，不少建筑工程项目都停摆了。

官场地震，并未影响石钟山景区的人来人往。

位于鄱阳湖与长江交汇处的石钟山，因苏轼的《石钟山记》而闻名。许多游客都是因为中学读过这篇课文慕名而来，而大凡慕名而来的，往往应了看景不如听景，难免失望。

石钟山不以山高著名，海拔仅有60米，苏轼描写的是探访此山为何发出钟声般的声响。或许如今过于喧嚣，已难以听见江涛撞击溶洞发出的钟鸣。

但站在石钟山还是会有意外收获的，正如季羡林老先生登临此山时所见：江湖汇流，长江之黄与鄱阳湖之绿，泾渭分明，界线清晰，并肩齐流，一泻无余，各自保持着自己的颜色，决不相混，长达数十里。

山上有座清浊亭，一位老先生神情陶醉地吟诵着楚辞中的千古名句：

沧浪之水清兮，可以濯吾缨。

沧浪之水浊兮，可以濯吾足。

忽然觉得，石钟山不以山高而成为名山，清浊亭也不应因亭小而不成名亭。

在九江市"遇到"百年老街大中路，简直是个意外。

来过九江不止一次，都是去庐山时匆匆而过。这次在江边住下，就沿着江边抓拍镜头，经过一个码头的时候，发现路边有两座并立的石牌坊，分别写着米市和茶市，还有三组规模不小的铜像雕塑，逼真地再现了九江作为中国历史上"四大米市""三大茶市"之一的商贸交易。

一位戴着老花镜的老伯很耐心地看着我们拍摄这些雕塑，听说是从武汉来的，便热情地建议拍一拍"九江的江汉路和六渡桥"，说外地人来九江只想着登庐山和锁江楼，其实大中街也颇值得一看。说完背着手立马领着我们前行，不远就到了。

一条望不到头的长街，两边密密匝匝地排列着中西合璧风格的银楼、洋行、茶栈、教堂等建筑，站在街口，仿佛陡然闯进一部反映清末民初时期生活的老电影片场。自称八十有三的老伯，指点着这些老建筑津津乐道儿时的所见所闻，让我好似看见一个举着糖人的男孩从岁月深处活泼地跑来了。

走街串巷拍摄时，还真的遇见一个有趣的小男孩儿，他面对摄像机一点也不怵，还摆出各种造型把人逗乐。

男孩的妈妈，一位戴着眼镜显得挺斯文的年轻女子，有点羞怯地将他抱起。拍摄间隙，我和她坐在街边长凳上聊起来。母子俩都不是本地人。年轻的女子说她本生活在西部一座大城市，网上结识了安徽农村的一个小伙子，发现对方风趣又幽默，尤其善解人意。当他千里迢迢地忽然出现在她面前时，顿时被这番浪漫情意打动了，不顾家里的反对，毅然跟随小伙子穿过大半个中国来到安徽乡下开始了农家生活，很快生了这个小男孩，现在孩子已4岁

了。如今他们住在九江，出售自种的土特产。

听到这里，我十分惊诧。尽管听说过网恋，却是第一次在现实生活中遇到，而且按世俗的标准看，两人的家庭背景相差太大了，颇有点黄梅戏中七仙女爱上董永的戏段。"可是，大姐……"男孩的妈妈顿了顿终于说出来，"结婚后才发现孩子他爸脾气并不好，经常为一点小事和我吵架动手。分手吧，孩子还这么小，而且他又患了病，变得更加暴躁。"

她还告诉我，丈夫患的是较严重的肾病，手术已没有可能，中医建议只能服中药保守治疗。正说着，一个身材高大的中年男人出现在面前，女子赶紧介绍是男孩他爸。一看也是个厚道质朴的人，提着一大包中草药不多话，只是嘿嘿地笑，转身领了孩子去买零食。我悄声地问她，需要什么帮助。女子摇摇头说现在土特产的收入还行，只是心里憋得慌，不敢向父母说，懊悔当初一意孤行。

活泼的小男孩牵着爸爸的手跑过来，又牵起妈妈的手唱道：找啊找啊找朋友，找到一个好朋友。

一家人就这么牵着手汇入街市的人流中。

当我把镜头对向长江时，相机显得有些沉重。对整个世界来讲，普通人的悲伤似乎过于微小，可以忽略不计，但对他们来说，有时悲伤就是全世界，就是长江漫堤。

这也是为什么，我们的镜头常常聚焦的是浩瀚长江的一朵朵浪花。

第十四章

行走赣江 // 白猫黑猫坐桥头 // 华屋的 18 棵松树 // 漫步辛弃疾和文天祥走过的赣州 // 围屋，一个人的节日 // 太平桥古训犹在，藏了百年的善款失踪

有人曾指出，长江文明倒是更具体地体现于它流域的无数支流之中。

赣江是长江的主要支流之一，由众多条支流及几百条涓涓细流汇集而成。

行到江西，常有走走赣江的念头。于是便成行了。

江西的省会南昌和第二大城市赣州，坐落在赣江的一头一尾，从真正意义上讲，赣江才是它们的母亲河。

到南昌的人通常会拜谒两个地方，一个是滕王阁，一个是八一起义旧址。可惜，去的那天，两个地方都在维修。

由于八一起义发生在南昌，城内到处都有八一的印迹：八一公园、八一中学、八一广场、八一大道……横跨赣江的大桥自然也叫八一大桥。

顶着火辣辣的太阳，特意沿着赣江八一大桥走了一趟。多年来一直有传闻，这座建于 1996 年的现代化斜拉桥的桥头，有一对白猫和黑猫大型雕塑。在南岸的桥头堡果真见到了一只白猫和一只黑猫雄踞左右两侧。因为两猫的体格巨大，视线接触的瞬间，会产生是猫还是虎的迷惑，继而看见猫爪下一只被捕获的老鼠后，疑问便迎刃而解了。

用一对大猫来作省会城市的桥头雕塑，在世界建桥史上恐怕也是特例。关于为何要塑这对猫，民间众说纷纭，可是多年来少见官方的解释，就连设计者的信息，媒体也鲜有披露。

几经搜索，终于在《南方周末》查到一篇由南昌作者曾凡珩先生所著短文，从中得知时任南昌大学东方文化艺术系副主任的周曙参与了"双猫"的设计，他从古典文献中了解到，猫曾是瑞兽，名为"发财猫"。至今许多地方还保持着唐代崇尚"发财猫"的民俗遗风。客家语系中说"猫"犹如"冒"，即指兴旺发财之意。在传统民俗文化中，老鼠是财神爷，猫抓到老鼠就是抓到了财神爷。而且，也贴切对应了邓小平引用的 "不管白猫黑猫，捉到老鼠就是好猫"的民间谚语。

　　这大概是我目前见到的，对八一大桥白猫黑猫雕塑最详尽、最权威的解释了。其实，如果耐心地走到八一大桥的另一头，在北端的桥头堡还可以见到一对威武的狮子雕塑，也出自周曙先生的手笔，只是风头都让猫抢走了。

　　酷热的天里，在桥头拍摄黑猫与白猫的还有来自外省的一对年轻夫妇，他们并不清楚雕塑背后的故事，只是觉得白猫和黑猫顽皮可爱，看上去萌萌的。

南昌城最隆重的纪念地当数八一广场，据说在中国，它是仅次于北京天安门广场的第二大城市中心广场。夜幕降临、暑气渐散的时候来到广场上，高擎军旗的纪念塔、金水河金水桥、玻璃步行道、喷泉，在夜色中光芒四射。孩子们在这里蹒跚学步，放风筝，溜旱冰。相信这也是广场浮雕上那些浴血战斗的人们最愿意见到的。

次日，驱车 400 余公里到达赣江上游的赣州。这是一座置于西汉初年，已有 2000 多年历史的古城。站在古城墙上的八镜台，能看见章水和贡水如何合而为一汇成赣江。

赣州于我也不陌生，2012 年参加中国晚报协会组织的一个采访团，当时采访的重点是赣州的老苏区。

分派给我的采访对象是瑞金市叶坪乡黄沙村一个小小的自然村，别看它小，却是远近有名的烈士村。村民多为华姓，所以也称华屋。据传，当年村里 17 位青壮年在出发投身革命之前，在村后的青山上栽下 17 棵松树，相约革命胜利之后再回到家乡，然而，他们全部牺牲在长征途中，只有这 17 棵松树依然郁郁葱葱，村民把这 17 棵松树当成亲人年年祭拜。

华屋在字典里指华美的屋宇，我眼前是一排排裂着宽缝的旧土坯房，它仍是江西最贫困的村落之一。和同行的记者们站在后山耸立的 17 棵松树下，凝视每棵树干上钉着的烈士名牌，让人有说不出的酸楚。庆幸的是，近年有媒体报道说，华屋村的村民们已住进新居，生活也"小康"起来，政府终于实践了红军让穷人过上好日子的承诺。

再来赣州，特意在上次匆匆掠过的首府赣州市多驻留了几日。

赣江哺育的这座古城，虽距长江千里之遥，却因赣江挑起联结长江和珠江两大流域的重任，历来为江南政治经济军事重镇。文天祥、周敦颐、海瑞、王守仁、辛弃疾，包括蒋经国等历史名人都曾在这里主政。

宋代诗人辛弃疾在赣州任职时写下"郁孤台下清江水，中间多少行人泪？西北望长安，可怜无数山。青山遮不住，毕竟东流去。江晚正愁余，山深闻鹧鸪"的名篇，和他数年之后来到长江写下的"千古兴亡多少事？悠悠。不尽长江滚滚流"交相辉映，都是中国古诗词中的千古绝唱。

我同样喜欢他在赣江写下的《满江红·赣州席上呈陈季陵太守》："落日苍茫，风才定、片帆无力。还记得、眉来眼去，水光山色。倦客不知身近远，佳人已卜归消息。便归来、只是赋行云，襄王客。些个事，如何得。知有恨，休重忆。但楚天特地，暮云凝碧。过眼不如人意事，十常八九今头白。笑江州、司马太多情，青衫湿。"

它写尽了朋友间离别的愁绪，也反映了这位豪放派诗人婉转细腻的感情。一个人会是多面的，一条江也是。

漫步辛弃疾和文天祥都曾漫步过的宋代城墙，还能发现另一种风景，那就是历代以来数以万计的铭文砖。最打动我的是那些刻写有泥水匠、窑工名字的砖块，用今天的话讲就是农民工。这些朴素的人们脸上挂着晶莹的汗珠仿佛霎时从历史深处复活，组成一支浩荡的队伍与辛弃疾和文天祥并肩走在城墙上。他们虽然没有写下供后人吟诵的诗歌，却留下了古城墙这部巨著，任谁都不能熟视无睹。

继续沿着赣江的支流贡江往上走，又随着贡江走进支流濂江河，就渐渐进入长江这个巨人的毛细血管了。

于是，来到了龙南。在这里与客家人的围屋相遇。

学者们研究分析，客家人来自遥远的黄河和长江流域，由于古时历来的战乱和自然灾害，不断向南迁徙，又为了躲避新的灾难，创造了集家、祠、堡于一体的民居——围屋。

近400座围屋坐落在龙南的青山秀水之中，成为中国民居的一大奇观。被列为国家重点文物保护单位的关西新围、燕翼围等代表性围屋，除了有几户人家象征性居住外，绝大多数住户已经迁出，因此显得格外空旷和寂静。

行走在围屋长长的回廊，身边闪过的是一扇扇紧闭的斑驳的房门，那些或惊心动魄、或波澜不惊的往事，仿佛也被锁住，悄然无声。我俩尽量地放轻了脚步，唯恐踩在楼板上的声响打扰了它们。

步入围屋的人，都会禁不住从排列有序的枪洞往外眺望，绿水青山笼罩

在一片祥和之中，剑拔弩张的日子已一去不返。岁月静谧是人类最朴素美好的愿望，所以，站在枪洞前，有的只是气和心平。

一棵百年老榕树将我们迎进里仁镇的正桂村。据说这座客家古村落是因一棵颇具传奇色彩的桂花树而得名，可惜的是老桂树早已不见踪影。村里的围屋空空落落，在新民居见到的也多是老人，年轻人大都出外打工去了。

在显得格外安静的村落里转悠，一栋民居张贴的鲜红对联特别醒目，那是一幅欢庆八一建军节的对联。这才想起明天就是八一建军节了。门里走出一位胸前别着一枚毛主席像章和一枚党徽的老人，热情邀请我们进屋"吃茶"。

一进门就在墙上见到他年轻时的军人照片，老人的被子也像当兵时那样叠得方方正正，豆腐块般齐整的被子上安放着一顶老式军帽。交谈中得知老人叫李美庭，今年70多岁，18岁入伍，曾参加抗美援朝，复员后参加工作，20世纪自然灾害期间，城里动员居民回乡，他响应号召回到家乡定居。因为特别珍惜当兵的岁月，每年的八一建军节这天，他都会以这种方式独自纪念节日。

李大伯是苦出身，父亲去世很早，家中兄妹三人由母亲拉扯成人，孤儿寡母的生活异常艰难，因此对党和政府充满感恩。在李大伯堂屋的墙上并列着毛泽东主席和斯大林的画像，木桌上摆放着一面国旗和党旗。他特别珍视这一生所获得的各种荣誉，取出一大摞荣誉证书仔细地翻阅给我们看，有从部队颁发的优秀士兵奖状到镇里颁发的优秀共产党员证书。

临别，老人一直将我们送到村口那棵大榕树下。他动情地讲，当年参军就从榕树下走的，后来老榕树又迎接他回乡，人生转了一大圈回到出发的地方，尽管战友中有的做了高官，有的发了大财，但自己不后悔，听从了国家的召唤参战，又陪伴了母亲度过晚年，这辈子可谓忠孝两全了。

告别老人，沿着濂江河来到了太平江，在龙南县杨村镇见到了历经百年风雨岿然屹立的太平桥。

这座造型独特的古桥在建造时使用的是募集的善款，因此要求经办者"必须廉洁自律，不得私吞分文，吞则誓将绝后"。大桥落成后尚有余款，人们将它兑换成金条秘藏于桥体，以备后人修桥之用。

当地老百姓相传，这些藏了百年的金条却于20世纪80年代被人偷走。唯古训犹在。

太平江是赣江的源头，某种意义上也是长江的千百条源头之一。坐在这座百年廊桥上，聆听河水从桥洞下淙淙流过，百感交集。

第十五章

黄梅，鸡鸣三省的地方 // 摆渡两省间的三代
船家何去何从 // 一去二三里，村村都有戏 // 有
棉花有油菜花也有诗歌

过了江西的九江，对岸就是家乡湖北了。

进入湖北的第一个县是黄梅。

黄梅的刘佐乡一面与安徽省宿松县汇口镇接壤，一面与江西省九江县江
洲镇隔江为邻，被称为鸡鸣三省之地。

数年前我俩探访湖北省鸡鸣三省的地方就曾经到过刘佐。这次再来，镇
上的许多居民竟还记得，沿街不时有人老街坊似的打招呼。

最靠近安徽的是滨江村。湖北人家和安徽人家仅隔一条马路，人称"省
对省，门对门"。街上有家名副其实的"皖鄂边区摩托车修理部"，马路上两
省的娃娃在一起玩耍，老杂货店门前的长凳上挤着两省的乡村媳妇儿，每天
"一脚跨两省"来回串门。两省通婚也是很常见的事儿，谁家有个安徽的媳
妇、湖北的女婿，不算稀奇。

站在刘佐乡的长江大堤上，能看见江中心有座巨大的沙洲，江心洲上是
江西省九江县的江洲镇，许多居民和刘佐乡人都是亲戚。由于没有桥，自古
以来全靠摆渡。在两省之间驾船摆渡的是刘佐乡人沈华振，从他爷爷那辈起
就开始在这条江上摆渡，算起来已经是三代船家了。

我依然记得那年第一次见到时年 26 岁的沈华振的情景。

那天，一条小小的机动船从江心洲那边隆隆地驶向江这边。当船渐渐靠

岸，我惊讶地发现船上只有一位女乘客。小沈说，爷爷在世的时候说过，有急事一个乘客也要渡，半夜有人求助也要出船。后来父亲是这样做的，他接手后也不能例外。

开渡船是个辛苦活儿，无论春夏秋冬，早晨六时就要赶到码头来，傍晚才能收班。只有江面刮五级以上大风的时候，按规定不能行船，才能休息一下。小沈新婚的妻子怀孕了，他在行船之余多了一份牵挂，望着空落落的江面对我感叹：什么时候这里能修座大桥就好了！可是十几公里外的县城已建了长江大桥，专门为江边两个乡建座大桥，似乎不是很现实。

女乘客下船后，码头上来了七八个刘佐乡的村民，是一家子，姓张的老汉兴奋地说去江洲那边的侄儿家喝喜酒，小沈的耳朵上也就多了一支喜烟。他麻利地解开缆绳，小渡船隆隆地驰向江西。阳光中的江面万道金光，他的船仿佛开进了太阳里。

时隔五年，我们揣测小沈的孩子也该有四五岁了吧，便决定在镇上新开的超市给小孩买点礼品。提着礼物来到小沈家，他的母亲说小沈到外地办事去了。屋里有三个小孩在玩耍，齐伟问哪个是小沈的孩子，他母亲有点不好意思地笑道，这三个娃娃都是。我俩不由大吃一惊，一别五年，小沈已是三个孩子的爸。老大老二都是女孩，最小的是个男孩。小沈母亲讲了实话，农村生个男孩才踏实。

小沈出远门了，开船的换成他爸，我们赶到江边码头见到了老沈师傅，他还是那样精神矍铄，老船也因为安全的因素换成了新船。沈师傅说，农村出外打工的越来越多，乘客也越来越少，且多是老人和小孩，船费由过去的2元涨成了2.5元，但油价等运输成本涨得更厉害，这个季度他已亏了5000元，好在政府还有些补贴，否则这船开不下去了。

沈师傅也很纠结，没有桥，摆渡一天也不能停，有一次他们父子俩正好都要办急事，可急坏了两省要过江的村民，手机都要打爆了。他说，几十年来只有大年三十这天收班早点，下午五点回家吃年饭。去年除夕夜吃过年饭，全家人热热闹闹地看春节电视晚会，正看到兴头上，对岸江洲镇打来电话，说有个老太太中风，得马上送到九江市医院急救，他二话没说骑着摩托就往渡口赶，因为摆渡及时，老太太送医院后救回一命。

说到这里沈师傅摆摆手，这类事已稀松寻常，谁家没个急事呢。他也很念两岸乡亲们的好，对他们父子特别尊重，凡救过急的，逢年过节会登门答谢。"几十年了，渡来渡去都有感情了，我看着许多光屁股娃娃长大，不论当兵的还是上大学或做了官的，每次在船上见了面好亲热。他们也看着我从小沈变成老沈了！"沈师傅望着川流不息的江水连连感叹。

谈起他的孙子，沈师傅不希望出现四代摆渡的历史，认为风里来雨里去很受苦的，孙子应该有更好的未来。

这时，有人远远地从江堤上跑下来：沈老板，沈老板，帮个忙。

沈师傅回头对我们讲，有急事，一个人也要渡，老规矩了。

我们目送这条载着一个乘客的渡船向江西驶去，就像五年前见到小沈一样。

当年在刘佐，我曾指着一望无涯的油菜花和刘佐人开玩笑说，国有国花，市有市花，如果刘佐评乡花的话，一定是油菜花。刘佐人却笑道，或许是棉花呢。

刘佐盛产的棉花在全国都有名气。说到棉花便说起网上流传着这么一句：这世界上最浪漫的事，就是和我的爱人一起种棉花。我笑，种棉花哪有这么诗意。做知青下乡插队时，我种过的。刘佐人看了我一眼，认真地说，我们这里就有个诗社，叫前流诗社。我一愣，后来真的看到了厚厚一本前流诗社编的《前流诗词》，已经出到第12期了。

这本书装帧朴素，朴素得像一株棉花。洋洋洒洒200来首诗词，有农家生活拾趣，也有诗友间的唱和应答，梅花、棉花、西瓜、南瓜皆可入诗，风雅流韵和泥土芳香混搭。在到处都闻麻将声的中国乡村，遇到一本乡村百姓的诗集，怎不教人怦然心动?! 更让我惊讶的是，黄梅县的乡村十有八九都有诗社，都出诗集！

那天，在一幢乡间老宅，我们见到了年近六旬的诗社社长陈明德，他说，前流诗社已成立20多年，除了本乡的诗词爱好者经常在一起切磋诗艺外，他们还以诗会友，时常与相邻的安徽省宿松县三江诗社、江西省九江市匡庐诗社进行诗歌交流。

这次来又找到了当年探访过的乡村诗人们。久别重逢，分外高兴。陈明德先生说他因为年事已高，不再担任诗社社长了，改由退休的副乡长占国松担任。占乡长爱好文学，人脉也广，给经常为编纂诗集的经费发愁的乡村诗友们减轻不少压力。

如今，《前流诗词》仍然每年出一本，已经出到17期，依然保持了浓郁的乡土气息，不仅封面装帧更加漂亮，书页也更加厚重了。诗集的内容还增加了《时代风采》一章，刊载了《鹧鸪天·十八届三中全会操艇远航》《嫦娥三号登月成功喜赋》等不少反映时事政治的新诗。

一本小小的诗词集也形象地记录了中国农村在大变革时期的现实场景，既赞"机耕代水牛，药剂换锄头。摩托胜骑马，手机替信邮"，也叹"雪白楼房小康家，汽车摩托竞豪华。可怜头上飞霜母，忍痛挨饥泪如麻"；既写丰收的喜悦"十里八乡，油菜金黄，引鸟儿唱，蝶儿舞，蜂儿忙"，亦怜留守妇女的酸辛"秋风望断盼郎归，腊雪飘零人未回。春运人多车票紧，滞留乘客多愁眉"。

陈明德先生欣喜地告诉我，他的儿子在网上发现了我写刘佐的文章，兴奋地说，爸爸写了一辈子诗，名字上了报纸。冯老先生则有点不好意思地对我讲，没有和我商量，把那篇文章也收进书里了，一本自编的乡下民间刊物，大材小用莫要见怪。

我感动地握住他们的手：这是我的荣幸啊！

黄梅是黄梅戏的故乡，有"一去二三里，村村都有戏"之说。

刘佐乡的村民陈吉红是100多个民间黄梅戏班中的一员，她还在母亲怀里吃奶的时候就听大人哼戏唱戏，耳濡目染，从小就成了黄梅戏戏迷。只要村里搭了台子，相邻的安徽村民就会跑过来看戏，而安徽那边的村子唱戏，她也跟着大家往那边赶。长大后的陈吉红因为嗓音条件好，扮相也不错，农

闲的时候便参加民间戏班四处演出。

五年前我们来刘佐乡时，听说陈吉红要到九江唱戏，便跟着去拍摄。

说起来是出省，但九江市对黄梅县人来说太近了，跨过一座长江大桥就到，用武汉话讲分分钟的事。出发那天，陈吉红的母亲帮她抱着还在吃奶的孩子，陈吉红则拎着装有行头和化妆盒的戏箱，早早地坐上乡间班车到小池镇，然后换乘 17 路公交车过桥到九江。

陈吉红去演出的烟水亭，是九江市最热闹的公园之一。人一到那儿，耳朵都快震麻了，广场上已来了好几家黄梅戏戏班，各家划地为界摆开架势，音箱喇叭响成一片，仿佛打起了擂台，观众围得里三层外三层。似乎早已习惯了这种场面，陈吉红坐在一棵大树后不紧不慢地化妆，再看她时，已"穿越"为古代一个俊俏的丫鬟。虽说戏班都是临时组成的演出班子，但大家配合默契，演得十分投入，观众叫好声也此起彼伏。

这次也巧，几年来跟着一个 20 多人组成的戏班在广东、福建一带演黄梅戏的她，刚刚到家。五年不见，陈吉红又添了一个可爱的男孩，人还是那么漂亮干练。再见面都很惊喜，她的母亲麻利地切了一个大西瓜给我们消暑。

我说没想到黄梅戏还会在广东、福建一带有市场，陈吉红大发感慨：那边的人可爱听黄梅戏了，而且给的价钱又高，每演一个场，戏班能拿到一万多元，在本地才能拿到一千多点。

凭着唱黄梅戏赚的钱，她家已在黄梅的繁华小镇买了新居。但走穴也是很辛苦的，每天坐着包租的大巴车东奔西走，居无定所，一场戏全本演出下来要唱四五个小时，孩子放在后台的化妆桌上常常就独自睡了。陈吉红的丈夫也是民间名气不小的黄梅戏演员，遇到有的戏班仅请她丈夫，夫妻俩只好分两地走穴，一别就是半年。过几天，他们又要带着小儿子上广东，这次总算可以夫妻同台了。

第十六章

炸山开矿中，永远逝去的江景 // 楚江锁钥半壁山 // 留下一口老井就留下了一处承载乡愁的地方

别刘佐沿江而上，沿路不时忍受一辆辆明显超载的大货车扬起的尘灰。透过这些弥漫的粉尘可以看到江边大大小小的采石场、水泥厂。

两岸绵延的青山，多被挖得满目疮痍，裸露出大片惨白的山体，宛如断首断腕的壮士默然面对长江。这已不是蚕食了，而是毁灭。

长江三峡因是世界著名的自然风光区，也是当地重要的旅游资源，受到了特别严格的保护，而长江中下游岸线两旁这些被认为没有什么旅游价值的群山，成为各路矿主的聚宝盆。

大自然经过亿万年的地壳运动，在长江中下游两岸造就的青山，都是给人类美好的馈赠，可短短数十年就毁于我们同时代人之手！而且这些被开挖的山体，薄薄的土层下面大都是石灰岩，恢复茂密的植被异常困难，尤其采矿之后，山形永远都难以恢复原状。

青青群山和滚滚江水一起构成万里长江的自然原貌，没有哪一段是可以被损害的，这段美景如今永远逝去了。面对这片残破的山河，让人欲哭无泪。

和武穴梅川镇的王志新先生是在网上认识的。

这之前，我们登陆当地网页发现了他发表的 78 篇介绍家乡的文字和图片，梅川镇 76 个乡村，他都走遍了。我很好奇这个走遍家乡山水，热心地记录家乡历史的网民是个什么样的人。

在他的帖子后面留了联系方式，很快就接上头。到了梅川镇后见了面，才知道他是高中毕业后从梅川招工到武钢的，退休前在一家有万名职工的大厂当工会干部，2002年回到家乡定居。

七十开外的王志新先生说他最初有一个朴素的梦想，让他从小生长的地方恢复记忆中清澈的河流、云霞似的梅花、洁净的古井。

他硬是做到了。

王先生带我们来到梅川镇的小河边。在职时回乡探亲，他痛心地发现童年记忆里这条美丽的渴了可掬水喝的小河，被腐烂的淤泥和废弃的杂物充塞，岸边开满云霞般花朵的冬梅和春梅已不见踪影，老街上那口常伴随邻里欢歌笑语的古井也消失了。

退休回家后，他自费印制了劝大家爱惜家乡山水的宣传单，每家每户的发送，不断地提议，一趟又一趟地奔走，引起政府重视，终于小河疏通了，水流清澈了，行行梅树也回到了堤岸。

我们见到王先生双手抱住已长成胳膊粗的梅树，仿佛搂住失散多年的孩子，笑得也像孩童般灿烂。

跟随走到他从小生活的老街，但见古雅的青灰砖墙围绕一口古井，两条红锦鲤在井里自在地游荡。两个中年妇女正蹲在井边洗红的萝卜、绿的芹菜，直夸王先生把被垃圾掩埋的老井救活了，如今大家经常相约着到这里提水、涮洗、拉家常，好欢乐。王先生听得脸红红的，好似小学生听见老师给作业打了满分。他说，街上的人早就用上了自来水，可是祖祖辈辈都是喝这井水长大的，有这口井在，对于走得很久很远的人，用句时下的热词来说，就是有了承载"乡愁"的地方。

他还请人将古井的美丽传说镌刻在古井边的青石墙上，又特意为古井建了小院，在网上征集了一副当地语文教师撰写的对联，庄重地刻在了门两边。当这口井充满了隆重的仪式感，庸常的生活也仿佛出现了一束光。

王先生居住的老宅宽敞明亮，院里花朵明媚、绿意盎然。当问起他如何走乡串户做村史记录的，他指给我们看天井里的一辆电动车，平时就骑着它翻山越岭。退休了本可以像许多老人一样，打打麻将，含饴弄孙，为什么要付出全部精力上山下乡？他感叹道，乡村变化太快了，老辈人越来越少，年轻人外出打工已成潮流，那些久远的故事也伴随着老人的离去、老房子的推倒，渐行渐远，终有一天会看不见。所以想通过文字和图像将它们留下来，总有一天，那些走得飞快的年轻人会回头张望来路的。

虽然梅川镇的村落都跑遍了，武穴还有好多乡镇没有跑到，经常是对村史知根知底的老人今天去还在，下次去就已看不到了，王先生说得和时间赛跑。在外地工作的儿女也很支持，他高兴地拿出一台尼康单反相机，说是儿女在他 70 岁生日那年送他的礼物，今年又准备添些新的摄影器材。

临别，他一再对我们的来访表示感谢。其实最应该表示感谢的是我们，是武穴，是所有的人。中国若多一些这样执着地爱惜家乡的人该多好！

从唐古拉山进入中下游平原，一路恣意铺陈的长江在武穴的田家镇忽然紧缩江面，使之成为三峡以下最狭窄的地方。

南岸的江边耸立着一座孤峰，山形仅有半壁，它就是大名鼎鼎的阳新县的半壁山，因其所处的地理位置，成为扼长江中下游之隘关。

今天路过此地的船只，可依稀见到半壁山摩崖上刻写的"铁锁沉江""东南半壁""楚江锁钥"等雄浑的字迹，它们是湘军水师和太平军在这里殊死决战的见证。

抗日战争时期，中国军队曾驻守半壁山，浴血奋战猛击日军。我国著名计算机史专家徐祖哲老师，曾著文描述了这场义薄云天的激战：

1938 年 4 月，中国军队在半壁山一线炮台布炮 40 门，以掩护江北的要塞田家镇。6 月上旬，武汉卫戍总司令部调派一个加强旅，总兵力 7200 人驻防半壁山，全旅官兵同仇敌忾，签名宣誓"愿与半壁山同存亡"。

9 月，日军陆海空联合，疯狂进攻田家镇和半壁山要塞，中国守军顽强抗击，激战半月余，重创日军，但终因日军施放毒气，我军伤亡殆尽，田家镇阵地尽毁，半壁山也随之沦陷。此役，抗日将士阵亡 824 人，伤 278 人。

徐祖哲老师还告诉我，武汉沦陷之后，中国军队安排游击队仍在长江布设水雷，阻止日军的江上物质运输，一次曾有 200 名农民从咸宁走山路协助海军运送 40 枚水雷到半壁山，乘夜黑投入江中急流。

徐老师对这段战史的追访，也使半壁山这段江面击沉日军舰船的记录浮出历史长河。

我曾惊讶于徐老师对半壁山历史的娓娓道来，而且他的笔名和网名都叫"阳新"，后来了解到，祖籍黄冈的他于 1969 年随邮电部从北京下放到邮电部阳新五七干校，在半壁山下长江之滨劳动了三年多。

当时邮电部有 3000 名干部和家属，在阳新县血吸虫遍野的网湖湖滩上垦荒盖房、养猪放牛、防汛筑坝，还创办了当时中国最大的电话机生产企业"五三六厂"。在这支肤色已与农民无异的队伍里，有当年的邮电部部长、从国外回来的通信专家、设计猴票的著名邮票设计家等。

在这段特殊的岁月里，半壁山农场给予他们特别的温暖，成为他们人生中不同寻常的一座地标，以至下放干部中的许多人一而再、再而三地重返故地。这种情结最后凝结为半壁山农场专门建造的一座"邮电部阳新五七干校纪念馆"。

得知我们行走长江将途经半壁山，徐老师特意帮助联系了半壁山农场，还用微信传来他当年在山上拍摄的黑白照片。我和齐伟登上了半壁山山顶，在当年中国军队为保卫大武汉曾经浴血奋战的战壕边，向徐老师眺望的方向眺望，江天一色，五谷丰登，大地金黄，他和同仁们当年建造的全县最大的排灌站至今仍在运转，而照片上那位头发乌黑的俊朗青年，今年亦将步入八旬了……

我们祈愿炮火和硝烟永不再来，祈愿徐老师们经历的那段艰难岁月，虽然难忘，但也永不再来。

第十七章

蕲，又名水芹，蕲春意为蕲菜之春。它也是中国医圣李时珍的家乡。

之前读过古诗："松下问童子，言师采药去。只在此山中，云深不知处。"以为常年采药的李时珍一定也住在蕲春的大山里，岂知他生活的地方蕲州古镇，据传是鄂东最大的城池。明代时"城墙长九里三十三步，高一丈八尺，城门六个，城上堞二千一百六十五个，城上吊楼九十九间，城里寺庙道观九十九座，还有九十九口水井"。

这些地方志里记载的古建筑，除了一小截双孔的宋代城墙，其他都不见影了，所以只能当传说来听听。倒是李时珍的印迹随处可见，镇上有李时珍大道、李时珍药房、李时珍药膳等。而真正和李时珍本人有重要关联的，是距蕲州古镇约2公里的李时珍陵园。去的时候，陵园正在大规模修葺，新雕塑的李时珍大理石半身胸像还蒙着一块大红绸，等待着重新开园时揭幕。虽然见不到胸像的真容，但园中还有一尊李时珍的全身雕塑，非常生动地展现了他脚蹬草鞋、身背药篓访医采药的情景。

李时珍访医采药的范围并不限于蕲州乃至湖北，足迹竟还遍及河南、河北、江苏、安徽、江西、广东、福建等广袤地区的名山大川。这在交通不便、虎狼肆行的古代，的确是难以想象的。不由想起与他同朝代的著名旅行家徐霞客。都是跋山涉水行万里路，都是付出了一辈子的心血留下巨著。一位写下了第一部总结中国古代药物学的《本草纲目》，一位写下了著名的地理考察专著《徐霞客游记》。

他俩都是明朝并肩而立的两位巨人。

怀着崇敬的心情，我们拜谒了李时珍之墓。发现虽然历经近 500 年风雨，李时珍和他夫人的合葬墓，以及他父母的合葬墓，竟保存完好。据当地人讲，李时珍及他父母的墓地是 1949 年之后普查文物时才被发现的，当时两座坟冢清冷地处于一片荒野之中。乡民相信这位医圣的坟冢有防病治病的功效，间或有人来抓把坟土、扯把青草带回家。列为国家的重点文物保护单位后，经过几十年的精心修葺，如今已变成由李时珍墓地、李时珍纪念馆、李时珍医史文献馆和百草药园等组成的规模宏大的文化景区。

伫立在李时珍的墓前，我感慨的是，李时珍和徐霞客这两个男儿，在那个时代都勇敢地挣脱了仕途功名的篱笆，一生都执着于自己所热爱的事业，并造福了人类。可惜，他们虽然都出生于 16 世纪，但李时珍生于世纪初，徐霞客生于世纪末，一生未有交集。在信息闭塞的时代，也未必知晓彼此，但愿他俩在另一个时空相遇，并且互为知音。

返回蕲州古镇的路上，见到路旁有座规模宏大的露天体育场馆，不时传来吹拉弹唱的声音，便好奇地去看究竟，原来当地一群文艺爱好者正在场外的回廊上排演一出古装戏。我不经意地趴在体育馆紧闭的大铁门看了一眼，没想到发现一幅令人目瞪口呆的奇景：能容万人的体育馆里，空旷的运动场竟全部变成了耕地，不知是谁还种上了几大片油菜花，仿佛上演着一个无声的荒诞剧。

问及周边居民体育馆寥落如此的原因，一位老大爷激动地从椅子上蹦起来，带我们找到守门人打开了体育馆紧锁的一个大门，他踩在耕地上愤然说，这个运动场已被私人承包，收了油菜之后将种上一种叫蕲艾的草药。

从老人的讲述中得知，这座造价不菲的体育馆建于 1992 年，还未进行体育活动，就用来作全国药材交易市场，常年有来自各地的药商驻扎，每年的

交易会人山人海，盛大的开幕式上还有明星演出，飞机盘旋做广告，热闹非凡。可仅仅红火了两年，药材交易重心不知为何转移到了县城，药商也纷纷撤离，场馆只好关闭，十多年来就这样一直废弃。后来又传要炸掉，但直到今天再无消息。

有风吹来，面对摇曳的油菜花，我想和大爷说点什么，一时竟找不到合适的言语。

蕲春县除了李时珍，还有位文化名人叫胡风，老家在蕲州镇下石潭村，村里有所小学以他命名。

前往胡风小学的路上，沿途见到公路两侧盖满农民的新居，家家门前都竖有两根壮硕的罗马圆柱，屋脊上砌着二龙戏珠。遇到一个乡村建筑材料厂，工人们正忙不迭地用水泥浇铸罗马柱，我好奇地问，这阵风从哪儿刮来的？他们笑说不清楚，但眼下都时兴这个，供不应求呢。

这种土洋混搭的民居，让我们感叹都市里云集的建筑设计者，显然把乡村这片广袤的土地忽略了。

胡风小学坐落在一个小小的山坡上，去时校园正好下课，孩子们玩得不亦乐乎，见了陌生客也不拘谨，很有礼貌地问好。

院里的花坛上有一座体型瘦小的胡风塑像，朴素得像乡邻老大爷。村里请人塑的，虽然谈不上艺术水准，但我觉得挺好，名人不是供人仰望的，平凡的神情会让孩子们感觉每个人都可以成就为他。

校园门口有两棵根深叶茂的大树，若不是 63 岁的董老师解释是他 17 年前亲手栽的，我以为树龄已有百年了。他笑道，应是这里的泥土好，所以长得好。他还告诉说，在我们来之前的几个月，胡风的子女带着家人回乡探亲，也特意来过学校看孩子们上课。我看了他们的照片，和他们的父亲酷似，好像胡风也坐在了教室里。

从年轻的张校长那里了解到，胡风小学是村办小学，仅开设一至三年级，每个年级仅有一个班，全校仅有 24 名学生和 3 位教师，而当年学生最多时有230 多人，教师 11 位。学生急剧减少的原因是大都被外出打工的父母带到身边读书去了。娃娃们念完三年级怎么办？校长说将被家长送到镇上或县城的学校寄读。

不知不觉午饭的时间到了，校长热情地邀请我俩和孩子们一起就餐。厨房窗明几净，孩子们饭前还主动洗手，拿着碗筷排队就餐，秩序井然。午餐两菜一汤十分可口，老师们说中餐都由国家免费提供，米饭管饱。上课的钟声敲响后，我专门看了老师板书，字迹之工整，讲课之生动，让人对这座乡村小学刮目相看。

走出校园，眼前是一条蜿蜒在丘陵间的小路，当年胡风就是从这里走向外面的世界，他没有料到就此展开的却是令无数人嘘唏不已的一生。如今他以这种方式回家，回到他童年生活的地方，永远站在这里，提示这个世界，所有孩子的人生应该平安和美好。

第十八章

七里坪有条长胜街 // 从这里，我带回一盏马灯 // 往返麻城举水河和四川的"麻乡约"

　　中国有 9 个县因将军数量众多而被民间喻为"将军县"，而湖北的红安以走出韩先楚、陈锡联、秦基伟等 223 位将军，被称作"全国第一将军县"。

　　这些出生入死打下江山的将军被视为红安的骄傲，沿着国道去红安，可以见到公路桥的桥梁上不时闪过"某某上将故里"的醒目标牌。在红安最繁华的商业区还有一条将军街，悬挂着如雷贯耳的几十名将军元帅的照片和生平介绍，出生于黄冈市团风县的林彪，也名列其中。

　　离红安县城 20 来公里的七里坪镇有条更为著名的长胜街。一条有着几百年历史的明清古街，花岗石条铺就的街面两旁，错落着明清建筑风格的老房子。但它的出名显然不是因为民居的风格。

　　这里是"黄麻起义"的策源地，孕育了中国工农红军第四方面军，它也是鄂豫皖苏区早期中国革命的中心之一，成立过"列宁市"，有最早的革命法庭，还设有"苏维埃银行"。

　　那个年代，在偏远的大别山腹地，诞生这样一个以俄国领导人命名的地盘，一定是件开天辟地、惊世骇俗的事情。而事实上它也公开宣告要创立一个新世界，承诺让天下百姓都不受剥削和压迫，过上幸福的日子。所以，对老百姓来讲，名字已经不重要了。它也获得"铜锣一响，四十八万，男将打仗，女将送饭"的热烈呼应。

　　我第一次来七里坪正逢 7 月 1 日，到处人山人海，午饭时分所有大小餐馆挤满顾客，要等候很久才能有空位。老乡们也纷纷带来自家生产的土特产来销售，南瓜、花生、红薯、板栗、布鞋很快就一售而空。少有人讨价还价，大家觉得以这种购买方式改善老区百姓的生活，应该的。

记得我那天买了一顶印有红五星的斗笠。

这次重返七里坪长胜街，或许不是节假日的缘故，游客少了许多，整条长街十分宁静。

其实，时光倒回80年前，长胜街也不仅仅只有政治生活。

七里坪地处鄂豫交界，商贸十分活跃。据红安县志记载，"1927年长胜街从南到北仅经营粮油的漕行就有30多家"，商家们每天把收来的粮油、山货、特产等，用竹排从倒水河运向阳逻，销往武汉，再从武汉把当地需要的工业品、生活用品运载回来，销往各地。当时的七里坪就有"小汉口"之称，长胜街则被誉为汉口的闹市"六渡桥"。

在长胜街的一家住户门前，齐伟招手让我过去，原来，屋里挂着一幅国家领导人和一位老大爷拉家常的彩色照片。我端详坐在一把小竹椅上的老房东，猜想他就是照片上的老大爷，一问果然是。

我问是事先安排好的吗？老大爷说没有，那天他正像往常一样坐在家门口晒太阳，就看见经常出现在电视新闻联播节目里的领导人走过来了。"因为我的年纪比他大，我也就没有站起来，他人蛮和气，我们说了一会儿话。那时他的头发还是黑的，这些年我看见电视上的他有了白头发，当个县长都不好当，莫说这么大个国家呢。"

街口多了一家"红色书店"，除了琳琅满目的书籍，还出售红军军帽、红军背包、军服、军号、马灯、红缨枪等。门口的条桌上摆放有两个篾片热水瓶，提供免费的茶水，有一个木箱上写着五个大字"为人民服务"。

我们在书店挑选了一盏马灯。

长胜街外还有一条大街，商铺林立，摊贩云集，因为卖的都是当地人的日常生活用品，也热闹得多，充盈着浓浓的烟火气。路边的商贩热情地向我们招手：老乡，带几块七里坪的豆腐回去，我们这里水好，豆腐可是有名的。

从长胜街走到这里，仿佛霎时穿越历史隧道走进现实生活。

这也让人喜欢。

举水河发源于大别山南麓，也是长江中游北岸重要支流之一。它自北向南流经湖北麻城、新洲，在团风县境内注入长江。

麻城举水河畔十里铺立着一块碑石，纪念历史上一次又一次从这里出发的先民。

"问我祖先来何处，山西洪洞大槐树。"明代以来的数百年间，这首民谣在我国广大地区到处流传。同样，如果问起四川人的祖先来自哪里，他们中许多人会说：湖北麻城孝感乡。

麻城的孝感乡在中国的移民史上与山西洪洞的大槐树一样，是著名的移民发源地和集散地，明代"湖广填四川"，从这里源源不断迁出的人群，几乎填充到了四川的每一个角落。

关于这场移民，多年前我曾请教过时任麻城市政协主席凌礼潮先生，他曾专门研究过这段历史。当时我还提出一个疑问，这个孝感乡是否应是今天湖北的孝感市？凌先生随手抽出一本清康熙九年的《麻城县志》，指出县志中清楚地记载了明初麻城的区划情况：初分四乡，太平、仙居、亭川、孝感。成化八年（公元1472年），以户口消耗，并为九十四里。复并孝感一乡入仙居。他还说，关于麻城孝感乡，在四川移民的族谱中也屡有提及。

举水河波光荡漾。当年大批麻城移民走水路的就是从这里乘船出发，通过举水河到达长江，又沿长江逆流而上穿过三峡进入四川的。四川民间还有人认为，川人爱缠头巾的习俗，缘于当年押解途中死人太多，经常头缠孝布，天长日久，便逐步演变成用途多样的头巾了。

我偶然在一部中国邮政史籍上发现和这场移民有关的一段文字：

明永乐年间，湖北麻城县孝感乡大批被迁往四川的移民，因为远离故土，思乡心切，每年推选诚信守义、不负众望者回乡探望，往返捎带家信和两地的土特产，后相沿成习，称为"麻乡约"，开创了中国民间通讯之先河。

这是我闻所未闻的一段历史。那是怎样的一批信使！他们肩负着乡亲的重托，从四川往返家乡湖北麻城，该有几千里路吧，既要面对难于上青天的蜀道，还要承受被劫杀被兽侵的人身风险，这是一种以性命作承诺的担当啊！

凌先生说，清末民初，重庆西二街口子上就设有"麻乡约总行"，门面十分醒目气派。虽然"麻乡约大帮信轿行"后来消亡了，但由"麻乡约"带动的乡情传递至今绵绵不绝，年年岁岁都有川渝人士来麻城寻根问祖。

举水河相对长江来讲，无疑是太小了，但正是无数条这样的支流壮阔了长江，也让民族血脉相融。

第十九章

大冶，毛泽东说骑着毛驴也要去看看 // 从敬畏一棵树开始 // 人类有了第一炉冶炼的火光，也有了困扰千年的难题 // 铜草花开了

"西塞山前白鹭飞，桃花流水鳜鱼肥，青箬笠，绿蓑衣，斜风细雨不须归。"这是唐朝诗人张志和《渔歌子》中的名句。

黄石的长江边就有座俯视江涛的西塞山，山上还有一个桃花洞，当地人坚信诗中描述的就是这里。

可我有位湖州的朋友持有异议，因为湖州也有一座山清水秀的西塞山，认为诗人是泛舟湖州的时候见景生情。再说了，黄石2000多年前就以冶炼矿石闻名，哪来这般诗情画意？他30年前曾到过黄石出差，每天笼罩在呛人的粉尘里，仅一天时间白衬衣就变成了灰衬衣，放炮炸山的声音更是从早到晚响个不停。

后来我们达成共识：兴许是放炮炸山把诗歌描述的意境炸没了。

玩笑归玩笑，但黄石的西塞山下确有座大名鼎鼎的冶钢厂。冶钢的前身也是清末张之洞和盛宣怀创办的汉冶萍公司的重要组成部分，而"汉冶萍"标志着中国近代民族工业的开启，被称为中国钢铁工业的摇篮，至今厂区内仍保存着百年高炉。

1958年9月的一天，毛泽东主席手持一把蒲扇冒着酷暑来到黄石，住在西塞山下。他说过"骑着毛驴也要去看看"。但他显然不是来欣赏唐诗里的西

塞山的,而是要看黄石铁山区的大冶铁矿,并且亲自登上了矿东露天采厂。从开国领袖的急切心情不难理解此地对新中国的举足轻重。

现在我俩就站在这座著名的矿坑,从落差达 400 多米的陡坡上,俯瞰这座面积相当于 150 个标准足球场大的人工天坑,空气中除了寂静,还是寂静。连续百年的开采,它再也吐不出滚滚的矿料,进入 21 世纪的当年便疲惫地拱手谢幕了。

听说张艺谋导演也曾到过这里,被矿坑的气势震住了,表示将来可以在此拍个大片。

紧贴天坑的是一座高达百米的大山包,自西向东延绵十余公里,让我们无比震惊的是,它竟然全部是由百年来大冶铁矿排弃的 4 亿多吨废石堆成的。

　　黄石还盛产水泥，据说人民英雄纪念碑和三峡工程用的水泥，许多都来自当地有百年历史的华新水泥厂呢。多年前我和齐伟来过黄石，它那三个巨无霸似的大烟囱已不再吞云吐雾。为了解决严重的污染，政府刚刚狠心地把华新水泥厂关停，同样关闭的还有大批的露天矿场。

　　如同天坑变身地质公园，整个城市也开始一场艰难却必需的转身。

　　那年，在园林局还听到了许多关于树的故事。市内 142 株古树名木，每棵树都拥有"监护人"，还有专项的"养老金"。 为了一棵古树，留住了它深深扎根的半座山，大道恭敬地绕了个弯；为了一排古树，贯城大道特意在寸土寸金的街心为它腾出一片岛；甚至为一棵树的被毁，有人愤然走上了法庭打官司。

　　但凡有铜矿的地方会生长着一种特别的植物，它叫铜草花。黄石大冶有

一个远近闻名的民间环保组织便以铜草花冠名。

有着多年志愿者经历的刘星、柯培新、冯建军、余岳来、石兴文等，是我和齐伟的老朋友。每次来大冶，都没赶上铜草花开的季节，这次，刘星约上了培新、建军还有兴文，特意带我们去了以古铜冶炼遗址闻名于世的铜绿山，因为铜草花开了！

铜草花有淡紫色的花蕊，茎秆纤细，花瓣细密，朴素得就像田头地角常见的狗尾草，它们株株独立又绵延成片，给冷峻的铜绿山系上了一条温情的长围巾。在铜草花茂密的花丛里，他们捡起几块沉甸甸的石头告诉说，这是千年前古人冶铜的矿渣块，留着作个纪念吧。

从铜绿山上望去，城市一览无余，高楼大厦拔地而起，层层叠叠气壮如云。他们目睹郊野中隆隆掘进的推土机，为湿地不断缩小而忧虑。

没有认识培新前，我对湿地这个词是陌生的。是他告诉我，湿地与森林、海洋并称全球三大生态系统，是人类最重要的生存环境之一，被称作地球之肾。面临气候变化和人类活动的影响，湿地面积急剧减少。对于这座闻名于世的矿冶名城，能净化污水、改善自然生态的湿地显得弥足珍贵。

我曾亲眼见已经做了祖父的培新，在8月的烈日下骑着单车，载着相机和仪器，单薄的身影穿梭于芦苇摇曳、水草荡漾的三里七湖，调查湿地的生存状态。浑身被汗水湿透的他，似乎也成为湿地的一部分。

夜里，下榻在大冶一座临湖的宾馆。那块来自铜绿山的古铜矿渣块就静静地躺在台灯下，散放着来自时间深处的幽光。如何面对科技文明的双刃剑，人类自从有了第一炉冶炼的火光，便有了困扰千年的难题，也有了对桃花流水、斜风细雨的念念不忘。

第二十章

生于武汉 // 多年以后，才知道我家住在宋庆龄故居 // 这座城市多水，救人和被救的故事层出不穷 // 一诺千金

沿江而上，终于走到了我出生和成长的家乡武汉。

很长一段时间，我们家住在汉口离长江不远的洞庭街上的同福里。母亲告诉过我，这条典型的南方里巷当年由三户人家合资建成，巷名是有福同享、有难同担的意思。

小的时候，每到夏天的黄昏，街坊们都喜欢在巷子里摆上竹床阵乘凉，或者来到百米外的江堤，摇着蒲扇看渡轮像两把梭子在江面来回穿梭。武汉关钟楼就在江边，人们习惯了它洪亮的钟声，有条不紊地按照钟声指示的钟点生活，如果哪天钟声的节奏乱了，那么这一天定会有许多忙乱的事情发生。

过了些年后，家搬到了沿江大道一栋乳黄色的西式小楼，离长江更近了。雕花精美的回廊，充满欧洲情调的壁炉，宽大厚重的红木楼梯，它曾经的主人对我们始终是个谜。

每年的 7 月，武汉都要举行万人横渡长江的活动，而坐在咱家正对长江的回廊上观看渡江，再惬意不过了。因此，每到这一天，长长的回廊总是挤满同学和邻居。

家里的房间也高也宽，父亲和母亲自然把它兼作画室，记忆中父母创作的好几幅油画作品，都是在这里完成的。那只灰色的花狸猫还在这里生下两窝小猫。我还记得妹妹在回廊上用琵琶弹奏《春江花月夜》的情景，月下的江水美得宛若少女。

　　回廊对面的江堤早已改成号称亚洲第一的江滩公园；武汉关钟楼已淹没在群山般耸立的高楼之中；钟声仍定时敲响，却也淹没在都市的喧嚣里，再说，今天还有多少人有耐心聆听它不紧不慢的钟声呢。

　　世事更迭，有的沉淀如礁石，有的风流云散。

　　今夜，我一直在想，该选择一个怎样的故事来代表武汉。

　　这个城市多水，我还是讲述一个因水而生的故事吧。

　　那是30多年前的一个夏季，武汉有座工厂组织青年职工到东湖游泳。

　　就当年轻人在碧波荡漾的湖水中嬉戏的时候，一件意外的事情发生了：有位女工不留神游进了深水区，由于水性不好加上慌乱，腿部开始抽筋。就在她一边挣扎一边呼救的时候，同厂的另一位男青年游了过来，试图将她拖离深水区，而求生欲望使得这位遇险的女工将男青年紧紧抱住。其实男青年的水性也不太好，被她抱住之后，两人同时往下沉。

这时，正在附近水域游泳的小伙子许汉发现了这一幕，他带着手里的救生圈，奋力划向了素不相识的两个男女。他的游泳水平也不高，唯一能做的是让那两位溺水者抓住他的救生圈，不至于沉下去，这样可以争取时间被人救起。

然而，一只救生圈承载不了3个青年人的分量，很快便一起往下沉，就在生死存亡的这一刻，许汉做出了一个后来让无数人震惊和崇敬的决定——他果断地松开了双臂。

结局在他松开双臂的同时便成为定局，青春的身躯悄然沉入湖底，换回那一对素昧平生的年轻人同样年轻的生命。

那一天，夜幕已经降临了，被救起的两位年轻人和他们的同事仍在湖边守候着，守候在湖边的还有众多得知此事的游客们。直到夜深，东湖公园的打捞人员终于找到了他。他的生命从此定格在21岁。

　　开追悼会的那天，被救起的两位青年哭着跪倒在他悲痛欲绝的父母面前，他们说，从此我们俩就是你们的儿子和女儿，我们一生都要报答他的恩情……

在和平年代让出一只决定生死的救生圈，和战争年代的黄继光堵枪眼、董存瑞炸碉堡的壮举具有同样的生命震撼力。这个感人的故事传遍武汉三镇。

岁月如梭，这座多水的城市，关于救和被救的各种报道也层出不穷。

距青年救人的新闻发生 18 年之后，有位工人为抢救一个佯装溺水的少年，头部不幸撞到了游泳池的水泥地面，造成下肢瘫痪。但是被救少年的父母为逃避责任，不肯认可那位工人的义举。一向身体强壮的救人者因为那勇敢的一跃，改变了后半生的命运——终年躺在轮椅上无法站起。他不后悔那天生死攸关的一跃，孩子能获救就是最大的慰藉，唯一心痛的是被救者父母的良知却溺入水底。

当我看到这则报道时，突然想起当年那则同是救人的新闻。

时过境迁，曾在英雄的父母面前发过誓的那对年轻人，18 年来他们能否实践当初的诺言？于是我萌发了一个强烈的念头，去寻找两位当事人。

根据当年那家报纸的线索，我找到被救的两位当事人所在的工厂。这个单位早已停产，工人大都已下岗自谋职业，留守人员也已走马换将好几拨。终于找到干部中的一个知情者，他从人事部门翻出了这两位工人的档案，告诉说他俩也已离开工厂多年了。

失望之余，这位热心的干部同时提供了一条线索：听说那位男青年在外面干得很不错，发大财了，而且发财的过程又是一个很戏剧性的故事。他离开工厂后，揣了点路费南下去广东找工作，半路遇见一起车祸。当时他乘坐的长途车正巧停在路上，有辆小巴士翻在路边，眼看车里的人都不行了，人们都围着看热闹。他拨开人群将伤者送往医院，担心医院不抢救，还将自己的那点盘缠垫付了医药费，又守在那里等到伤者醒过来，帮助他和家人联系上。

厂干部继续讲道，哪晓得伤者不是一般人，而是香港一家企业的老板。那人苏醒过来得知一位素昧平生的年轻人不但救了他，还将去谋工作的盘缠垫付了医药费。他拉着年轻人的手激动地要付给他一大笔感恩费，还要让他从此留有身边，一生不为衣食发愁。

这些都被男青年谢绝了，他说，我救你是因为我也被人救过。老板听了他的讲述更加感动，无论如何也要报答他。年轻人想了一会儿：我没有什么文化也没有什么本事，给我一份自食其力的工作就行。

后来，他就在老板设在广东的一家企业里打了一份工，由于勤奋好学再加上老板的提携，他很快就创下不小的家业，人现在在国外发展。

这个故事听起来像一段传奇。我感叹之余还是关心他当年的承诺实现了没有。还有那位被救的年轻女工。厂干部遗憾地说，男青年的情况只知道这么多，女青年离开工厂后，在家门口守着一个电话亭，听说境遇一直不太好。至于怎么找到他俩，厂里实在无能为力了。

这样，我手里仅剩下一个线索，那就是英雄父母的家庭地址。说实话，我不愿意一开始就拜访这个家庭，是担心两个被救者若没履行自己的诺言，事隔多年的这场寻访，会给失去儿子的二老徒添更多的痛楚。

在失去被救者线索的情况，我不得不去找二老，寻求一个答案。

时隔数日，我找到了英雄的父母所居住的一个军队干休所小院。慈祥的二老将我迎进了儿子当年的住房，十几年来一切都仍按原样摆放着。儿子是在夏天走的，天冷的时候，父母不忘在他床上添棉被，怕他着凉。

在这间朴素的小房里，我见到了他们永远21岁的儿子，他是那么英俊，那么阳光。他从黑色的相框里向我微笑着。我问他的父母，他可曾谈过恋爱？二老告诉我，爱过，也被人爱。他牺牲前正谈着恋爱，那是一个非常好的女孩。他们还告诉我，当年媒体来采访的时候，他们不愿意让媒体披露那个女孩的名字，想到她还很年轻，将来还应该有一份幸福的爱情和一个美满的家庭。

我望着相框里的许汉，如果他还健在的话，如今已是一位40来岁的中年男人了，那么这个家还会充满着一个可爱的男孩或女孩银铃般的歌声。

不忍心但还是问了，问了那两位被救者的情况。二老平静地说，他们年年来。

男青年无论在世界的哪个地方，每年的清明节都要赶回来去墓前祭扫，去年还将墓地重新修葺了一遍。他还在广州买了一套房子，请二老去住。平日里经常打电话嘘寒问暖，回到武汉就上门探望。女青年也时常来帮忙做家

务，怎么也拦不住。

也巧，就在我们谈论那两位被救者时，男青年打来了长途电话，我听见他在电话里喊他们爸爸妈妈，而两位老人呼唤他的小名"斌斌"。父亲高兴地说，斌斌又要回来探家了。母亲说，对做父母的来讲，亲生儿子的走，是世上任何人也替代不了的。但是两个年轻人十几年来把我们当亲生父母看待，让我们感到莫大的安慰。

不久，我见到了叫斌斌的男青年。不，如今 40 多岁的他已不是青年人了。他说那次东湖被救事件影响了他一生，最重要的是教育了他如何做人。他在广东捐建了一所学校，想让英雄的品质一代代传下去。他谈到了许汉的父母，他们从未向他提过任何物质上的要求，倒是十分关心他的人生道路。许汉还有一个弟弟在广州工作。他提到，有一次他们在广州见了面，已经成为老板的他带这位弟弟逛商场，让他任意挑选礼物，但弟弟直到出门也不同意，后来他生气了，认为没有把自己当兄长看，弟弟才选了一件最普通的T恤衫。

根据二老提供的地址，我在汉口一条拥挤的小巷里的一间小房见到了当年那位被救的女工。提到十多年前的那件往事，她仍禁不住泪流满面。她说自己活得平平淡淡，很抱愧没有干上一番大事业告慰那位用生命换取她活下来的人，但是，她一直坚持做一个好人，也教育她的孩子这样做，将来有了孙子，也会如此。虽然守着一个电话亭，生活比较清苦，但她从不多收顾客一分钱，收费的公道在这一带是有口皆碑的。

谈到对英雄父母的孝敬，她又哭起来，觉得自己能报答二老的能力和那位男青年"斌斌"相比实在微不足道。每次去二老家只能抢着干点家务，但二老总不忍心让她干，把她冻红的手捂了捂，还说看见她上门就已让他们快乐和舒心。

我告诉她，二老说得有道理。

我还想对她说，古人虽云"滴水之恩，当涌泉相报"，可是能从沙漠里捧出一滴水回赠恩人，也足以证明人心的泉眼并没有堵塞，这滴晶莹的水珠能获得天下同样的尊敬。

走长江走进家乡，我曾无数次地筛选，希望写出一个能代表这座城市的故事，后来坚信它是最适宜的。世界上有多少江河湖泊，就有多少救人或被救的故事，生命的话题生生不息。

母亲也一定同意。

金口镇距武汉市区仅有 30 多公里，因金水河注入长江而得名。

到金口的这天，恰逢抗日战争胜利 70 周年纪念日，我们直奔坐落在这里的中山舰博物馆。

1938 年 10 月 24 日上午，奉命调往长江金口水域参加武汉保卫战的中山舰遭到日军机群的突袭，全舰将士殊死血战，终因舰体遭受重创，25 名将士血洒长江。在长江水底沉睡了 58 年后被打捞出来的中山舰，仍"停泊"在它当年沉没的地方，一座全钢结构的陈列厅将舰体保护了起来。

当天观众挺多，却没有一丝喧哗，唯恐惊扰了那些长眠在波涛之中的英魂。

这是我第二次见到中山舰，第一次见它的时间是 1997 年元月的一个冬日，它正在被打捞出水。当时，打捞现场记者云集，多家外国媒体记者也闻讯赶来了。

本派驻在上海记者站的我，被报社副总编辑海洋急令召回武汉，班机刚落在大雪纷飞的机场，就被采访车直接送到了金口镇。国内外媒体得到中山舰即将打捞出水的消息，都提前驻扎在这里。

这之前，我在上海采访了当年中山舰的 18 位幸存者之一董树仁先生。老人尽管年过八旬，思维仍相当敏捷，对当年那场壮烈的战斗依然记忆犹新。

1938 年，他 23 岁，是舰上服役了 4 年的轮机兵。10 月 24 日，中山舰巡至武汉金口水域，日军一架军用侦察机飞临中山舰上空不久，便在高射炮的射击下仓皇逃离。舰长萨师俊敏感地意识到将有一场恶战发生，告知全舰官兵严阵以待。果如所料，日军6架轰炸机分两组向战舰扑来，董树仁迅速进了自己的岗位，并关上舱门以防弹片崩入。尽管他看不见舰上激烈的场面，但从舰体上下左右猛烈地颠簸中感受到战斗的激烈。

我忍不住问，第一次参加战斗是否感到了恐惧？他打了个坚定的手势：没有！只有仇恨！拼了！

当时的中山舰设备很差，舰上的主、副火炮已被卸去安装在长江的几个要塞上，只剩下4门火炮和高射炮。但全舰官兵无一畏惧，两架敌机当即被击中栽入江里。没想到战斗进入白热化的时候，位于舰首的高射炮由于连连发射突然卡住，敌机趁机轮番俯冲轰炸，舰体遭到重创后江水涌入轮机舱，无法运转。被炸断左腿的萨师俊舰长向大家高喊：人在舰在，战斗到最后一兵一卒！此时中山舰已开始严重倾斜，萨师俊一面指挥大家将伤员转移到救生艇，自己却拒不弃舰，痛心疾首地说：一代名舰沉于我手，如何面对江东父老！

董老先生谈到这里已热泪盈眶。

后来，大家将萨师俊舰长强行背上救生艇，日机置国际战争惯例于不顾，机群作直线状鱼贯向载满伤员的救生艇疯狂扫射，致使艇上将士全部遇难，鲜血染红滚滚江水！

惨无人道，天理难容哪！董老先生每念于此不由老泪纵横。

接到了出席中山舰打捞仪式的邀请后，82岁的他激动地说，这辈子能活着再看它一眼，亲手摸摸我的战舰，死也瞑目了。可是久患严重白内障和急性青光眼的他，视物已一片浑浊，甚至有失明的危险。上海市长海医院了解此事，派了最好的专家，使用最好

的人工晶体为他成功实施了眼科手术。

1997 年 1 月 28 日，金口镇残雪初融，万人攒动。中山舰打捞出水的仪式现场，金口镇当年 11 岁的小货郎、如今已年届古稀的吴光森老人也在围观的人群中，他清楚地记得，是役，镇上的百姓纷纷将舰上的烈士背上岸，背尸者个个也成血人。全镇人捐献了 12 口柏木棺材，和幸存的官兵一起收殓了12 名殉国者，将他们葬于金口凤凰山，而另 13 名烈士已沉没于江水之中，无从追寻。中山舰打捞出水，给逝者和生者都是一种告慰。

由于打捞现场围观者众，安保工作十分严密，在没有拿到能进入内围的

通行证的情况下，我发现昨夜采访过的中山舰另一位幸存者，从云南特地赶来的张嵩龄先生正被人簇拥着即将经过最后一道检查岗，灵机一动迎上前搀住他的胳膊，张老也认出我来，我俩一边谈话一边往里走，保卫人员把我当成了照顾张老的亲属而没有盘问，我就这样顺利地进入场内。

当象征仪式开始的信号弹划破长空，40台卷扬机发出动人心魄的轰鸣声，弹痕累累的中山舰徐徐浮出了水面。

站在我身旁的84岁的张嵩龄先生婉拒了别人搬来的坐椅，戴着蓝色呢帽、穿着蓝色制服的他始终面向中山舰出水的方向肃立着。他说，身为中山舰最后一名通信电官，他发完最后一条关于中山舰危情的电文后被迫离舰跳水，58年来，每当中山舰蒙难日，他都要面向东方遥祝英灵安息。

此时，他神色凝重地注视着波涛中缓缓升起的军舰，向它颤抖着举起右手……

少顷，数十位中外记者围着他纷纷伸出采访的话筒，他说的第一句话和董树仁先生一样：我终于等来了这一天！当他得知海军工程学院院长邵子钧少将也同在一块甲板上，紧紧握住了邵将军的手：日本人是在我们的国土上炸沉这艘历史名舰的。那个年代我们连建造一艘战舰的能力也没有，这舰当年也是清政府从日本订购的。舰上的官兵死得壮烈哪！邵将军掷地有声地回答，我们再也不会让中山舰的悲剧重演，中国海军一定一代胜过一代。

张老先生使劲摇晃着他的手连连说：拜托！

也因为这次打捞，董树仁和张嵩龄这两位中山舰的幸存者，在时隔58年后得以在战舰前相逢。

18年后的今天，我站在修复一新的中山舰前，当年采访的一幅幅场景历历在目。据知，中山舰打捞出水后的第三年，85岁的董树仁老先生在上海辞世；时隔一年，88岁的张嵩龄先生在云南昆明安息。

在中山舰博物馆景区的牛头山上，耸立着一座由25根洁白的圆柱组成的纪念碑，象征25位阵亡的中山舰抗日将士。

中山舰不沉。

第二十二章

赤壁,千堆雪是苏东坡心中的波涛 // 那个叫
常雨琴的大姐没有再来电话 // 提着牛皮纸包裹
的茶砖,走在繁华散尽的羊楼洞

湖北有两个赤壁。文赤壁在黄冈的黄州区,武赤壁在蒲圻市,也就是现在的赤壁市。

哪一个才是"三国周郎赤壁",人们也争议了好久,直到 1998 年,国务院批准蒲圻市改名赤壁市,似乎才尘埃落定。

我读大学时同寝室里有位叫杨玉梅的同学,就是赤壁市人。玉梅有一副好嗓子,歌唱得很好,在中文系读书时,系里请她业余时间教大家唱歌,教我们唱的第一首歌,我至今记得叫《小城故事》。毕业后玉梅分配回了家乡,多次邀请室友们去玩。虽然武汉和赤壁相距不远,但工作后各忙各的,几十年没有见面。

这次走长江当然要经过赤壁市,到了之后便与她联系上了。已经做了外婆的玉梅,当年总在腰后晃荡的两条长辫不见了,头发剪成过耳短发,显得更为利落干练。多年不见的老同学,仍如同当年"同居"时那般亲热。

作为东道主,玉梅理所当然地给我俩当了导游,直奔赤壁矶头。虽然是汛期,还是看见了崖壁上刻写的气势如虹的"赤壁"二字,万幸没有被江水淹没。虽然感受不到苏东坡笔下"乱石穿空,惊涛拍岸,卷起千堆雪"的那种强大的冲击力,但辽阔的江面,东流不息的江水,仍然让人心旷神怡。再说了,苏东坡诗句未必写实,更多写的是心绪,卷起的是心中的波涛罢了。

大江大河自古都是诗人吟诵的主题,因为博大雄阔,诗中少有风花雪月

的缠绵，多是手持铁琶琶唱大江东去的豪迈。赤壁同样和赤壁大战联系在一起，这场烽火连天的战争也成了中国历史上在长江主河道进行大规模江河作战的缩影。

这一路走来，长江险要处，几乎都有"此处自古乃兵家争夺之地"之说。仗打得过于频繁，便有了另一首关于长江的名作，它就是明人杨慎的"滚滚长江东逝水，浪花淘尽英雄。是非成败转头空。青山依旧在，几度夕阳红。白发渔樵江渚上，惯看秋月春风。一壶浊酒喜相逢。古今多少事，都付笑谈

中"。诗人借用了苏东坡《赤壁怀古》中"大江东去，浪淘尽，千古风流人物"之句，表达了一种旷达超脱的人生情怀。

人们常常将长江喻为母亲，所以它也是一条温情之河。战乱频仍给百姓带来的日子太苦了，长江更愿意看到，"茅檐低小，溪上青青草。醉里吴音相媚好，白发谁家翁媪？大儿锄豆溪东，中儿正织鸡笼；最喜小儿无赖，溪头卧剥莲蓬"这般安宁的生活。

为了重现赤壁大战风貌，江边筑有巍峨的仿古城楼，旌旗猎猎，只缺号角连营，我已口渴难耐，便赶紧三步并作两步回到大门口，而齐杨二人也已快热晕了。

这次来赤壁，最想去的是蒲纺。

蒲纺原是全省最大的纺织企业，在 20 世纪 70 年代赫赫有名，来自全国各地的职工曾达 1 万多人，当时蒲圻县书记仅是个县团级，而蒲纺的领导却是厅级干部，可见这个厂的规格之高。我还在湖北插队当知青的时候就知道，下放到蒲圻的知识青年都以能招进蒲纺当工人为荣。

它距县城仅十多公里，却是几乎游离于当地的另一个世界，有自己的学校、医院、礼堂，还有自己的文工团、报纸、广播站，甚至有专线铁路。蒲纺的职工福利也特别好，节假日发放的鸡鸭鱼肉及生活用品，让县城的人又羡慕又有些嫉炉。城里的居民爱去蒲纺逛街，小伙子梦想着能娶到蒲纺的女工做媳妇。

可是到了 21 世纪初，受大环境影响，蒲纺繁华落尽全面改制后，一夜之间全员下岗、全面停产，30 年以上工龄的职工每月也只能领到 233 元的生活费。

我多年前曾在一次采访活动中遇到蒲纺的常雨琴，当时我俩恰好同桌吃饭，瘦弱的她衣着朴素大方，脸上总挂着淡淡的愁容，言语也不多，见许多县领导离桌纷纷到她跟前恭敬地敬酒，我悄悄打听她为何人，同桌说她是蒲纺的工会主席，"厅级干部呢，比餐厅所有人的级别都高"。

饭后，常雨琴找我要了手机联系方式，她说看过不少我写的文章，很喜欢，而自己也喜欢文学，希望能常交流。回到武汉后，不时在晚上接到她的电话，谈得最多的倒不是写作，而是叙说企业职工的苦衷，办公室每天一开门就挤满了申诉的职工，她非常为他们难过，曾一次又一次地到武汉找有关部门争取政策，有时因为过程拖得太长，她忍不住急得痛哭起来，在有关部门的同情之下才解决了一部分。

除了安慰，我更多的是种无力感，作为一张市属晚报的记者，能力实在有限。她也特别理解，从未在电话中要求我做什么，"就是说说话，心里好受些"。这样的通话有段时间不但次数多而且很长，我的心中积满了她讲述的那些下岗职工令人伤心的遭遇，让人很负疚，内心的张力也愈来愈大，却没有出口，时间久了，我的语言也愈来愈短，因为语言解决不了她和职工们面对的严峻现实。后来，我接到了一个长达数月的异域采访任务，就再也没有接到她的深夜电话了。

告诉老同学玉梅想去蒲纺看看常雨琴时，她马上说陪我们去。玉梅在县里做工会工作时也认识常雨琴，知道她是"蛮好的一个人，和气，没有架子，厂里的职工都蛮喜欢她"。

去之前，玉梅还热心地从家里找出两份《咸宁日报》，头版刊载有当地记者对常雨琴的大幅报道，时间是 2007 年，距现在近十年了。标题是"困难职工的知心大姐"。她的身份除了蒲纺集团的工会主席，还是党委副书记、纪委书记。我读了报道，才更详细地了解常雨琴。她是武汉人，16 岁到崇阳县当插队知青，18 岁被招到正在筹建中的蒲纺当工人，在这里工作了 30 多年。她对共同创业的同事们充满了深厚的感情，在大转折时期，身居高位的她没有抛下自己的兄弟姐妹们，而是竭尽全力地帮助他们一起度过这场急风暴雨。

常雨琴的手机不知何时已停机了，我算了算 1952 年出生的她已过了退休年龄，还不知在厂里吗？玉梅说没关系，我们到厂里工会打听一下。

于是，一起来到久闻其名的蒲纺厂。厂区的道路空空荡荡，路边的大树也爬满厚厚的青苔，沿路经过的许多厂房大门紧闭，鸦雀无声。玉梅叹息道，从前多热闹啊，县城的居民买商品都要挤到这里来。上班下班时间，这条主街可以说水泄不通。

蒲纺的行政办公区是 20 世纪 70 年代的典型设计，两排葱郁的大树护送一条规整的水泥路通向行政楼，院里有花坛，花坛上站着纺织女工的塑像，时光仿佛凝固了。

忽然，玉梅欣喜地遇到了两个熟人，她俩是蒲纺的老职工、文艺活动积极分子，提到常雨琴时她们很惊讶：常主席今年元月份走的，你们不知道？

我们霎时呆住了！她俩说常雨琴患重病去世时年仅 62 岁。她们还说，常主席事实上是为解决下岗职工的出路问题给累死的。上万下岗人员，上万人哪！她多少年都是心事重重，心里压的不是块石头是座大山！她这个级别的领导生老病死都有保障，但越是这样她越愧疚，也越放心不下生活困难的同事们，到处求人说好话，能帮一点是一点，听说她去世，厂里好多老职工都哭得不行……

我的眼泪涌上来怎么也逼不回去。

那她的家人呢？我追问。她俩讲，只有一个孩子，在外地工作，她的老伴后来跟孩子生活去了。

玉梅沉默良久，黯然道，蒲纺集团成为特困企业后，还有个党委书记张斌也是年仅 60 岁早早去世了，媒体报道他是蒲纺的焦裕禄。

此时，覆盖在头上的绿荫显得从未有过的沉重。

再次穿过蒲纺空空荡荡的街道，掠过的依然是两旁那些缄默地爬满青苔的老树。在路边斑驳的职工宿舍楼前停下来，我们不约而同走过去，整

栋整栋的楼房门窗紧闭，寂静无声，曾经的房主们都去哪儿了，连个问话的人都没有。

返回赤壁城内，也到了和玉梅告别的时候。她说不久之后要去广州了，女儿一家在广州生活，她要去帮着带外孙女。

和玉梅挥手告别之后，脑海里一直回响着《小城故事》的歌曲：

> 小城故事多，充满苦和乐，
> 若是你到小城来，收获特别多。
> 看似一幅画，听似一首歌，
> 人生境界真善美，这里已包括。

传说百年前俄罗斯的一幅中国地图，在湖北版图上只标注着两个地名：汉口和羊楼洞。

后来这个传说又传成，那幅地图上的湖北只标着羊楼洞。

我没见过那幅地图，不知道真相是怎样的，但羊楼洞当年是中国知名的大茶市，倒是无可置疑。

始建于明万历年间的羊楼洞古镇，制茶业相当发达，尤以川字牌砖茶最为著名，远销新疆、西藏、甘肃、蒙古和俄罗斯。一度吸引了山西、广东、山东、江西等地的茶商进镇开店。鸦片战争后，美、日、德、俄也闻讯而来占地建厂，极盛时云集茶庄、商铺、酒店、钱庄200余家。

当时，制好的砖茶都是由独轮车推到长江边，乘船到汉口，再沿汉水北上过黄河到包头，有的转道去了新疆、青海和西藏，更多最后到达今俄罗斯的恰克图，转运到俄罗斯及欧洲。

除了茶叶，羊楼洞还有几个历史片段值得一提：一个手摇发电机的广东人，让羊楼洞人第一次见识了奇妙的无声电影；山西客商使用的电报，让羊楼洞人从此知道了还有比马更快的传递方式；第一所女子学校的成立，让羊楼洞人醒悟到念书不仅仅是男人的专利。

关于古镇的衰落，有的说缘于一场大火，有的说缘于京广铁路的开通，总之，它衰落了。

但当地人毕竟通过曾经敞开的窗口见识了一个精彩丰富的世界。

砖茶制作虽然离开了古镇，但没有走远，在4公里外靠近铁路的赵李桥镇，几十年如一日仍然生产着。有朋友告诉我，自驾去新疆、西藏等地，在牧民的帐篷里都曾见到过赵李桥砖茶厂制作的"川"字牌砖茶。

这次来羊楼洞，是为买赵李桥的砖茶来的，以备走到青藏高原的草场后，送给将造访的牧民朋友。

提着用牛皮纸包裹的沉甸甸的砖茶，走在早已繁华散尽的羊楼洞，脚下是印有独轮车辙的青石板路，路好长，仿佛怎么走也走不到头。

第二十三章

东方之星仍停泊在茫茫江面 // 愿长眠在水中的人们安息 // 在公安县回忆 1998 年分洪前的大撤退 // 记忆比纪念碑更长久

发生于 2015 年的"东方之星"重大沉船事故，让监利这个长江边的小城一日间骤然出现在中外各大媒体的重要版面。

据当时发自官方的一则新闻报道："6 月 1 日 21 时 30 分，隶属于重庆东方轮船公司的东方之星轮船，在从南京驶往重庆途中突遇龙卷风，在长江中游湖北监利水域沉没。'东方之星'号客轮上共有 454 人，其中成功获救 12 人，遇难 442 人，6 月 13 日，经有关各方反复核实、逐一确认，全部遇难者遗体均已找到，自此搜救工作结束。"

监利县位于湖北江汉平原，是长江中游的一个港口城市，与湖南的岳阳隔江相望。

到达监利的时候，已是 9 月 15 日，与沉船时间相隔百日了。车行驶到容城镇横岭村，田野已满是收割后的稻茬，只有棉花还绽开着雪白的棉朵。

向村民打探到沉船的具体方位后，我们把车便径直开到了江堤上。

江面一览无余，东方之星游轮仍停泊在离岸约有百米的水面，它实际上已是一座仅剩船体的空壳了。和它并列在江面上的还有其他两艘船只，隐约可以看见几位穿着严严实实防护衣的人员上了游轮，透过舱口望去，可以见到他们似乎在喷洒药水。

江风吹来，摇动岸边的芦苇，有水鸟不时掠过水流湍急的江面。

快到中秋节了，我们从车里取出特地在县城买好的月饼，郑重地摆放在

正对东方之星的江堤上，向那些罹难于滔滔江水之中的 442 位遇难者深深鞠躬，以表达沉痛的哀思。

沿着江堤行走，仍然可以见到遇难者亲人留下的花束。

江堤下有一座孤零零的水泥楼房，房前搭着小棚，我们走过去见到了房东老廖。老廖说，沉船的那夜，他正和几位村民在村里打牌，那天晚上风雨也不大，大概 9 点之后，打完牌回家路过江堤时，发现堤上站满了武警和警察，他以为是发生了大案，便走过去询问，对方回答说，在组织防汛，催他回家。后来堤上有辆车爆胎了，他举起电筒帮助照明时再问发生何事，司机说有艘游轮在距这里不远的江面上翻沉。

老廖一夜未睡好，天还未亮的时候，发现很多领导也赶到江堤上。天亮之后，他又见到许多中外记者陆续赶到，还有几个记者在他家吃了一餐饭，考虑到记者们的辛苦不易，他说 4 个炒菜只象征性地收了点钱。

老廖虽然就住在岸边，但未被值勤人员允许上堤岸，他担心帮人看管的工地遗失物品，值勤的人生气地说，这样的非常时期，警卫这么严密，怎么会发生盗窃问题！他也就放下心来。中外记者们也和抢救人员一样，整夜冒着雨在紧张的工作。由于这里通信讯号不好，电信公司在现场架起了专门的设备。他还看见直升机降在堁子里，村民们几辈子都没见过这样的场面……

我俩正和老廖交谈着，陆续有几位村民来他的棚子小坐。大家热烈地议论那几天发生的情景，但是因为未到现场，几乎都是从电视和报纸上见到的信息，对船难新闻中的众多人物的名字和年龄都能道出，可见村民们都十分关注发生在家门口的这个重大事件。

他们还自豪地讲，沉船发生后，全县的人都做了志愿者，出租车系上了黄色的丝带义务服务，乡镇都派了人去帮助从上海、南京等地赶来的遇难者亲属，"监利人出现从来没有过的团结，我们出去之后，全中国都晓得了监利人做的善事"，村民们甚至说，"连高考的学生分数差点，别人一看是监利的都录取了。"

谈到就快来到的中秋节，这些朴实的村民们连连叹息，这个节，遇难者的家属该有几难过哟！

这时，有个戴红袖章的人向棚子走来，我俩起初以为是沉船现场值勤的工作人员，那人走近，才发现他胳膊上的红袖章印着"防烧严管员"几个字，一问也是村里人。

严管员说，今年是禁止农民烧秸秆管理最严的一年，发现了要罚款，江对面湖南那边管得更凶，有的地方还把烧秸秆的人铐起来了。于是，大家便转移到这个话题。以往秸秆就地一烧就作了肥料，很省事不费力。现在不许烧，么么几分钱一斤卖到厂里作燃料，自己再买化肥上地，要么将秸秆都翻到地里沤烂成肥料，年轻人外出打工了，老年人做起这些很是耗力气。

尽管祖祖辈辈都习惯了烧秸秆，可是善良的村民们还是很理解，"国家要求这样做也肯定出于好心，怕把空气搞坏了让人得病，听说天上的飞机都被搞得看不清机场了，如果掉下来，那和沉船一样是不得了的事。"

闲坐着的人群中有人手机响了，大家也要散了。我们和老廖告别，去江堤上取车。回望江面停泊的东方之星，想起有人建议永远保留它作为纪念，也不知有关部门是否会采纳。不过，监利县政府已宣布将在船难地段建立一座纪念馆。

生命高于天，祈愿那些长眠水中的人们得到安息。

长江从湖南省岳阳县城陵矶段到湖北省枝江，全长 300 余公里，亦称荆江。江水带来的泥沙在此大量沉积，河床高出两岸平原成为"地上河"，便有了"万里长江，险在荆江"之说。

1998 年，长江发生历史罕见的特大洪水，报社派我带着一台车、两名记

者到荆江大堤采访。

当时的武汉，防汛形势也十分严峻，沿江闸口都已关闭，24小时有人值守，每个闸口都插有一个"誓死保卫大武汉,人在堤在"的"生死牌"。而长江北岸长达180多公里的荆江大堤，在持续2个月的洪水浸泡下更是险象环生。

事实上，我们这几个记者加上司机，是从一个前线转战到另一个前线，临出发时，既有莫名的悲壮，又有将亲临重大采访现场的兴奋。那天，与我们并驰在荆江沿江公路上的还有一队队军车，穿着迷彩服的士兵们神色凝重，富饶的江汉平原正是稻谷灌浆、棉花吐絮的季节，广袤的田野旷无一人，让人感受到一种决战之前的紧张气氛。

当晚，住在荆江分洪区公安县，听说党和国家领导人也来到荆江坐镇指挥防汛抗洪。

县政府宾馆所有的房间都被从全国各大媒体赶来的记者住满，大家听到了一旦洪峰再次出现高位，荆江就要分洪的消息。很快，湖北省委省政府下达了《关于做好荆江分洪区运用准备的命令》，公安县33万人将在短短的一天内转移到安全地带。

于是，我目睹了平生前所未见的大转移场景，分洪区内成千上万的老百姓或驾着拖拉机、或拉着平板车，载着尽可能带出的物品，顶着烈日涌向被安全堤围住的公安县城。和人流一起行进的还有大量的耕牛、猪羊等牲畜，人们一边走一边恋恋不舍地回首已经丰收在望的家园，许多老人的眼眶饱含泪水。

安全大堤上很快歇满了转移的民众，只有孩子们不清楚事态的严重性，仍在堤上追逐玩乐。黄昏时分，公安县对分洪区进行最后的清场，催促撤离的高音喇叭一遍又一遍地回响在大小村庄上空。担心聋哑人和行动不便者滞留，工作人员进行了拉网似的巡查。我们的采访车一直跟随在清场车辆的后面。举目望去，白天人声鼎沸的场面已骤然消失，只有那些站在平原上的棵棵大树、成片的庄稼和座座农家院落默默地驻守在原地，等待被洪水吞没的命运。

夜里，我和一位记者守在宾馆的电话机前，等待已前往布好炸药的荆江大堤的另一位同行传来起爆的消息，随时向远在武汉的报社总编室发稿。时间在焦灼的等待中一分一秒地过去，最后传来的消息是中央最终做出了不分洪的决定。

那真是一个不眠之夜啊！

时隔 17 年，今天重返公安，我来到当年预埋炸药的地方。

当然，炸药早已全部取出。有消息说，119 个爆破炸药，装填时只用了短短 3 个小时，但取出却用了整整 5 天。所有的爆炸品，最后通往异地销毁。

寂静而空旷的荆江大堤上，简朴的"九八抗洪预埋炸药现场纪念碑"悄然而立，碑文详细地记录了埋设炸药和最终停止分洪的全过程。

一匹褐色的老马在纪念碑附近的草坡上悠闲地吃着青草，偶尔打个响鼻。我身后的长江一如既往地东流，仿佛早已载走那些惊心动魄的往事。但人的记忆是悠久的，甚至比纪念碑还要悠久。

第二十四章

湖北监利县的对岸就是湖南岳阳市。

湖南的长江干流段仅有 163 公里，在沿江各省中里程最短，但它却为长江注入了八百里洞庭湖水。

岳阳的城陵矶是洞庭湖水汇入长江的地方，每当重要汛期，时常能从中央电视台新闻联播的水位公告中听到它的名字，位于洞庭湖唯一出口的城陵矶，水位直接影响长江中下游的汛情。

城陵矶和马鞍山的采石矶、南京的燕子矶并称为长江三大名矶，可全然没有前两座"突兀江中，绝壁临空"的奇美景致，呈现在我眼前的只是一座座有些坡度的码头，唯有岸上新砌的一段仿古城墙给人些异样。清人沈梅曾题城陵矶：群山青不断，峭壁两崖开。据当地人讲，从前也曾地势险要，有山有色，20 世纪 60 年代为建港口码头，岸边的山都给平掉了。

这或许也是无奈，巨轮到了这里之后因航道变得九曲回肠，无法再向上航行，使城陵矶成为长江万吨轮船能到达的最上游的深水港，再加上从洞庭湖驶来的货船，海量货物要在此周转，不建码头和港口也不现实。

在码头上钓鱼的一位退休老工人听我们说从武汉来，放下鱼竿笑道：住在你们武汉的那只白鱀豚还是从这里抓到的，知道吧？

他显然指的是 1980 年冬天，渔民在城陵矶捕捉到的那只白鱀豚。

那是当时获悉的世界上捕获到的第一条活体白鱀豚，抓到时背上被鱼钩扎了一个大洞，当夜运回在武汉的中科院水生物研究所后，经过 4 个多月的救治，伤势才渐渐恢复。

白鱀豚是生活在我国长江中下游的珍稀水生哺乳动物，科学家们认为比大熊猫更古老、更稀有、更濒危。我在新建的白鱀豚科研馆见到它时，这只取名淇淇的白鱀豚正孤独地在一个特制的水池里来回转圈。一圈，二圈，三圈，四圈……当我默默地看着它擦着池边游到30圈时，就再也数不下去了。它的世界由一条辽阔的任意遨游的长江，缩小成一个水池，谁能真正体验它的悲凉。

它与人类如此之近又如此遥远。

为了给淇淇找个伴侣，人们耗费巨大心力，终于在1996年于长江石首水域捕捉到一只雌性白鱀豚，因为得之不易取名珍珍。可惜，它俩相伴没有几年，珍珍便患肺炎死去。寂寞的淇淇在人工饲养条件下存活了近23年后也向世界告别。

岳阳有座名楼岳阳楼，岳阳楼有名篇《岳阳楼记》，"先天下之忧而忧，后天下之乐而乐"是名篇中的名句。我想，范仲淹所指的"天下"，今天也应理解为包括和人类同一个地球的万物吧！

从城陵矶直奔长江的主要支流之一湘江，首站来到湖南省的首府长沙。

多年未见长沙，其变化令人惊异，尤其是夜色中摩天大厦变幻万千的灯光秀，足以让人感受这座现代都市澎湃的活力。

不能不去湘江江心的橘子洲。

远在唐代，这里就盛产远销江汉的南橘，全长5公里的洲上早有百姓生活定居，且有唐人李珣的诗句为证："荻花秋，潇湘夜，橘洲佳景如屏画。碧烟中，明月下，小艇垂纶初罢。水为乡，篷作舍，鱼羹稻饭常餐也。酒盈杯，书满架，名利不将心挂。"在 20 世纪初期，外国人看中这里优美的自然环境，也在岛上修建了领事馆及公寓住所，今天仍能见到它们的遗迹。

　　据当地人介绍，今天的橘子洲已成为一个航母式的人文公园，岛上的原住民和企业大都撤走了。

来到橘子洲并非秋天，因此欣赏不到神往已久的"万山红遍，层林尽染"，但依然能见到"漫江碧透"。作为一条流经一座现代大都市的河流，能有如此清澈的河水，实属不易。

洲的最南端即橘子洲头，是这个景区主要的景观点，其名扬天下，也缘由毛泽东主席在《沁园春·长沙》的开篇："独立寒秋，湘江北去，橘子洲头。"他在长沙的湖南第一师范学校求学期间，就经常和同学们到这里观赏自然风光，纵论国事。

如今，一尊高达32米的毛泽东青年时期的大型雕塑耸立在橘子洲头，微微皱起的眉头和带些许忧伤的面庞，还有仿佛被江风拂起的长发，使它有别于我所见过的所有的毛泽东雕塑。他的思虑因为和中国的命运相关，感觉这份思虑也像山一般沉甸甸地坐落在湘江江畔。

毛泽东曾在武汉工作生活多年。他是从家乡走向湘江，又从湘江走向长江的。正因为有湘江"中流击水"的历练，才有了畅游长江时"不管风吹浪打，胜似闲庭信步"的淡定从容。

洲上游人络绎不绝，有位坐在轮椅上的银发老者，让家人扶着，颤巍巍地站起来，向雕像恭敬地鞠了一躬。而年轻人不同，他们有的扬起手机的自拍杆和雕像合影，有的在江边跳跃起来，定格一个青春式的飞翔。

我静静地目送湘江北去。

第二十五章

说起荆州，顿时会想到"刘备借荆州"和"关羽大意失荆州"的故事。至今，这里矗立着中国南方保存最为完好的城垣，与西安、平遥并称中国三大古城。

当年穿越千军万马的巍峨城门，而今穿梭着滚滚车流，一到夜晚，便通体披上了霓虹，倒映在宽阔的护城河里，变成一座五光十色的水晶宫。河边数百人同一节奏的广场舞气势如虹，压倒一切声音。有位老先生远在一角手持京胡自拉自唱："我正在城门观山景，耳听得城外乱纷纷，旌旗招展空翻影，却原来是司马发来的兵。"不断抬高的嗓门，还是被广场舞传来的声浪淹没了。

和许多古城一样，荆州以城墙为界分新老城区。我俩选择在城墙根不远的宾馆住下，以方便拍摄当地人的早酒。

早酒近似广东的早茶，一个牛杂小火锅、一碗面、一盅酒，是荆州人早酒的标配。只见城墙下一溜排开的早点摊，坐满熙熙攘攘的食客，酒是粮食酒，面的浇头除了牛肉，还有鳝鱼、鸡丝、肚片等十几个品种。吃早酒的人见我们拿着摄像机拍摄，不但不拘谨、不干涉，反而热情地拉过一条长凳，挪出一角位置邀请就坐，继而又唤店主加上两个小杯将白酒盛上，邀我们对饮。如此好客的民风让我对荆州人有一见如故的感觉。

据研究饮食文化的学者讲，这种独特的早餐方式，可能来源于三国古战场遗留的雄风。因此，见到那些仅仅就着一碗面也要喝盅酒的便不足为奇了。

虽说"早晨酒一盅，一天兴冲冲"，也不乏酿成酒驾被吊销驾驶证悲剧的。所以，吃了早酒之后，我们一天的拍摄都靠步行了。

长江九曲回肠，在荆州城外形成一个三面环水的江湾，因矶头伫立有一座万寿塔，也被称为宝塔湾。

建于嘉靖年间的万寿塔，塔身镶有汉白玉坐佛87尊，塔顶装有铜铸鎏金塔刹，上刻《金刚经》全文。古人美好祈愿未能阻止江流湍急、坡陡水深的宝塔湾险象环生，溺水事故频频。影响最大的莫过于2009年"大学生勇救落水男童"的新闻事件。

那年深秋的一天，荆州长江大学文理学院的一群学生结伴出游，在宝塔

湾江段野炊时，发现两个男孩落水挣扎，十多位同学迅速手拉手组成人链下水搭救，虽然两个男孩最终获救，但陈及时、何东旭、方招三位同学因体力不支被湍急的江水吞没而不幸遇难。

"他们纵身一跃，画出了人生最壮丽的弧线，他们奋力一举，绽现出生命最高尚的光芒。他们用青春传承了见义勇为，用无畏谱写了一曲英雄的赞歌。"这是中央电视台 2009 年感动中国评委会授予"勇救落水儿童的长江大学学生集体"特别奖的颁奖词。

七年过去了，当年事件发生的江畔已伫立一座重达 38 吨的花岗岩纪念碑，上刻鲜红的"人链"二字。长长的堤坡上新建了坚固的石雕护栏，一块又一块醒目的警示牌提示人们水域危险，珍惜生命，不要冒险涉入。

然而，我们遗憾地看到仍有人视而不见，随意翻过护栏到伸向江面的石滩嬉戏或在江面野泳。坐在江堤树荫下的几位当地义务救生员向我们无奈地叹道，岸线太长，每天轮班在这里值守也劝阻不住。有位救生员更是一针见血：人心不守规矩，江边修座长城也没用。

沿着荆江大堤前往沙市，不经意之间，竟然在堤边与沙市日化厂"久别重逢"。

20 世纪 90 年代，中央电视台的广告节目中天天有"活力 28，沙市日化"的广告词播出，连小孩子都会背诵：用量少，一比四，去污强，一比四。

沙市日化厂大门依然竖着"活力 28"的老广告牌，时光仿佛在这里凝固了。这些年来，它似乎淡出了世人的视野。住在厂门外一排低矮平房的居民，见我们在拍片，也纷纷围拢来惋惜说，早先工厂最火的时候，等待提货的车辆每天在门口排得有几里长，见头不见尾。

我问一位老工人，活力28究竟是什么含义？他用拐杖捣捣地：就是我发你也发，现在还谈什么发不发，把欠我的工资发给我就行了。谈起企业当年在国内第一家赞助央视春晚，第一家冠名省足球队，第一家在香港打日化产品广告的巅峰岁月，恍如隔世。都期望这家曾广泛深入中国人家庭的老牌子能重新站起来。

当然，我们在沙市最出乎意料的邂逅，是在中山公园的雷锋雕塑附近晨练的人群中，遇见了一位雷锋的战友。

老人姓雷名友发，今年74岁。20世纪60年代从沈阳军区某汽车团转业后，分配到武汉长途汽车站，做了十多年的驾驶员，后来调回沙市父母身边。

听说他在沈阳军区当过汽车兵，随口和他谈起也是汽车兵的雷锋，雷师傅笑道，我和雷锋还曾在一条土炕上睡过半年呢。这下引起我们极大的兴趣。

1960年初，雷师傅从荆州所属的天门县报名参军来到吉林的长春，有一天被连首长叫了去谈话，刚入伍的他有点紧张。听到首长说想送他去沈阳某驾驶学校学开车，他高兴坏了。那个年代，汽车是个稀罕物，生活在乡村的他要跑到县城才能见得到。

到了沈阳之后，得知一起学驾驶的新兵共有一个排三个班，排长点名时有个叫雷锋的战士大喊一声"到"，他特意看了看这个同姓的战友，个头和他相仿，团团的脸长得也好看。

雷锋在三班，他在一班，白天分头跟教练学驾驶，晚上全排都住一间大房，房里有两条烧得很暖和的土炕，他和雷锋就睡在一条炕上。雷锋是湖南望城乡人，1940年出生，比他大一岁。

雷友发老人回忆，在部队驾校的日子，学习生活相当紧张，因为不在一个班，和雷锋的日常交往并不多，但他待人很和气，也比较灵活，因为学历不高，学习很刻苦。雷友发入伍前读过高中，每次考试都是全排第一名，学期结束后，留在了沈阳部队驾校作教练，雷锋则分配到抚顺汽车团。很遗憾，大家分别时也没能照张集体照，那时照张相也不容易。

和雷锋分别的第三年，雷友发就从《前进报》上看到了雷锋因公殉职的消息，感到非常惋惜，那年雷锋才22岁。雷友发说，如果雷锋活到现在，也和他一样都是儿孙绕膝的七旬老人了。

今年3月，雷师傅借去哈尔滨看望侄儿的机会，揣着一张老兵退役证专程绕道长春和沈阳回部队转了转，也专门去参观了两地的雷锋纪念馆，勾起他对那段岁月的怀念。和雷锋做过战友的这段经历，雷友发老人说他从没有给单位讲过，也只有家人知道。几十年的长途汽车驾驶员生涯，各种险道都开过，当乘客们说坐雷师傅的车有安全感时，他就很知足了。

退休之后，住在中山公园附近的雷友发每天都要来公园晨练，进了园内便会看见雷锋与孩子们坐在一起的塑像，已作祖父的他总是为这位战友惋惜，走得实在太早了！

我俩为雷师傅留下一张和雷锋塑像在一起的合影，镜头里的雷师傅已经满头银丝，而身后的雷锋虽然还是一张娃娃脸，永远定格在22岁，但正如雷师傅所说，若还在世，公园晨练的人群里本应也有他……

第二十六章

到了枝江市，离长江三峡就仅有百十公里了。

当夜在枝江住下，夜里约 10 点去街上小铺买东西，只听马路上爆出一声巨响，一辆小轿车撞在了钢筋水泥筑成的隔离墩上，扭曲成一团的车头冒出了白烟，司机却没有出来。

深夜行人稀落，仅有从街旁的发型屋冲出的男女和路边的我目睹现场，一时都惊呆了。我冲到车窗前对木然地坐在驾驶座上的中年司机大喊：快出来，快出来，小心起火！司机摇摇晃晃地下了车，看了看已经撞扁的车头，坐在马路沿上抖抖索索地摸出手机。

旁观者都能看出，司机的醉态太明显，死里逃生毫发无损真是万幸。就在司机拨打电话不久，很快赶来两辆小轿车，其中一辆车迅速将他带走，接着司机的夫人坐的士赶来了，她愤怒地指责留在现场的另一台车上的人，让她丈夫喝了那么多酒，竟还放心让他独自开车回家。对方将女人带到马路的另一边商议停当后，这才叫了警察。

赶来的交警在查看女人的驾证，我猜测她可能在给醉驾的丈夫顶包。近些年来国家在《道路交通安全法》里对酒驾醉驾有着严格的规定，轻者拘留罚款，重者判刑入狱。但她和他们都没注意，马路上方就有一台交通电子眼，所做的一切都已被录入其中。

"喝进去的是酒，流出来的是血。""天堂不远，超速即到。"路上最初看

见这类警示行车安全的标语，我总觉得有点耸人听闻，但见多了交通事故后，也认同了这些标语的苦口婆心。

回到旅馆，我将方才见到的事故添油加醋地说给齐伟听，他当然看出我的用意，笑着说，这就不用讲给30年行车无事故的老司机听了。

早晨行驶约30来公里到达宜都。

因"水色清明十丈，人见其清澄"而得名的清江，完成了孕育八百里山水画廊的使命，携一路吸纳的牛草河、马水河、野三河、龙王河、招徕河、丹水、渔洋河，在宜都平静地汇入长江。

泾渭分明的两江交汇之处，原有一座飞檐翘角的望江楼，虽然没有留下名人登临的诗篇，却也如黄鹤楼之于武汉，是宜都的一个地标性建筑。说起这座楼，当地人最津津乐道的是开在楼下的两家早点铺，鸡汤面和羊肉包的美味长驻在他们的回忆中。后来变成一座大酒楼，传说 20 世纪 90 年代，宜都最风光的某个体户结婚曾在楼里大宴三天宾客，轰动全城，仅隔数年，那人又成为当地头号通缉犯，最终被绑赴刑场。

如今，宜都重建滨江景观，望江楼也拆掉了，代之为"合江楼"，宜都人讲，新楼雕梁画栋，但没有了羊肉包子和鸡汤面，也就失去了温润的烟火气了。

合江楼朱门紧闭，遗憾地询问路过的行人，行人也纳闷说此楼建起几年了都未见开门。登高望远不成，便坐在江堤边写有"宜都"两个巨字的碑石下，眺望长江。

身边有长而又长的台阶伸向江面，我忽然想起一个人和他写的发生在这里的片段。

"1969 年 10 月，同济医学院组织全院师生下基层宜都县进行斗批改，我当然名列其中，为期 3 个月到半年。在宜都码头要走上近百个台阶，当时我已 54 岁，仍然坚持着与其他人一样行动，忽然传来广播，表扬了我，说我背着包袱上台阶，我听到了，苦笑了。"

这个背着装满行装的大包袱爬上百级台阶的人，就是我国著名外科专家、同济医学院教授裘法祖。

他在书中还回忆了有天夜里奉命回武汉为一副市长做手术的经历。

当时军代表派了一位年轻的干部，驾驶一辆简单的机动车，让他坐在后面，经过 30 公里的颠簸，来到离宜都 30 公里的枝城县码头，干部就立刻回去了。当时正是傍晚 6 点钟，而回武汉的船半夜 12 点才能到，寒风四起，附近又没店铺，饥寒交迫的他无奈之下，敲响了当地卫生院的门。院长听了他的自我介绍，意外而又惊喜，给他烧了煤炉取暖，还给他做了一顿丰盛的晚餐，并陪他直到深夜又送上船。

40 年过去，老人仍然记得当年县城的一位素昧平生的同行予他的温暖。

坐在宜都的老码头上，我仿佛见到瘦瘦高高的裘老先生拾级而上。他不认识我，而我是认识他的。当我还是一个小女孩时，母亲有次患病，手术就由他主刀。

我还记得他的德籍妻子，金黄的头发、蔚蓝的眼睛，在武汉湿冷的冬天仍着一条呢裙，露出仅穿着长丝袜的双腿。也记得他们的孩子，尤其是他俩的女儿，美丽得像童话中走出的公主，虽然她总是穿条朴素的长裤。我的街坊，一个男孩曾经激动地对我讲，见到她的那天仿佛一天都是童话。

裘先生去世多年了，没想到忆起他来，竟是在宜都。

宜昌，位于长江中游和上游的分界线。过了宜昌，就要进入举世闻名的长江三峡。

宜昌江边有座镇江阁和天然塔，都和镇水有关，可以想见自古以来长江水从西陵峡奔腾而出的气势。然而真正将长江镇住的是三峡大坝。也因为这

座坝，穿城而过的长江水呈现出这一路少见的清澈。因为水清，现代化十足的城市更显得清清爽爽，尤其在秋雨之中。

不能不去三峡大坝，虽然之前来过多次了。

亿万年恣意奔流的长江，在这里就势躺下，卧成一座波光粼粼的湖泊。骤然逝去的威严，令岸边几块小木牌也用很萌的口吻提醒游客：亲，小心别掉到水里去哟。岸边柳条轻拂，你尽可把它想象成东湖或西湖。

除了三峡大坝，宜昌还有两颗金钉子在国际上影响颇大。

当我们说起要去寻找金钉子的时候，旁人听来近似于一个阿里巴巴寻找宝洞的神话。其实不然。

这事还得从美国修建首条横穿美洲大陆的铁路说起，当年工人们钉下的最后一颗钉子用 18K 金制成的，以此作为全长 1776 英里的铁路竣工的标志。由于这条铁路在历史上具有里程碑的意义，美国建立了"金钉子国家历史遗址"。后来，"金钉子"被地质学家借来标志"全球年代地层单位界线层型剖面和点位"。

全球地层年表中仅有 110 颗"金钉子"，中国约有 10 颗，其中有 2 颗在宜昌。它们分别位于夷陵区的分乡镇王家湾村和黄花镇黄花场。

通过对"金钉子"的研究，能看到地球的演化过程，了解不同地区在不同时期发生了哪些重大地质事件。它的被认定，代表了国家地质学的国际水平，也是一种国家荣誉。但是名气显然远远赶不上同在宜昌的三峡大坝。

王家湾的金钉子地质公园紧贴一条人车稀落的公路，只有半个打谷场那么大，大概是我见到的世上最小的袖珍公园，也是最冷落的公园。黄家场的金钉子就更偏僻了，坐落在一个半山坡上。我们沿着蜿蜒的小路踩着四伏的野草才发现它。

就在拍摄完准备返回时，意外地遇到几位民工爬上了山坡，对方好奇地问是否也是来看金钉子的。我更好奇了，这么专业的地质公园，他们也有同样的兴趣，便指了指金钉子标志纪念碑，可他们攀在附近的岩石层上四处寻觅，失望地爬下来后问，这么金贵的东西钉在这地方，也不怕小偷？

我忍俊不禁，想请他们仔细看金钉子标志碑上的碑文说明。但碑文过于专业了，民工们自然是看得一头雾水怏怏而去。于是就有了惋惜，这么金贵的地方，又是开放性的地质公园，碑上的文字应该考虑到普通受众，浅显易懂才是。

已经找到了金钉子，我试着和在宜昌的老朋友、著名探险家徐晓光联系，不知道经常去青藏高原进行科考的他在不在家。手机接通了，他正准备又一次出发，率队到莽莽神农架考察野生动物。不一会儿，这位老帅哥就驾着他那辆个性鲜明的黄色越野车来了。

每次见面，晓光永远是脚蹬酷酷的黑色大头靴，身着一身野气横生的迷彩军服，墨镜架在迷彩帽檐上，一幅随时拔腿就走的样子。我们抓紧向他请教了进入长江源的诸多问题，数次进入长江源的他给我们提了许多很好的建议。

第二天，离开宜昌的时候，晓光又特意赶来，将我们一路送到高速公路口，临别时他从车上取出礼物：一把簇新又结实的军用锹、一把轻巧的登山杖。之前他还曾送过我一副黑绒防风面罩。齐伟戏谑道，戴上这个可不能去银行取钱，也别敲老乡的门，尤其夜晚。

望着晓光站在路口挥手的身影，我和齐伟还是感到有些怅然。告别宜昌意味着告别广袤的长江中下游平原，从此进入长江的上游，由此展开漫长的山高水险的行程。而徐晓光也将进入山高林深的神农架原始森林。于是互道珍重，祝福平安重逢。

第二十七章

*西陵峡的脐橙还未红 // 清太坪镇，有条让人
两腿发软的挂壁天河 // 花还在，人走了 // 大巴
山里，两个馒头的中秋节*

西起湖北秭归香溪口，东至宜昌南津关的西陵峡，是长江三峡中以滩多水急闻名的一段，也是最长的一段峡谷。

大半年都穿行在长江中下游密集城镇，进入山清水秀的三峡，顿觉神清气爽。

遇见三峡库区的第一位移民是在秭归县茅坪镇的兰陵溪村。这里正处于一座视野开阔的峡口，岸坡上种满了脐橙树，可惜不是橙子红了的时候。

忙着给果树打农药的农妇姓彭，家里的老房子已淹没在水下，现住在政府在山上为他们盖的新居。她满意地说，在山上改种果树之后，收入不错。脐橙成熟果贩来地头收购的话，可卖到 5 元多一斤，每年挣个 20 多万元没有问题。比起那些背井离乡移民到外地的乡亲，她觉得自家比较幸运，听说有部分多年仍不习惯异乡生活的移民，又悄悄回来了。

几位村民凑过来，有位中年村民得意地对我俩说，他家的楼房正对着峡口，有个搞摄影的讲，从他家阳台拍长江，角度最好看。于是他有了利用这个好位置收费的想法。其他村民羡慕地揶揄，那你以后果树都不用种了，就坐在家里数钱吧。

坡上住着一对老夫妇。他们家光线昏暗的猪棚里，两头大黑猪不断发出低沉的哼哼，我问老夫妇平日放不放黑猪出去撒个欢？老人说从猪崽买回来

就圈在棚里，直到养肥了卖才给出圈。望着在狭小的猪棚里躁动不停的黑猪，有点为它们抱屈，这一生能见到阳光的那天便也是末日。唉，乡村生猪的命运概莫能外。

我半开玩笑地向老夫妇提议，太阳好时也放它们看看风光，要不从小在三峡长大都没见过三峡。他们愣了一下，笑呵呵地同意：是啊是啊，出了太阳就放它们见个天日。

沿江还可见到一景，那就是乡镇五光十色的广告。

几十年前，农民的房子经常被随意刷写各类标语口号，如今有些房主将外墙面租给了商家做广告，内容从洗发水、瓷砖、金首饰到冠名维也纳、曼哈顿的婚纱影楼，应有尽有。也有的房主只管收钱不管内容，任凭男科妇科这些少儿不宜的广告往墙上刷，成了有碍观瞻的"牛皮癣"。

从之前被任意涂写标语，到现在自家的房子自家做主，这是文明的一大步，但广告内容缺乏规范的管理，也让人为长江三峡一叹。

巴东，三峡库区的移民新城。

层层叠叠的楼房建在逼仄的坡地上，因而停车位十分稀缺。傍晚才到的我们为了找到一家价格适中又能停车的宾馆，在县城的山道上足足盘旋了三圈，才精疲力竭地住下。

排山倒海般的高楼大厦，入夜的满城灯火，再也联想不到"巴东三峡巫峡长，猿鸣三声泪沾裳"的凄苦景象。但密集的建筑也让人隐约感到担心。巴东县城毕竟处于地质灾害频发的地带，一旦出现强震，后果难以设想。因此，曾有位县领导也担忧地对媒体说，每逢下大雨，就害怕得睡不着。

清晨出门，举目可见"巴东精神：干净、自强"的广告牌。而靠近湖北边陲但人口流量不小的这座山城，确也整洁得出乎外人意料，马路上见不到一处杂物。

提出"像打造自家客厅一样打造县城卫生环境"的县委书记陈行甲，是众多媒体关注的热点人物，年轻的他开微博写博文，为推广巴东旅游演唱《美丽的神农溪》录制 MV，爆红网络。还依法拆除了县政府一位负责人家里高达20层楼的违章建筑，警示违法乱建。而数目高达500多幢的违法乱建的楼房，一直是这座山城的心头之患。

寸土寸金的巴东县城，毫不吝啬地给读书的孩子们修建了高标准的运动场地，从山上望下去，宽敞又漂亮的现代化操场，绿毯似的铺开在江畔。在我看来，这应是山城最美的景色了。

离开县城的一大早，忽然被酒店走廊上的一阵喧哗惊醒。有人在隔壁大喊着开门，并且把房门擂得山响。齐伟说是不是公安部门在抓犯罪嫌疑人？推开门一看，发现隔壁房间门口挤着一大群人，不仅擂门还拿脚踹，房内传来阵阵尖叫。我被这个阵势吓一跳。宾馆女服务员却在笑，解释说这是当地人接新娘。

原来，如今年轻人结婚时兴住酒店，亲朋好友到此接新人时，要经过几个斗智斗勇的回合才能把他们接走。果然，房门开了又关，关了又踹，外面

的人终于冲了进去。

这样的闹法也弄得同层楼的房客不能安宁。但这也是巴东。

中秋要到来的时候，我们来到了鄂西深山里的清太坪镇。

当地传出一个大新闻，在海拔千米的悬崖峭壁之间发现了一条长达 28 公里的引水渠，被称为大巴山的红旗渠。

从镇上到发现人工天河的桥河村，还有 20 多公里山路。正值中秋节假日，村里在镇上读书的学生也纷纷回家，搭不上乡村巴士的，就翻山越岭走回去，我们遇见了便顺路带了几个女孩子。

越野车时而冲向磨刀河大峡谷，时而又攀上高耸的纱帽山，小姑娘们不怕，一路上像小鸟似的叽叽喳喳，进了村谢过我们，便像鸟儿归巢般各奔东西，我们也发现山路已走到了尽头。

这里住着年过七旬的村民谭祖顺一家。当老谭还是小谭的时候曾多次参加修筑天河的工程。那时没有钢筋水泥，只能搅拌石灰细沙砌渠，沙子要下到峡谷深处的磨刀河去取，每趟背上 100 斤沙袋往返数公里的陡峭山路，方可挣到一个工，一个工才价值 2 角钱，由小队记账，积攒到年终换得苞谷、洋芋等口粮。有年轻力壮的为了多挣点工养家，每趟竟咬牙背起 300 斤沙袋。

完工后的引水渠解决了巴东、长阳的 4 个公社用水困难，受益的邻县还敲锣打鼓前来致谢，连放多日《龙江颂》电影，讲的就是社员们在干旱年为邻村送水的故事。

听说从老谭家屋后的碎石坡能上到天河，我们不忍劳驾刚铺晒完一院子苞谷的他带路，径自按他指的方向上山了。汗流浃背地爬到临近山顶的地方，果然出现一条流水潺潺的长渠，一面紧傍高山，一面濒临千丈深渊。沿着仅容一人通行的渠堤往前走，两腿发软，不时要用深呼吸来平静紧张的心绪。那些在如此危险的绝壁上凿渠的民工，真让我惊为天人了！

除了婉转的鸟鸣，山上只有我俩踩倒野草的声音。伴随水流走近一个幽深的隧洞时，发现洞口竟站着一个背着竹篓的男人。闲聊中得知他姓邓，当地的村民，16 岁时也参加过修渠。由于这条渠最近上了新闻，便揣测会有外

人闻讯来探奇，隧洞没有灯，他便想到了卖手电筒，真还等到了我们两人。30 元买了邓师傅的两支手电筒后，他还热心地带路，遇到我不敢通行的险要处，细心地牵着我一步步往前挪。

在"山羊无处走，乌鸦无处落"的地方如何凿渠的呢？邓师傅比画着手势回答我们的疑问，"用树干做成木笼子装上人，再用绳子从山顶吊到绝壁上，拿钢钎和铁锤一点点地凿炮眼。石头太硬，每天只能凿出一尺深。所以从 1967 年到 1978 年，清太坪镇上万名壮劳力干了整整 11 年。"

他指着一处绝壁压低声音，当年有块巨石从这里滚下来，当场砸死 6 个修渠的民工，现场惨得很，后来用几个竹筐抬下山的。

渠水经过的崖壁仍然留有当年"龙江精神送银水""敢教山河换新装"的标语。邓师傅蹲在渠堤上指着地面上刻有的一幅棋盘，是他们当年为了打发工余时间，用石灰拌着沙子做成的。走了约 3 公里，又遇到一座野藤飘拂的隧洞，洞口一块石碑刻着"人民，只有人民，才是创造世界历史的动力"的毛泽东语录。

从隧道凿出的石洞往下看，躺在深谷的磨刀河变成了一根细细的银线，散落在山坡上的民居也如同小火柴盒。

为什么这条长渠多年后才被外人发现？听了我的问话，邓师傅笑道，种田修渠对农民来说稀松平常，不会当新闻讲给别人听，最近县里来人摸底搞开发才知道当年修渠的事，说河南有条红旗渠，我们这条渠也了不得。

不知何故，当年艰苦卓绝开出的这条水渠竟然没有取名。我问邓师傅，如果让他取名叫个什么好？他挠挠脑袋想了想，那就叫太平渠，老百姓太太平平过日子最好了。

返回小镇的途中，依然山路弯弯，车走到一个岔口迷了路，停车向一位骑摩托的青年人问路，他热情地让跟他走，一直将我们带了很远，分手的时候说，他的女儿就是我们今天捎回家的，并叮嘱路不好要小心，去年冬天下雪，有位省里派来蹲点扶贫的干部，乘的车翻到山下，人没有抢救过来。

山洼里农家小院门口，都盛开着一簇簇或金黄或紫红的菊花，灯笼似的点缀着山谷。年轻人说是扶贫干部组织村民们种下的，花还在，他人没了，朵朵看着都伤心。

中秋节这天，住在远离清太坪镇的信陵村。小客栈的顾客仅有我俩，客栈又在转让中，伙房也关门了。好在车上自带了炊具，在房间煮了一锅白米稀饭，剥了两只盐蛋，开了一包榨菜，热了两个馒头，就算把节过了。

给母亲打电话时，我把馒头说成月饼，好让家人宽心。

这些年在外采访，好几个中秋节都未能陪同母亲，想着就很歉疚。有一年中秋节我和齐伟远在内蒙古，夜里，车困在暴雨倾盆、电闪雷鸣的草原上，母亲打来电话，我说皓月当空正在吃月饼。

儿行千里，不忍向母亲报忧。不过，今天的月亮非常好，这是真的。

第二十八章

江底睡着老县城 // 好看当数巫山云 // 杜大姐说，那时候人走着走着就倒了 // 黄桷树仍在，古镇不是那个古镇

在三峡重庆库区，巫山新县城是唯一在原址向上移建的，它依然保持着面向长江巫峡的最佳位置。

从湖北巴东至重庆奉节，在地质学上被称为"巴东破碎带"，因此，在这里到处可见为防治地质灾害而浇筑的钢筋水泥大网格，把整座县城钉在陡峭的山坡上。

从酒店临江的窗口望出去，对岸的青山有一大片裸露的黄土层十分醒目。这里6月份发生了大面积滑坡。突发的地质灾害造成岸边10多艘大小船舶翻沉，2人死亡3人受伤。遇难者中最小的是位年仅8岁的男孩。

巫山是大宁河汇入长江的地方，已经成为平湖的长江早已波澜不兴，接纳大宁河后，只是湖面变得更加宽广。湖下躺着巫山的老县城，意味着所有经过这片水域的游轮，都是从一座城市的上方驶过，这种科幻片似的场景，每天都在上演。

来往巫山的人，要么赶去看红叶，要么赶去看神女峰、小三峡，这些潮水般涌来又潮水般退去的人，在当地人看来都是面目难辨的过客。

巫山有两条街给人印象深刻：江边的雕塑一条街和岸上的烧烤与串串香夜市。江柳下依次伫立有屈原、李白、陆游等20多尊与巫山有关的古代文化名人的雕像，他们的诗魂仿佛仍在空气中狂放地游荡。而灯火通明的麻辣串串街边摊，则沸腾着庸常而亲切的世俗生活。

　　我也为那些从巫山县城匆匆而过的人惋惜。因为神女峰也好、三峡红叶也好，在我看来最好看的当数巫山云。看巫山云最好的位置当属县城正对着巫峡口的广场。

　　从早晨到黄昏，总有不少当地居民坐在广场的百级台阶上，有的拉二胡，有的跳广场舞，有的唱小曲，更多的人什么也不做，就是坐在台阶上眺望。

　　或许是处于峡口，又是两江交汇之地，冷暖气流对冲剧烈，峡口的云彩千姿百态，气象万千。兴许沉没于江水中的老城并未沉睡，云朵是他们的交感相应吧。

　　总之，你在这里才会知道"除却巫山不是云"，并不单指爱情。

"办个农家乐，收入笑呵呵，乡村旅游好，在家把钱找"。去巫山县建坪乡的山路上时见这样的标语。

建坪乡位于长江巫峡，海拔近 1100 米，风光秀丽。但也不是所有的农民都有办农家乐的能力。对建坪乡柳坪村的张孝菊家来说，眼下尽是些发愁的事情。

张孝菊家的房子就坐落在新修的公路旁，是我们沿巫山县公路行驶以来很少见到的泥坯屋。今年 49 岁的她不好意思地讲，房子还是公公在世时于 20 世纪 70 年代盖的，村里像这样 40 多年历史的土坯房已不多了，经常掉泥块、漏雨，早已成为危房。

我走进屋里看了看，果然墙上裂着巴掌宽的口子，有的墙面已经倾斜了。后院养着 2 头大猪，4 只猪崽见人来吓得吱吱乱叫。张孝菊说，卖猪的钱要给分别在重庆和北京读大学的孩子交学费或还贷款，大儿子贷了 6000元，小女儿在大学贷了 8000 元。她的丈夫龙长平走过来，脸上也是愁容。

龙长平几年前患了结肠癌，到重庆去看病，医院说手术得交 20 多万元，吓得就往回转，在巫山县只花 6 万元就动了手术。虽说有乡村医保报销了一半费用，但医生交代，一旦再转移还得手术，有的病人都动过 3 次了。龙长平揭开衣服露出一条猩红的长刀疤，神情黯然。

张孝菊叹道，从前还指望丈夫出外打工挣钱，眼下他已无法干体力活。家里有几亩地，但山里石头多，只能种点洋芋和苞谷，卖不出价钱。发愁的还有房子，这个破旧的泥坯房会影响儿子谈恋爱结婚，准备个新房子又没有能力。围上来聊天的几个村民，也苦恼农村人结婚负担实在太大，女方都想男方在县城买房子，没有三四十万买不到，所以年轻人不出去打工便只能打单身了。

张孝菊家的困难境地，在村里蹲点扶贫的干部也知道，曾代表政府送了200 元钱，今年中秋节还拎来了一壶食油和两斤月饼。这些慰问品虽然对张孝菊家来讲只是杯水车薪，但她觉得有人关心总比没人过问好。我们安慰她，孩子大学毕业就好了。她说，希望是那样，但大学毕业找不到合适工作的也很多呢。

一直寡言的丈夫听到这里，更加缄默了。

在巫山见到的"大昌古镇"，已不是原来意义上的古镇。

由于三峡工程蓄水后，大昌古镇原址将全部淹没在大宁河水之中，不得不耗巨资将富有代表性的 30 栋古民居、3 座城门、2 座庙宇搬迁，然后按原貌在距旧址 8 公里外的地方进行了复建。

纵有一百种想象，也没想到复建的大昌古镇眼下几近空城。游客只有我俩。

守在空荡荡的长街卖雪枣的杜大姐，看着我迷惘的神情解释说，刚建起来的那些年还是很热闹的，每天有大船迎来送往，游客挤得走不动。后来不知怎么，渐渐就成这个样子了。

杜大姐是大昌老镇上的人，如今住在政府建设的居民新区，每个月可以拿到养老保险 1600 多元。老宅作为文物已原封不动地搬来古镇，虽然已不属于她了，但那些往事还属于她。10 月的这个晌午，好久没和游人聊过天的杜大姐，向我们这两个素昧平生的外地客讲述了她的故事。

1947 年，杜大姐出生在大昌古镇，父母做点小生意，经常到乡下收点山货卖到城里，然后将布匹等百货卖到乡下。她曾上过一年学堂，因为家里添了弟弟要照顾，没有再读下去。父亲嗜酒，每次喝过头就和乡邻起争执，吓得她总是躲得远远的。很小她就想过，将来嫁人一定不嫁抽烟、喝酒、脾气暴躁的男人。长大后经人做媒，她嫁给镇上的一位性情温和的中学语文教师，连端洗脸水都要帮她试试冷热。杜大姐对这桩婚姻挺满意。

回顾过去，让杜大姐难以忘怀的还有自然灾害时期，每人每月只有 9 斤口粮，后来连 9 斤都保障不了，只好吃观音土和野菜，有些人走着走着就倒了，扶的人也没有力气。那些家里饿死人的，仍然瞒着公社好领那份口粮。有个老炊事员经常藏点食物偷偷带回去给生病的妻子。妻子临死前哭着说你真狠心，连点吃的也不带给我，老炊事员才知道带回的食物都让女儿偷吃了，女儿才逃出来。

158
沿着长江上高原

杜大姐怕我不懂，解释说逃出来就是活下来了。

这时候，一位老人也凑上来讲，他家六口人，有四口没有逃出来。

聊得投机了，杜大姐放下摊点，领我们去看从古镇迁出的黄桷树。它也按原貌盘根错节在当年的古城墙，依然枝繁叶茂的。大昌的居民曾担心它移栽后会活不下来，为移栽黄桷树当年就耗资 60 万元，杜大姐感叹，这棵树全是金枝玉叶啊。

钱能救活一棵古树，能重建一座古镇，但终挽不回绵延千年的人气。

"东不管西不管酒管，兴也罢衰也罢喝罢"。贴在古镇老酒铺紧闭的大门上的一副老对联，似乎无意中暗示了大昌古镇的宿命。

第二十九章

小杨和他的乡村淘宝店 // 夔门到了 //
奉节，还有一位老船长

从巫山沿江边去奉节的路上，途经奉节县永乐镇江南村，发现路边有家新开的农村淘宝店，觉得新鲜。

进门就看见工作台上摆着一台崭新的大屏幕电脑，墙上贴满的招贴画张扬着强烈的时尚气息，马云醒目的照片下印着马云的名言，还有"让农村生活更美好"的标语。

年轻的店主杨明华正忙着给货架摆放商品，见有人进门就放下了手里的活计。他告诉说，他的农村淘宝店也叫农村电子商务服务站，是奉节县新开设的60家农村淘宝店之一，有统一的门面和背景墙设计。

小杨当过运煤船的大副，做过餐饮，包过工程，看到农村电子商务服务这种新生事物，立刻决定回到家乡跃跃欲试。

淘宝店帮村民网购商品，从家用电器到日常生活用品一应俱全，而且不加价，送到村民家里也不收服务费。传统乡村能接受这种新的商业服务方式吗？面对我们的疑问，他很自信。举例说，帮助村民网购给脐橙打药时穿的雨披，质量好、价格也比实体店便宜很多，尝到甜头的村民们一传十十传百，给他的淘宝店做了很好的广告。

小杨还准备把家乡的脐橙放到网上去卖，以前都是等着人家到果园来收，价格高低都由别人说了算，放到网上后销售渠道更广、信息更丰富，卖起来心里也有底。说到家乡的脐橙他特别来劲，这里生长着一种品种为72-1的脐橙，为什么叫72呢？因为是1972年推出的优良品种，糖分特别高，维生素含量丰富，能卖到六七元一斤的批发价。听到这里我又有疑问了，40多年前推出的品种能卖过现在的许多新品种吗？小杨信心满满地一笑，说家乡的海拔高度及土壤最适合这个老牌子，种了 40 多年，品种也不见退化，别的地方想种还种不了。

淘宝店的窗下就是长江，时有轮船来来往往。我们诚挚地祝福这位曾经的年轻大副开启的人生新航程，他则在我们的纪念册上工工整整地写下他的心语：托长江的一叶轻舟载给武汉人民最美的祝福。

车到奉节县，便进入三峡库区的腹心了。

自古在这里登临白帝城畅游夔门的著名诗人络绎不绝，留下绝美诗篇无数。最脍炙人口的莫过于李白的"朝辞白帝彩云间，千里江陵一日还，两岸猿声啼不住，轻舟已过万重山"。他抒发的是历经艰险之后踏上归途的欢畅，而来到白帝城的我们，万里长江之行尚未过半，前方仍有关山千万重，因此还难有"轻舟已过万重山"的愉悦。

夔门天下雄，重在一个雄字。长江水面因三峡大坝蓄水抬升之后，夔门之雄虽不免打了个折扣，但云蒸霞蔚之中仍保持着亿万年修炼而成的非凡气度。

不知道三峡没有了浪花，李白他们还会不会留下才情喷薄的诗篇，后世还会不会再出李白这样的诗人，但是真正的船长是再也没有了。

奉节县城中心虽然面积狭小，但广场众多。从人民广场走到帝王广场，我们与一位常跑三峡的老船长不期而遇。

他姓刘，今年 70 岁，在长江三峡跑了 20 多年的船，最远还到过武汉。谈到三峡蓄水后船只的航行，他讪笑说无风无浪纯粹是在脚盆里划船了。老船长不无得意地讲述当年对险滩急流的征服甚至失败，那是一段快意人生，充满了电石相击的激越火光。

讲完这些，他伸出曾经掌过舵的大手，从树上取下一只鸟笼，悠闲地踱入人群之中。

在我们这两个外地人看来，奉节每天都上演着两个盛大场面，一个是泡茶馆，一个是涮火锅，尤以人民广场最为壮观。茶座也好火锅也好，密密麻麻摆得好像古时打仗的军帐，那个气势不亚于长江出夔门。

在奉节两天学会了两句方言：好巴适，安逸惨啰。

老奉节在水里，好多人的大半生在老城里。又有什么理由不让过上新生活的人们安逸、巴适呢！

第三十章

离云阳县城还有几十公里，天已黄昏，便决定歇在故陵镇。

镇上有旅馆，虽然房间不大，但挺干净。和沿途大小宾馆一样，住宿必须出示身份证，两个人都得登记。店主说每天的住宿登记情况派出所都要掌握的。

客房的门背后贴着一张告示：不许卖淫嫖娼；不许吸毒贩毒；不许聚众赌博。这类告示许多中小宾馆都有，有的更加简明扼要：禁止黄、赌、毒！看得人心惊肉跳。

将越野车内的摄影器材及电脑等设备陆续搬进房间后，出门去找饭馆，看见镇上有家饭馆的招牌上写着"李锅铲乡村坝坝宴"，猜测"锅铲"就是掌勺师傅的意思吧，那"李锅铲"则为当地姓李的大厨了。

坝坝宴是当地乡村逢年过节、婚丧嫁娶或买房做寿举办的酒席，这个沿途见过不少。事主家的门口摆满桌子板凳，赴宴者可达百人，还有民间艺人表演助兴。坝坝宴之盛也催生了像李锅铲这样专业承包酒席的厨师，除了掌勺，也负责出租桌椅碗碟、埋锅砌灶等全套服务。

"李锅铲"可能出去忙活了，饭馆没有开门，我俩在一家面馆简单对付了一顿，便顺着一条小路下到正在平整土地的江滩。镇上的居民三三两两趴在江边栏杆上看船，灯光闪烁的游轮从江面缓缓驶过，犹如一座座水晶宫在峡谷间移动。

　　故陵镇也是一座三峡移民搬迁镇，老镇已经淹没在水下，但是江滩上却存有一座写着"人民邮电"四个字的老房子，虽然青砖砌就的墙体已经斑驳，刷过绿漆的门窗告诉人们它曾年轻过。镇上的人说，没淹水之前这个老邮局是在山上的，因为地势高得以幸免。还有人讲，再过些天这幢房子也要消失了，正在平整土地的江滩将要建个住宅新区。

　　有台推土机就停在老邮局门口。

　　忽然感到好惋惜，我对趴在栏杆上看船的居民们讲，赶紧向镇上建议把老邮局的房子保护下来。他们笑，保护这个烂房子干啥子嘛？老镇子那么多比它好的房子都淹了。

　　齐伟也着急了：就是因为老镇都淹了，所以它更宝贝了，看到它就能看到老镇的过去。大伙不笑了，有的开始附和我们，有的摇头：开发商早已经把这块地皮买下了，怎么会留下这栋老房子呢？我们叹气，如果故陵镇也有一位像梅川镇的王志新先生那么执着的人就好啦！

一进入云阳县城，视线豁然开朗。同样是三峡库区的移民新城，却全然没有之前那些山城的空间压迫感。八个车道的滨江大道与十几公里长的滨江公园齐头并进，路宽景美，人和车畅快得都要飞起来了。

沿长江大小城市的滨江公园中，恐怕只有云阳敢自称"万里长江第一园"。起初以为是一个小县城不知天高地厚夸海口，当真正走过它的滨江公园后，知道自己大错特错了。

早在多年前，云阳就开始打造长江沿线最美山水园林城市，而且已戴上了"全国文明县城""国家园林县城""国家卫生县城""中国优秀旅游城区""中国最具幸福感城市"等五顶桂冠。帽子多了不容易让人记住，和当地人聊天，他们说得最多的是重庆老市长黄奇帆的一句评语：丝毫不亚于法国的滨海城市，是中国的"戛纳"。

白天，除了在街心花园里下棋打牌的中老年人，街上见不到什么行人，入夜，城市似乎通过广场舞来散发积蓄了一天的活力，跳舞的人多，看的人也多。让我感到意外的是，在市民活动中心前的广场上给数百人领舞的，是一位穿着露脐装、舞姿奔放的年轻女孩，而在别的县城，这个角色通常都由中老年妇女担任。

当地人魏先生告诉道，年轻女孩是政府专门为八个中心广场配备的舞蹈指导老师之一。魏先生还说，专做建筑工程的他走过上海、天津、武汉等几十个城市，感觉还是家乡云阳最宜居，为把云阳打造成三峡移民工程中的典范，政府的确下了血本。他指着市民活动中心这座恢宏的建筑，伸出两个指头：投资接近2个亿！

云阳又称梯城。在长江沿线的山城中，梯道并不鲜见，唯有云阳敢称"万里长江第一梯"。它也叫登云梯，从江边顺坡而上，近2000个石阶一直延伸到垂直高度300米的山顶，远望如同一座伏在山坡上的巨型金字塔。

　　登顶天梯需要时间和体力，当地人除了特意锻炼身体的，大部分一年也登不了一回。携带摄影器材的我们简直是望而生畏，因路也不熟，便叫了一辆出租车，请司机沿盘山路直接送到山顶的停车场。可是司机没有兑现诺言，送到离山顶还有数百级台阶的地方，他担心拉不到客，就谎称到顶开车跑了。无奈之下，只好自己扛起摄影器材体会爬天梯的滋味。

　　天梯旁有标志牌，注明登云梯从 1999 年开始动工，直到 2009 年才全部竣工，建造时间长达十年，耗资亿元，石阶全部选自三峡库区特有的青花石料，由当地传统工匠纯手工精心雕琢而成。它不仅是万里长江第一梯，还是世界最长的人字梯道。

大汗淋漓爬上山顶，坐落于长江与澎溪河交汇处的云阳城尽收眼底，那里有我们两天来领略过的：投资 3.5 亿元建成的龙脊岭文化公园，投资近 4000 万元建成的三峡文物园，投资近 2 亿元建成的市民文化活动中心，投资 8000 万元建成的云阳体育馆。

　　我们在惊叹它凤凰涅槃的同时，仍有一串数据挥之不去：云阳仍是国家级贫困县，贫困村占全县三分之一，贫困人口居全重庆市第二，尚有近 14 万贫困人口亟待脱贫。

　　山顶有座四面绝壁的寨堡磐石城，有枪眼炮洞，设有前后两座城门，可谓一夫当关，万夫莫过。在云阳 200 多座寨堡中，它集雄、险、峻为一身，很是引人瞩目，据说毛泽东主席当年乘船经过云阳时，仰首浮现在云端中的寨堡，也连连称奇。

　　磐石城的守门人问我们看过张飞庙没有，说名气比这个寨子大得多。

　　怎么会不知道呢？传说三国名将张飞在阆中被害后，首级被抛入江中，给一捕鱼人打捞上来埋在了飞凤山，民间便有了张飞"头在云阳，身在阆中"的说法，也有了 1700 年香火绵延不绝的张飞庙。

　　可惜，三峡水库蓄水后，张飞庙和云阳老县城都将淹没，政府耗费 6 年时间将它整体搬迁到了距原址 32 公里外的盘石镇。这也是中华人民共和国成立以来我国文物建筑搬迁影响最大的一项工程。因为国家在"张飞"搬迁的经费上投入巨大，也有人戏称他是三峡库区最昂贵的"移民"。

　　站在磐石城，坐落在江对岸的张飞庙模糊难辨，因时间关系，我俩没能过江，唯余远眺。

第三十一章

忠县那些个配得上忠字的人 // 他在风雪中，
等待那个丢失一箱羽绒服的雇主 // 薄暮时分，
我也在长湖边捣衣

忠县被认为是中国唯一以"忠"字冠名的州县城市，唐贞观八年唐太宗感怀历史上发生在这里的诸多忠烈故事，赐名忠州。

巴蔓子刎首留城的故事当最为著名。

战国时代的巴国将军蔓子，因国力虚弱请求楚国出兵帮助平定内乱，并许诺出让三座城池作为答谢。内乱平定之后，眼见要割让江山，陷于"不履行承诺是为无信，割掉国土是为不忠"的纠结之中，巴蔓子刎颈自杀，首级交给楚国的使者，表示未能承诺的歉意。被感动的楚王以国葬的规格安葬了他的头颅，国人则念他对江山的忠诚，以同样的规格安葬了他无首的身体。

忠县的一座双忠庙至今写有"国士无双双国士，忠臣不二二忠臣"的对联。

当许多城市都在寻找文化定位的时候，忠县瞄准了一个忠字，把 "忠"当作最显著的人文标志，据说还准备打造世界性的"忠文化"之都。

相对于那些有关江山社稷的忠烈人物，忠县的一位山城棒棒的诚信同样扣动人心。

郑定祥是忠县大山里的穷苦农民，在万州城里以帮人挑运货物为生，2011 年元旦这天，"得到"一件新年礼物：帮雇主挑一担货物。他在人流中和雇主走失，没有棉袄，仅穿着 3 件单衣的他，从箱子的缝隙中发现里面满

满都是羽绒服，两大包货物估计有 50 多件，价值近万元。有人劝在寒风中哆嗦的他拿回去算了，不要白不要。可郑定祥说不是自己的东西不能要，他冒着风雨站在和雇主失散的地方一直等到天黑。

第二天，新年的第一场雪也飘起来了，他将货物存放在广场的物业管理处后，依然冒着风雪寻找着羽绒服的主人，经久未果后想到了报社的寻人启事，这才终于联系上了失主。对找回羽绒服不抱希望的客商很是惊诧，没想到半个月来这位棒棒兄一直在苦苦寻找自己，激动地掏出 500 元钱递给老郑作为报酬，可一身单衣流着青涕的郑定祥说：我只要 10 块力钱。

在我们到忠县之前，听说当地组织过一场向国内外书法界征集"忠"字书法作品的活动，陕西的一位书法家写的忠字以"中正、大方、厚重"最终胜出，这个"忠"字也将当作忠县的人文标志符号。我想，在诚信溃退的当下，老郑是最配得上这个"忠"字的人。

站在县城临水的台阶上，我有时候也会陷入一种如同巴蔓子式的纠结，比如，一会儿惋惜长江在三峡库区退去了龙马奔腾状，一会儿又觉得变作长湖的它更接近一位可依偎、可撒娇的母亲。

眼下，忠县最动人的江景，就是居民们在清晨和薄暮时分聚集江边洗衣的情景。禁不住此起彼伏的捣衣声的诱惑，我也蹲下来，从一位大姐手里要过一根木杵，又从她的背篓里取了一件衣裳，手下的木杵欢快地加入了江边的合唱。我生长在长江边，还从未有过在江边洗衣的经历，很感谢忠县给了我人生第一次。

住在忠县的一家酒店里，有天刚从外面拍摄回来，门口值班的一位姓黄的中年保安热情地迎上来说，看见我们的车牌是湖北武汉的，感到挺亲切。原来这位保安师傅曾在武汉工作过 22 年，他说很爱吃武汉的热干面，回到忠县后再难吃到，虽然有时在网上也能买到盒装的，但没有热干面馆师傅用漏勺在碱性的沸水里掸过的独特味道，当然，也没有和热干面搅和在一块热气腾腾的武汉早晨。

面对这位把最好的青春时段留给我家乡的黄师傅，我说我要代表武汉向您道声谢谢！

忠县有条黄金河，还有一个黄金镇。十年前，诸多媒体报道黄金镇举债盖了个"天安门"做政府办公大楼，把黄金镇政府推到了风口浪尖上。面对纷至沓来的记者，镇政府承认借了 100 多万元债务，但对办公楼被吐槽感到挺委屈，说当初是仿照中国传统的大殿形式依山而建，并未着意建成天安门的式样。

路过黄金镇政府所在地的时候，特意停留了一下。

十年过去了，这栋被形容为"天安门"的楼房依然坐落在山腰，风雨中已失去新闻照片上鲜艳的色彩，山坡上6栋办公楼的几十条红柱头也重新粉刷为白色，显得低调了许多。路遇几位镇上的农民来找镇政府，问及当年的风波，他们出言谨慎，说并不在意办公楼盖成什么样式，只要工作人员不做太上皇、不刁难百姓就行，今天办事都还挺顺利。

当年媒体披露的为盖新办公楼封住的农民出行的山道，已经敞开铁门，背竹篓的村民出出进进。那座朱红色"城楼"的8座拱门旁，分别贴着"爱国、民主、文明、富强"的新式标语。

一切仿佛从未发生，生活依旧继续。

吃了一辈子涪陵榨菜，却从未到过涪陵的人很多。

位于乌江和长江交汇处的涪陵以榨菜闻名，下榻的宾馆对面还有座榨菜广场。它临近美丽的滨江公园，面积并不大，但霸气地嵌了一个地球在中央，标注了涪陵榨菜走向世界的地点及线路。

在榨菜广场遇到散步的黄老先生，他当年就开过榨菜厂，每年出产榨菜上万坛。我问，买回的榨菜为何往往附着红辣椒？他嘿嘿一笑，岂止有辣椒，还掺有多种调味品，就像制酒一样，工艺虽大致相同，也有独家秘籍，要不怎么有的销得好，有的销不动呢？

在武汉超市买的榨菜都是小袋包装，涪陵街面上见到的榨菜却是设计成精美的盒装作礼品的，品种也丰富多样。虽说眼下不是收获榨菜的季节，还是抱定主意下乡，吃了几十年榨菜的我，要亲眼看看它是如何种植的。

路上恰好遇见百胜镇紫竹村的村民郭师傅，他拿着村里的证明，在镇上给读高中的孙子办理减免学费的手续，搭他上了越野车，顺便去他村里看看。

当地人把制榨菜的原料叫青菜头，他对我们专门来看青菜头感到有点好笑，问武汉有没有青菜头种，我说没有，他说也是，涪陵的榨菜之所以好吃，除了气候好，土壤也很重要，听说日本人也想种榨菜吃，还把这里的土带回去化验，结果发现种不成。说到这里他得意地笑了。

紫竹村坐落在丘陵地带，山清水秀。郭师傅家的几亩地零零散散分布在山包上，离他家最近的只有五分地，种着密密麻麻的青菜头种苗，才冒出两个嫩嫩的芽瓣。我忍不住摸了摸榨菜最初的样子。老郭说移栽后要到明年开春后才能收获，那时来才有看头。

　　青菜头做成榨菜要经过修整、风干、盐腌、淘洗、拌料、装坛等多道工序，有些村民不愿意劳神，把新鲜的青菜头两三毛钱一斤就卖给了榨菜厂。为了多卖点钱，郭师傅将地里的青菜头背回家用盐巴腌一下再卖给厂里，可以卖到5毛一斤，一年卖出2万多斤，赚到的1万多元就是家里的主要收入。

　　郭师傅家只有他和老伴两人，儿子出车祸去世后，媳妇很快就改嫁了，6岁

的孙儿留给他们抚养，眼下他已在云阳城里读寄宿高中。郭师傅说，孙儿高中毕业后要上大学，我们已经负担不起了，人老了地里的活再也干不动，让他回来帮助干活。郭师傅的老伴接话说，回来也是个废人，他蹲下来解个手都喊直不起身，怎么能受得了整天蹲在地里干活的苦。

　　当然，生活尽管紧巴点，但夫妻俩还是知足的。郭师傅的妻子回忆，20世纪50年代的灾害年，4岁的她亲眼见父母趴在门槛上一动不动，后来才知道是饿死了。郭师傅补充道，当年每家不准烧火，把锅灶都扒了，全吃伙食团，伙食是野菜糊糊，像猪食那样，谁想多要点，干部把碗都给你摔了。后来连野菜糊糊都吃不上了，就吃观音土、野菜籽，还有的把青菜头烂了后沤

出的蛆虫当肉吃。有个社员饿不过偷了点伙食，干部用针把他的嘴巴缝起来了，几天没有人敢帮他解开。郭师傅的妻子摇摇头叹道，我苦自己没有上过学，要不那些苦日子我能写几大篇。

　　这时有人来他家院里收鸡蛋，每个鸡蛋八角八分，卖到城里是一元两角。郭师傅一边卖鸡蛋给那人，一边惋惜地说，我家鸡蛋个个都是双黄呢。

　　从郭师傅家的院子望出去，丘陵上有不少农田长着浓密的青草，他说已经荒弃，下一代更没人种田，恐怕以后你们就吃不到榨菜了。

　　涪陵不仅仅有榨菜，还有白鹤梁。

　　在涪陵城北的长江中这块天然巨型石梁上，刻有历代文人黄庭坚等300多人题写的诗词，且多与水文科学有关。最神奇的莫过于石梁上镌刻的18尾作为枯水标记的石鱼，从石鱼的腹部和鱼眼的高度，可以观测到长

江水位历年的变化。比 1865 年我国在长江上设立的第一根水尺——武汉江汉关水文站的水位观测记录要早 1100 多年，所以被称为"世界第一古代水文站"。

我见到它是在位于江底 40 米深的白鹤梁水下博物馆。

从前，每年长江冬春枯水季节，白鹤梁就会准时露出水面，大人小孩在上面钓鱼游乐，也可以欣赏或抚摸历代名家留下的诗词书画石刻。由于三峡大坝蓄水 175 米后，白鹤梁题刻永远淹没了，国家因此投资 2 亿元在原址上修建了这个巨型的保护形壳体。

白鹤梁永远留在了水下，再也看不见明月清风，人们倒是四季都能看到它，只是要目睹它的真容，就需要经过一系列复杂的程序了。

首先在展览馆门口出示身份证购票，再经过严格的安检程序，乘坐一条长 88 米的电梯到达水深 40 米处，又经过一条交通走廊，穿过一座厚厚的钢制舱门，进入一条环形的参观长廊，仿佛进到沉没的泰坦尼克号，眼前是一个又一个玻璃舷窗，透过它们可以见到静卧在水下的石刻。

隔绝于深水之中的人与石，又如对望着的囚徒。

也许我们来的时候是丰水期，三峡水库按汛限水位运行，加上不时出现的洪水，使这里的江水不可能像媒体报道的"如矿泉水那般地清澈"，而是略带浑黄，离得稍远的石刻也模糊难辨。我不由得想如贾宝玉那样大叹一声：我来迟了！

第三十三章

黄桷坪，父亲和母亲在四川美院邂逅 // 要看朝天门码头，得去白沙的朝天嘴 // 老码头，帆影连云的年代过去了 // 没有回城的知青钱大姐做了新乡贤

重庆，这座经常在母亲的讲述中出现的城市，对我来说仿佛已经来过无数次了。

这次专门去了重庆的黄桷坪，看一看母亲和父亲的母校四川美术学院。当年，母亲才16岁，父亲刚满18岁。

父亲是穿着戎装风尘仆仆从广西十万大山残酷的剿匪战场赶来报到的，当他听见校园内传来的温润柔和的钢琴演奏声，看见草坪上晃动地背着画夹的年轻身影，觉得眼前的这一切恍然如梦。

这是青春荡漾的四年。每到周末，同学们或是在碧绿的嘉陵江边写生，或是沿着野花绽放的江边徒步到十几公里外的朝天门码头，然后踩着高高的梯坎拾级而上，步入山城去吃一碗爽口的担担面。

从黄桷坪到朝天门要步行一个多小时，但那时候年轻，一路走还一路唱着歌，快乐得似要飞起来。学院周末常有舞会，也经常举行篮球比赛，母亲至今记得自己的球衣是女篮6号。

今天的黄桷坪只剩下老校区，老房子也不多了，红砖外墙爬满了绿色的常春藤，这绿色让我想起父母留在这里的青春。

四川美术学院的大门内，矗立有一面国内最大的校友墙，镌刻着历届在川美就读的学生姓名。在1940年至1953年的学生名单里，我发现了母亲和父亲的名字：李莉、范迪宽。

这是墙上 3.5 万个名字中，属于我的至亲至爱的名字。触摸它，仿佛触摸到父母青春无敌的笑靥。

从某种意义上讲，因为重庆，才有了我，让我怎么不感谢它呢。

位于嘉陵江和长江交汇处的朝天门，已经改造成为气势恢宏的朝天门广场，如同一艘永待出航的现代巨轮。想见到朝天门过去的样子，要去重庆江津区白沙镇的朝天嘴，它被认为是长江流域唯一保存完好而且仍在使用的川江古码头。

面对重庆也好，面对江津也好，白沙总是不卑不亢的，且不说千百年来它凭借长江水路的优势，一直都是长江上游的一个著名集镇，20 世纪 50 年代还做过 6 年的江津县县城。抗战时期国民党众多党政机关、学校、企业曾迁建白沙，中国众多政治、经济、文化名人从宋美龄、冯玉祥到陈独秀、郭沫若等，都在这里留下清晰的身影。所以，白沙镇的百岁老人面对八方来客都有一种从容淡定的气度。

有意思的是，渐行渐远的历史，经常以一种独特的方式在白沙复活。老镇保存完好的老巷子、吊脚楼、码头、会馆、寺庙，吸引了很多影视剧组来到这里拍摄那个年代的故事。来的人多了，又专门修建了一座影视拍摄基地。

镇上人讲，每年都有好几部影视剧在白沙镇开机，如果碰得巧，会见到平日难得一见的大牌影视明星，如果对方心情好，还可以请求与之合影、索要签名。

晚饭是在镇上一家火锅店吃的。女店主相当健谈，谈的也都和拍影视有关。哪位影视明星在她店里吃过火锅，哪位不如银幕上漂亮，哪位明星卸了妆仍好看得像从画上走下来似的。对演员们的不同待遇，她也看得很清楚，就跟皇宫里一样，有的是皇帝皇后，有的是宫女太监，等级分明。有的带着厨子、化妆师、服务员，刚拍完镜头就有人端凳子、端水，天热有人撑伞、扇扇子；有的拍完镜头没有人管，只能埋头吃个盒饭。

她还说，镇上许多居民做过群众演员，有的一家四口都出过镜头。每当

有剧组来拍戏，街上就会贴出告示，比如这次需要留长发的妇女、白头发的老汉、年轻的男娃儿，要求一提，马上就有人报名。大家也不在乎一天拿个三五十块钱的，就是图个新鲜，还可以近距离地见到大明星，不用像大城市的人，想见真人还要跑到机场。

来店里串门的街坊也饶有兴致地讲道，镇上有个退休教师经常扮演提着

沿着长江上高原

皮箱的知识分子，大家在电视剧里一眼就能认出他来，老师说皮箱都是泡沫做的，轻巧得很，还要装得蛮有分量，好笑人。有的演员哭不出来，用一种像蚊香片的块块点上熏一下，眼泪就冒出来了。更好笑的是拍打仗的戏，那些脸上、身上抹得血糊糊的演员来不及卸妆就跑到镇上买水喝，刚开始把镇上人吓得要死，后来也见怪不怪了。女店主的丈夫最后总结说，以前觉得电影电视好看，现在觉得后面的场景才好看。

和见惯了拍摄影视剧的白沙人聊天，"机位""角度""分镜头""推个特写"等影视术语，往往都能脱口而出。

虽然帆影连云的年代过去了，但白沙镇依然是重庆市的第一人口大镇。不过，城区近十万人都集中生活在新镇，这里流淌着浓烈的商业荷尔蒙，卖手机、卖童装、卖冰箱、卖卤货的店铺摩肩接踵，招徕生意的音响能把耳膜胀痛。

相对新镇的喧哗，没有摄制组来的时候，老镇沉寂得如同一口水波不兴的古井。住在这里的老人多，老人中又以老太太多。她们或是和脚边的小猫一起打盹，或是围着一张小竹桌悄无声息地打牌，见到外人都挺热情，有的会邀请"进屋里喝水嘛"，有的会拉出一张竹椅说"走累了，坐着耍会儿"。如果你坐下来，她们谈的最多的是"这里好，清静"。

江津的对岸是永川。

长江在这里纳入了小安溪、临江河、大陆溪、九龙河、圣水河和龙溪河等六条河流。永川因河流形如篆文"永"字，山脉形如"川"字而得名。

虽是深秋了，永川的竹海依然青翠欲滴，给人唯美的视觉感受，当地人说张艺谋拍摄的电影《十面埋伏》中竹林的场景就选于此地。

东去的长江水在永川也孕育了一座与白沙齐名的古镇松溉。

漫步十里青石板长街，一座醒目的"松溉镇新乡贤榜"引起我的兴趣。乡贤，对今天的年轻人甚至中年人都是个陌生又新鲜的称谓，它通常指才学为乡邻推崇敬重的人，我们有时可以在文学作品对乡村建设、风习教化、乡里公共事务的描写中，一睹他们的影子。

松溉镇新乡贤榜共有 13 人，有退休多年的村老支书、老村长、老校长，也有乡村医生、农业技术员、致富不忘乡亲的个体户、孝敬公婆的好媳妇，还有退休还乡的干部。评上乡贤的人，将在住宅的墙上挂上"永川乡贤"的标牌，上面有姓名和联系方式。

临江街 19 号的钱大姐也是镇上的乡贤之一。今年 70 岁的她，大红绒衣外套件干练的牛仔背心，常常还没开口就笑起来，性格特别爽快。让我没有想到的是，她竟是一位重庆市下放老知青。

几十年前中国知青下放农村的潮流过去之后，绝大部分人都回到了城里，留在农村的是极少数。钱大姐说，她 1964 年初中毕业后从重庆市下放到千里

之外的大巴山，那里的农民还处于刀耕火种的原始生产生活方式，当时她刚满 16 岁。在几乎与世隔绝的深山老林里劳动和生活了整整 6 年之后，随着父母的年事已高，她设法从大巴山迁到了重庆的松溉镇，虽然离父母居住的重庆仍有 300 多公里，但是比起千里之遥的大巴山已经是很近的距离了。

在松溉继续种田期间，她结识了农村青年小严，虽然明白成家之后或将很难返回重庆，她仍选择了和小严结婚，从此成为农民的妻子。这年她 24 岁。当 20 世纪 80 年代下放知青纷纷回城，已经是两个儿子母亲的她不符合回城政策，当年敲锣打鼓将她和同学们送上火车去下乡的城市，没有接纳她和她的亲人回家。后来镇政府将她们一家安排在镇上生活，她和丈夫也在镇上相继参加工作直到退休。如今她的两个儿子，一个在镇上开车，一个在厦门工作。

丰富的人生阅历和待人处事的公道亲和，使得她成为乡贤的不二之选。她说退休在家也没别的事，给乡邻们服务是应当的，而且每天跑跑腿人也踏实。

和中国许多也被挂上红灯笼的古镇一样，松溉每天常有游客叩访，这使得它钉在墙上广而告之的一段文字显得不合时宜，那是镇政府的《致广大城乡居民的一封信》，里面提到，发现陌生人：一问，二看，三报，四抓。

好在古镇上的老百姓对远客都挺和善，连家家户户养的猫也和善，你摸它滚圆的脑袋，从不吹胡子瞪眼睛。看见它们总让我想起豆豆，妹妹说它经常蹲在门口，盼望着我的身影出现。

巧的是，在镇上一家小卖铺，我发现一块蛋青色的鹅卵石上有一只正在远望的小猫，于是花了 20 元买下了，准备回家后送给和我一样爱猫的母亲。店主惊讶地笑说，每天进出的人不知有多少，只有你看出了石头上的猫，真是有缘啊。

第三十四章

从合江入川 // 寻找"还我山河"石刻 // 美酒河与红军渡 // 酒镇的宾馆也摆满大酒缸

进入合江也就意味告别重庆，入川了。

合江是中国著名的荔枝产地之一，当地认为唐代诗人杜牧"一骑红尘妃子笑，无人知是荔枝来"的诗句就和合江有关，近年专门修建了贵妃大道和荔枝广场，甚至重现了古时将荔枝名品"妃子笑"快马加鞭运往长安的隆重场面。

我们来时，荔枝上市的季节早已过去。

合江因长江与赤水在这里交汇而得名。

两江合流的地方，赤水一片碧绿，这有点出乎我想象。一位带着孙子在江滩上放风筝的老人说，每年端午到重阳这段时间，赤水才是红的。不管它是红是绿，反正进了长江就跟长江的颜色走了。想想也是，所有的支流几乎如此。

岁月的力量也是强大的。我站立的地方叫南关，老人说自古到今都是个大码头，从重庆到贵州的大船要在这里卸货，货物装上小船才能驶进赤水河。而从赤水河下来的船只换成大船才能行走长江。所以，一直是个热闹得不得了的地方，后来，你看到了。老人说完就牵着孙子和他的风筝走了，留下我和被精心打造成景观带但已失去码头喧哗的滨江路。

作为长江上游的一个小县城，合江的滨江路景观一点不逊色于沿江大小城市，几十座风格各异的小花园串珠似的连接成一条精巧素雅的风景线。路遇十几位着红衣红裤的妇女在江边跳扇子舞。此前看过许多扇舞表演，但以万里长江作背景还是初次见。行云流水的音乐，若仙若灵的舞姿和辽阔的长江刚柔相济，堪称绝配了。

夜幕降临之后，在江边广场上跳广场舞或自拉自唱成为县城夜生活重要的内容，与白天扇舞的美妙感觉截然不同，比赛似的高亢音响简直是对听力的挑战，我和齐伟面对面说话都听不清。最苦的一定是住在附近的居民们。果然，路边有位年轻人诉苦说当年看好这里买了江景房，结果噪音大得紧闭门窗都挡不住，想转卖也没人敢接手。

沿江走来，类似的情景真还不仅合江这个县。

第二天清早，跨过县城的赤水大桥，到马街去寻访"还我河山"的石刻。

据史载，抗战时期冯玉祥将军在四川发起献金救国运动，合江百姓群情高涨，踊跃捐献钱币 1450 万元，深受感动的冯玉祥在合江挥笔题写了"还我河山"四个大字，并附跋语："民国三十三年春，余以节约献金救国来合江，此间爱国同胞超越前人，突破各地成绩，为书武穆遗训以作纪念。"随后，当地人将"还我河山"四个大字刻写在马街临江的崖壁上。

马街与对岸的南关同属著名的水码头。过去，从船上卸载的盐巴、茶叶等货物要靠大量的马帮运输到各地，因此也是马帮的集散地，故名马街。今天的它虽然依旧是座繁华的集镇，当年马帮云集的盛景早已风消云散。

尽管知道石刻离赤水大桥不远，但要在江边找到它确非易事。向桥头的路人询问，十个就有十个显得一头雾水。我们也纳闷，听说那片石刻每个字接近一米大小，为何都不清楚它的位置呢？

东冲西撞之后，发现一条通往江边的石阶梯，便顺石阶梯走下去，继而穿过一个宽深的石洞，洞内一条盘虬卧龙的古树根旁有香客供奉的香烛，显然，我们无意之间来到了当地人传说的昔日马帮往来的一处古渡。

过了石洞，眼前豁然开朗，赤水和长江扑入视野，坡堤上全是居民开垦的菜畦，我们不时跨过一把歪倒的锄头或是一只破旧的水桶，沿着长长的坡堤巡视，终于在一块崖壁上发现了"还我河山"的石刻。看见气壮山河的四个雄浑大字的瞬间，确是激动，同时也明白了为何斗大的字体刻在岸边却寻它不易，石刻大部分被湿漉漉的青苔覆盖，几乎和崖壁融为一体，即便人走到面前也未必能马上辨认出来。

泸州地区在抗战时期，是中国西南大后方重要的军事基地和人员、物质集散地，所以成为日军重要空袭目标，曾先后被 10 次轮番轰炸，居民死伤4000 余人，隶属泸州的合江也变成一片火海，伤亡惨重。

站在硝烟散去 70 多年的赤水河边，面对被青苔覆盖的"还我河山"的石刻，不由黯然神伤。

赤水河是长江上游除青藏高原外唯一没有开发的自然流淌的一级支流。

这是在赤水河流入长江的地方决定走一趟赤水河的原因。

也许是太久没有听到水声喧哗的缘故，当听到赤水河碧浪翻滚的声音时，我感觉它真是天下最动听的音乐，禁不住录下了浪花的声响。

不错，这个季节的赤水是碧绿的，看见它，就明白为何人们用玉带来形容河水。山也是绿的，绿得似要淌水。赤水河奔流欢快，走在河边的人，心也欢畅。

跟随赤水河第一次来到久闻其名的赤水市，在绕城而过的赤水河边，遇到了一段浑厚沧桑的城墙和一个古朴的城门洞。

据住在城墙旁的居民讲，这段古城墙已有 400 来年的历史，共有 6 个城门洞，城墙最宽的地方还留有宽阔的马道，虽几经战乱，古城坚如磐石。赤水解放后，由于城防功能已经丧失，城砖便成为城市建设的石料，再加上防汛工程的需要，又拆了不少城墙应急。前些年大规模拆建，把已经列为省文物保护单位的城墙拆了 60 多米，现在只剩下两个城门洞和两段残缺的城墙。

"当年太平军攻城、辛亥革命军攻城，还有土匪攻城，都未得逞，如今自己把它毁掉了，否则也不亚于山西的平遥古城呢！"一位老人家用拐杖戳着青石板路面痛惜地说。

400 年前的城楼毕竟难以阻止一座城池 400 年的成长，如同一个已经长大成人的青年难再适应童年的旧衣。如何平衡保护与发展的矛盾，对于赤水这类老城来说的确是一个沉重的话题。

斑驳的古城墙上有一张新贴的北城门棚户区改造公示，对于住在拆迁范围内的居民来说，最关心的莫过于拆迁后的补偿，而补偿中最关键的又是公开、公正、公平。住户们坐在一起聊天，中心内容大致如此。甚至连我们这两位外来人也被当作倾诉对象之一。

有位开着小卖铺的婆婆说，她的小店开了快 40 年，由于没有办理工商登记手续，开发商不愿按商铺的价格给予补偿，这样的话她就比人家的铺面房要少拿 10 多万元。婆婆不满地举个例子，没有拿结婚证的夫妻生活几十年不也是合法的夫妻了吗？大家哄地笑起来。

　　还有的传着小道消息，谁谁谁事先得知这片要拆迁，花了 3 万元买了一栋旧房子，这一下就赚了 20 多万的拆迁费。人群中顿时传出一片啧啧声，说不清是羡慕还是嫉妒。后来又有人伤感地叹道，将来搬走了就别想这样围着聊天了，那些住进楼房的人一进屋就关门，住几年了对门姓张姓李都不知道。于是，街坊们陷入了沉寂。一个小女孩却欢快地蹦跳着：那时，我可以天天坐电梯啦！

　　扎进古城墙的老黄桷树，一如既往地目送赤水绕城而过。

　　出了赤水市不久，发现赤水河边机声隆隆，尘土弥漫，葱郁的河岸被挖掘机生硬地撕开长达数公里的豁口，大量的石块和泥土纷纷倾泻在碧绿的河道中，溅起惨白的浪花。

　　停下车询问路边的工程技术人员，得知将沿赤水河铺设一条长约 160 公里的山地自行车道，路面由红色橡胶沥青铺就。再放眼一根根插入青翠河岸的钢筋水泥支柱，我俩更是暗暗吃惊，赤水河独特的原始自然风貌显然再难以恢复。

　　幸运的是，因为赤水是名酒珍贵的水源地，它得以逃脱被筑坝建库的命运。利用赤水打造美酒，想来也是自古山多地少人穷的地区最能依靠的致富通道，正如公路上矗立的巨幅广告所称："黔地无闲草，黔地有好货，黔货要出山，名酒当先锋。"

　　赤水河云集着茅台、郎酒、习酒等家喻户晓的名酒酒厂。若从二郎滩俯瞰这一带的峡谷，酿酒车间星罗棋布，显得峡谷更加逼仄，河水更加瘦长，

让人不免心疼百里赤水河有多少乳汁哺育两岸数不清的酒厂和作坊。当地人讲，酿酒用水也未必全取之于赤水河，还有清澈的山泉作为水源。听到这里才为它长舒一口气。

沿赤水河行进，酒文化无处不见。有时百丈山崖突现"美酒河"的摩崖石刻，有时从山腰忽然伸出一只举着酒杯的巨手，远远地闻到浓浓的酒香，就知道有一座酒镇就要到了。酒镇的街灯被设计成一盏盏酒樽，街心花园簇拥的也是巨无霸似的酒瓶。

茅台镇更不例外，酒香袭人，整座镇子如同浸在一个大酒坛里，空气中仿佛有无数酒神醉步。

到达茅台镇时天色已晚，急着找了河边的一家宾馆投宿，一进大堂怀疑进了酒铺，满眼是扎着红绸、足有半人高的大肚酒缸。服务员笑道，这就是我们酒镇的特色，想买酒的话，宾馆就有，还可以优惠。

　　天亮，茅台镇露出真容，首先映入眼帘的是 "全力打造贵州第一、全国一流、世界知名旅游名牌"的巨型标语。街上几乎除了酒铺还是酒铺。还让人纳闷的是，酒铺并没有茅台酒卖，出售的多是土陶缸里自酿的散装白酒，或者自灌的瓶装酒，价格从几十元一斤到几百元一斤不等。你若问有无茅台酒卖，有的店主会狡黠地说茅台镇出产的酒不都是茅台酒吗？

　　赤水除了美酒河的别称，还有 "英雄河"的美誉。红军 "四渡赤水出奇兵"的故事就发生在这里。赤水中游的茅台、二郎滩、太平渡、土城浑溪口、元厚等渡口，都分别设有一渡至四渡的纪念碑。

元厚渡口是红军一渡赤水时右路纵队的主要渡口。在岸边的公路上远远就能看到新建成的元厚火炬广场，据说总投资 800 万元，红砖铺就的红五星图案特别耀眼。相对之下，附近一座建于 20 世纪 70 年代的"红军渡"纪念碑更受人关注。"红军渡"三个大字选自毛泽东手书，已被列为"全国重点文物保护单位"。

当年万名红军战士长征来到元厚镇，凭借当地百姓提供的木船和门板架设了两座浮桥，才得以迅速地渡过了赤水河。我认为红军渡是对红军的纪念，也是对百姓的感恩。

纪念碑上方的土坡有一棵枝繁叶茂的老榕树，树下是一座老房子，村民杨华容在她家这座祖屋内开了一个小超市。在这里她仍会看到一队又一队的"红军"，那是戴着八角帽、身着红军服的游客，或是在纪念碑前留影，或是举行隆重的入党仪式。他们来找她的时候，当然不是借木船和门板，而是来买矿泉水和方便面。

80 年前的那段历史任谁都不可复制了。

当年在元厚镇被一条赤水河拦住去路的红军，不会想到几十年之后这个渡口会出现两座钢筋水泥大桥，还有一条高速公路就从他们翻过的山梁通过。

高速公路仅距红军渡纪念碑和杨华容的家咫尺之遥，她说，当年设计这条高速公路的时候，特意绕开了红军渡纪念碑，这样也保住了她家的祖屋和屋后这棵 400 岁的古榕树。

正说着话，红军渡又走来一群活泼的年轻人，本在追逐嬉戏的他们走到纪念碑前时，仿佛无形中得到一个指令，骤然变得肃穆起来。

众声喧哗的时代，的确需要一个肃穆的时刻，哪怕十分钟、六十秒。

长江一路走来，每一次和支流交接，就会孕育出一座城市。

比如：与汉水交接，诞生武汉；与嘉陵江交接，诞生重庆；与乌江交接，诞生涪陵；与赤水交接，诞生合江……

当它遇到了沱江时，泸州也就自然而然地诞生了。

下了高速公路，还没进入泸州，一股酒香就钻进车内，好像远远地就跟你打招呼：酒城到了。齐伟开玩笑说，在这座城市开车的司机，每天都是酒驾呢。

酒店也成为名副其实的酒店了，我们下榻的酒店名叫 28 度，但它不是指酒的度数，而是指泸州的纬度坐标。泸州实际位于北纬 27~30 度，主城区大致在北纬 28 度。

中国东部处于这个纬度的地方，通常气候好，农作物也长得好，当然酿的酒也不会差。这个酒店聪明，没有像别的宾馆跟风取个"酒城"或者"酒都"什么的，却也和酒搭上了。

酒店门口的长街，酒味特别浓烈，一问，果然附近有泸州老窖的一个老厂区。我们戏谑说，住在这条街上日夜呼吸着酒香，酒量也会上涨。

作为酒城，泸州的酒文化元素自然无处不在。滨江公园里的雕塑无一不跟酒沾边，有一组 8 个人在坝坝宴上饮酒的群雕：喝醉了互相搀扶的，两人端碗对坐出手划拳的，还有捧着酒碗仰天独饮的，非常生动地刻画了当地人尽兴饮酒的形象。

　　"不求富来不求有，但愿长江化作酒。闲时躺在沙滩上，浪子打来喝两口。"泸州人的顺口溜很能概括泸州人洒脱又豪迈的个性。至于泸州人的酒量如何，没有和他们喝过，也不知道是否都是酒仙。

　　在长江和沱江的交汇处，遇到一位当地的老先生，谈起泸州的酒，他说

自古以来满城都有窖池和作坊，酒窖比水井还多。附近有个著名的醉翁洞，洞长足有 8 公里，是个天然的酒库，从 20 世纪 50 年代起，里面储存的都是高档次的好酒，这样的山洞在泸州还有好几个。

老先生很怀念年轻时喝过的酒，"浓得能挂在杯壁上，滴不动。"他做了一个倒扣酒杯的手势。

泸州出酒还出奇石。江水多年的冲刷，在泸州的长江两岸堆积成储量极为丰富的卵石滩，石头色彩鲜明，千姿百态，让人惊叹长江真是一位最伟大的画家和雕塑家。

绵延数公里的卵石堆上，经常可以见到背着背篓的村民埋头捡石，如果捡得一块上好的画面石，可卖到几百元甚至上万元，因此一年的收入很可观。捡的人多了，便形成了奇石村，家家门前堆着小丘般的长江石，据说还有日本、韩国的奇石爱好者找到这里淘石。

我也在江边跟着那些捡石人捡了一会儿，但一直没有发现满意的。一位捡石的泸州男子看见我失望的样子笑道：如今捡的人太多了，想遇到一块好石头很难。听我讲从武汉来，又笑说咱们同饮一江水呢。

他放下沉重的背篓，从里面挑选了一个遍体彤红、温润如玉的石头送给我，它是泸州特有的石头品种，名叫长江红。

我带走了这颗似烈酒般燃烧的长江红，也以这种方式留住了血脉里都流淌着美酒的泸州。

第三十六章

武汉距宜宾的航运距离为 1742 公里。这是我从宜宾市的长江地标广场上发现的数据，它也是此时我到家坐船需要走过的距离。

长江地标广场位于宜宾市的长江、金沙江和岷江的交汇处。江水从这里往下始称为长江，由此向上称为金沙江。所以，没有比在这里更适合建立一座纪念碑式的广场的地方。

广场的大门上有李鹏为家乡的题词：万里长江第一城。由于长江常被喻为龙的象征，宜宾自然将这里视为长江的龙头，而且真的在广场上安放了一颗直径达 11 米的"龙珠"，也寓意宜宾乃万里长江上的一颗明珠。武汉人经常将汉江与长江交汇的地方，喻为江汉朝宗，豪气满满，那么三江奔涌于眼底的宜宾人，其骄傲也很好理解了。

云南和四川在这里以金沙江为界，因此，你一眼就能望到省外。令人诧异的是，从上游滚滚而来的金沙江是绿色的，教科书却一直告诉我，金沙江因江中沙土呈黄色得名。但我很快得知，在四川省宜宾与云南省水富县交界的金沙江河段，有一座向家坝水电站，金沙江经过水库的沉淀自然变成了一股清流。当然，我同时也知道了在长江的金沙江段还分布着溪洛渡、白鹤滩、乌东德等一长串水电站，这些水电站的名字对大多数中国人来说都是陌生的。

因为向家坝，我也见识了宜宾人的热心好客。在三江交汇处拍摄时，遇到 4 位坐在临江茶馆摆龙门阵的宜宾大姐，她们热情地添了两把椅子和两杯川红，又撒了一大把瓜子话梅，相邀同坐。听说我俩从三峡大坝所在的湖北来，还未见过向家坝，有位大姐马上拿起手机联系朋友，托他与向家坝的检查站打招呼，让我们的车辆通过一条内部隧道直接进到大坝的核心观光区，而不必多绕行 20 公里。

这连珠炮般的热情让我们有一种应接不暇的感觉。作为三江交汇、码头林立的地方，都说宜宾男人特别的豪爽侠义，没想到在女人们身上也体现得淋漓尽致。谢了几位大姐，我们果然顺利地进入了向家坝。

虽然参观过三峡工程，身临把金沙江高悬在 400 米处的向家坝，仍然感到十分震撼。据专家说，金沙江中游是长江主要产沙区之一，多年平均含沙量每立方米达 1.7 公斤，入库泥沙量约为三峡入库沙量的 1/2，向家坝、溪洛渡电站建成后，可以解决泥沙淤积这个最大的心病。想到身边这座大坝竟然和千里之外的三峡大坝有着如此重要的联系，亲切感油然而生，好似代三峡

大坝见到了它的兄弟。

站在大坝上，可以将金沙江与长江交汇处的云南省水富县城尽收眼底。县城不大，城中心有一座大型天然气厂，每年要生产百万吨肥料和化工原料。20世纪70年代以前，水富还属于四川宜宾，据说就是因为建了这座大型天然气厂才被划给了云南。宜宾人戏称它是一个被抱走的孩子。

傍晚回城的时候，又被宜宾人感动了一回。

就像外地人到武汉要尝尝热干面，来宜宾的外地人也要吃碗燃面代表来过宜宾。

可惜，忙碌了一天的我们赶到宜宾最有名的燃面招牌店时，服务员已经扫地抹桌准备打烊了。就在我们失望地出门后时，一对就餐完的夫妇俩追上来说，还有家燃面招牌店也不错，于是带着我俩穿大街走小巷，到那儿一看，面馆已经迁走，夫妇俩为我们这两个外地客仍然没吃成这个特色小吃感到挺歉疚。我们赶紧讲没关系，明天还有机会。谢了这对热心快肠的夫妇，一直目送他们拐过街口，虽然饥肠辘辘，可心里满是暖意。

第二天，我俩还是特意找到了昨天打烊的那家面馆，心满意足地吃到了两碗燃面。它是一种和武汉热干面相似的干拌面。煮熟的面条拌上宜宾的黄芽菜、芝麻、核桃、花生、香油、辣椒、花椒、香葱等十几种调料，色泽红亮，吃起来香麻爽口。在武汉吃热干面会配上一碗蛋冲米酒，在这里吃燃面则会配上一碗素菜汤。虽然是有名的燃面招牌店，一大碗分量足足、调料丰富的燃面只卖六元，加了肥肠、牛肉、鸭丝等配料的，也不过七八元一碗，价格确实不贵。

四川、重庆一带的餐饮店，环境大都清清爽爽，燃面馆虽然顾客很多，也不例外。新鲜的是墙上贴有工商行政部门的提示：依法索取发票，协税护税光荣。第一次见面馆贴有索取发票的标识，也未见谁为一碗面、两碗抄手真的去开发票，但提醒了公民的税法意识。

在有江河的地方，常常会找武汉的影子，而宜宾也有中山公园，园外也有一座高耸的钟楼，为中西合璧风格。正是这座建于1938年的钟楼，结束了宜宾清代以来传统的击鼓报时的方式。

钟楼前的广场每到夜晚坐满了男女老少，有许多民工也坐在这里兴致盎然地看广场舞，看小孩跑来跑去。来自宜宾山乡的农民工周志川就坐在我的旁边，身材瘦小的他总是情不自禁地帮助那些小孩扶起倒下的童车，他说看见这些小孩就想起自己留在乡下的3岁儿子，过年回家他准备用打工挣的钱给儿子买辆童车，"不用太贵，只要好看就行，让儿子骑着它，想到我这个父亲。"

宜宾最著名的两条街，一条叫冠英街，一条叫莱茵香街。

位于市中心的冠英街原叫观音街，因有座观音阁而得名，是当年有名的水码头，繁华的程度只需看街上留下的一座座高大气派的公馆就知道了。前些年建长江地标广场，把原有的40多座老宅院拆得只剩下现在的12座老房子，街道也只剩下不到200米。后来被专家发现了，惊呼为第二条"宽窄巷子"，颇有旅游开发价值，无奈已晚，就冠以"世界上最短的古街"来吸引游客，体现了宜宾人的智慧和幽默。

来到冠英街时，已是这条街的原住民在这里生活的最后时光了，政府又开始了改造修缮的补救工程。五六位老住户穿着棉拖鞋坐在老竹椅上，看老街上偶然经过的稀落的行人，也很乐意向外人讲述深宅大院里那些神秘往事。最生动且重复最多的是刘文彩三姨太的故事。一位戴着手串的大爷指了指街上一面飞檐吊角、木门紧闭的高墙说：当年刘文彩和她就住在那里，三姨太凌君如是宜宾出名的美人儿，每天坐着挂有铜铃的马车出出进进，神气得很。多少年过去了，街上的人还记得她坐的马车经过时脆响的铃声。

从这些住户的年龄来看，也未必是在当年历史现场的人，或许都是口口相传罢了。我追问凌美人最后的下落，大爷说20世纪60年代初才病死的，年纪也不大，40多岁，被卷了一床竹席下的葬。

莱茵香街在宜宾的南岸，当地人也叫它洋人街，曾被评为四川省最美街道之一。置身于这个由瑞士钟楼、罗马柱、喷泉、露天咖啡屋和带老虎窗的别墅组成的社区，若非街上漫步的都是川人，仿佛走进了一座地道的欧洲

小镇。

由于刚刚从民国的冠英街出来不久，人好像骤然间转换古今中外两个时空。其实，这种感觉并不陌生。冠英街的命运和莱茵街的出现，是中国城市建设中的两个代表性的缩影。

告别宜宾前的一个黄昏，我们再次来到长江地标广场，花 10 元钱泡了两杯香茶在江边茶座坐下来。

近岸的江面上，停泊着许多艘由趸船改装的水上餐馆，不仅数量大，体积也不小。这些水上建筑有的高达四五层，夜幕降临后灯火辉煌、食客如云。这么大规模的水上餐馆停泊在三江交汇之处，除了对航道的影响，还有污水的排放，都是令人忧虑的问题。不由为同饮一江水的宜宾一声叹息。

落日把长江和岷江都染成金属般的色泽，好似为我们即将进入横断山壮行。

第三十七章

去金沙江峡谷的四方村，寻找一个叫龚建翠的女孩 // 汶川地震她没钱捐款，把心爱的辫子卖了 // 小学毕业后她已出嫁，祝她幸福

车出宜宾便告别了四川盆地，也告别了从长江入海口至宜宾的 2000 多公里海拔落差不超过数百米的坦途，进入山高谷深的横断山脉。

今天拍摄的主要内容很明确，路过金沙江畔的雷波县时，看望一位叫龚建翠的女孩子。

昨夜在网上搜索雷波的相关信息，忽然跳出 2008 年关于汶川大地震的一条新闻，大意是四川小凉山雷波县米谷乡小学的同学们，得知汶川发生特大地震，在老师的组织下纷纷向灾区捐款。其中有一位叫龚建翠的五年级女生，因家庭困难没有钱可捐，心里很难过。她悄悄跑回家，毅然剪掉了自己心爱的长发，把卖头发的 20 元钱悉数捐出。

齐伟和我都被龚建翠的善行打动了。雷波是国家级贫困县之一，在国难当头之际，一个出身贫困的孩子却用这样令人心疼的方式尽了微薄之力。纵然事情已过去十来年了，但我们都应永远记住她。所以，想去看看龚建翠。

去雷波的路一直沿着金沙江走，随着山路的起伏，金沙江忽近忽远。被雨水泡软的公路布满一个又一个水坑，而且还不浅，几次刮擦了已经改装升高的越野车底盘，因此一路走得小心翼翼，如蹚雷区。

当公路上出现用彝文和汉文书写的"凉山东大门欢迎您"时，便知道进入雷波境内了。路边不时可见写有"消除贫困改善民生，实现共同富裕"等

内容的宣传标语。

米谷乡坐落在金沙江畔，街道很短，只有三五家商铺，其中一家聚集着不少穿白大褂的人，起初以为他们在搞医药促销活动，走近一问，方知县里正进行"精准扶贫民族地区技能培训"。今天培训的主要内容是餐饮，长条桌上摆满锅灶和食品原料，来自贫困家庭的村民们兴奋地穿上了雪白的大褂，变成了临时厨师，在一位胖胖的女老师指导下做"宫保鸡丁"，出锅后还纷纷请我品尝。听了我的赞许，大伙羞涩地笑起来。指导老师说，除了餐饮外，他们还有电工、焊工等培训内容，村民们有了技能，出去打工创业就更方便了。

趁人多正好打听龚建翠的家，有位村民说她家住在山顶上的四方村。顺着她手指的方向仰头望去，那山插进浓浓的云雾里，看不见峰顶。

　　一位开小货运车的当地司机热心地说，他也要上山，让我们的车跟着他走。刚坐进驾驶室的他又犹豫了，问我们走过山路没？齐伟说，这一路不都是走的山路吗？司机笑道那不算大山。齐伟又说，西藏都去过，你说算不算走过大山？司机没再吭声。于是跟着他开上了一条仅能容下四个车轱辘的山道，行了不久他从车里探头说沿路就能到山顶，他要从岔道走了。

　　山势太陡峭，不断遇到360度的"胳膊肘弯"，随着山的升高，弯急路陡，有的弯难以一次性拐过去，要倒一把车才行，稍有不慎就会嗖嗖往山下滑，好几次车轮都擦到崖边，身后的金沙江望去已细如一根银链。我们这两个走过川藏线的"老师傅"开始胆战心惊。车如果冲不上去是没有退路的，我有些后悔冒这么大的风险来找素昧平生的一个女孩，还得把先生的命也搭上。越野车怒吼着冲坡，换挡、打方向、加油门，终于将最难走的那几个弯

道闯过来了，仿佛闯过了生死门。

上了山顶，地势豁然开朗。经人指点很快找到龚建翠的家。那是一个土坯围砌的破旧的院落。我大喊了几声龚建翠，屋里走出一位穿黑衣的老妪，因语言不通无法对话。齐伟到村里找来一个正在盖房的小伙子，他是龚建翠的兄长，见有人来找妹妹十分惊讶。他说龚建翠早已出嫁，嫁到另一座大山里。因为家贫她上学也晚，五年级捐钱时已经满 15 岁，也因为生活困难，她没上初中就辍学了，现在已是两个孩子的母亲。

她的哥哥还告诉说，他们兄妹六人，有两个小弟弟因病早早夭折。父亲也因为帮别人盖房子不慎摔下来，医治无效去世。母亲在离村很远的地里种田，要到中午才能回家。院子里这位老人是他们的祖母，已经 90 多岁了。

正说着话，从院外走来一位抱着婴儿的彝族姑娘，看上去至多有十七八岁，她很安静地看着我们。龚建翠的哥哥说这是他兄弟的媳妇，花了 20 多万元娶来的，家里因娶亲现在还欠着一大笔债务，所以孩子才出生不久，兄弟就出外打工了，要到春节才能回家。

谈到龚建翠当年卖掉长发给汶川地震灾区捐款的事，哥哥讲国家遇到大难，出份力也是应该的，很感谢我们两个陌生人竟还记得她。龚建翠平日把自己的长头发当宝贝，以前到谷米乡收头发的小贩几次劝她卖掉，她都舍不得。

我追问龚建翠目前的生活状况，她哥哥迟疑了一下说，过得还好。

这就是关于龚建翠的所有信息。

临别的时候，龚建翠的哥哥指引了另外一条下山的路，说更安全些，我们来时走的那条路的确险得很，一般人不敢走，这也是乡村客运车都不来这里拉客的原因。

出了四方村，我们没有立刻下山，而是站在山顶眺望群山，老在想哪座山生活着龚建翠，在我脑海里，她仍然是 8 年前那个曾有一头乌黑长发的善良的五年级小女孩。我们暗暗祝福她，做母亲也是一个幸福的母亲。

夜宿雷波县城。在这个彝汉民族杂居的地方，见到的穿传统彝族服装的几乎是中老年人，年轻人从衣着上已分不出民族来，且大都喜爱穿时尚的破

洞牛仔裤。

　　宾馆大门口贴有一张招聘女服务员的告示，要求保洁员17~45岁，会讲一定的普通话；收银员17~35岁，初中文化，会讲一定的普通话。唯有茶楼服务员年龄17~30岁，不要求会讲普通话。

　　显然能讲普通话，就业还是有优势的。讲普通话对汉族来说不是一件困难的事，即便一口川音也能走遍中国。但对少数民族群众来讲，汉语却是他们走出家乡必须学会的第二种语言，否则就业的路子就很窄。想到汉族在语言方面的天然优势，真的有理由在他们奔跑的路上多扶一把。

第三十八章

*往来于金沙江 300 米高空的溜索人 // 蜿蜒
在峭壁之上的山道动魄惊心 // 看见仅次于三峡
工程的白鹤滩，宛若闯入科幻大片*

金沙江有相当长的距离，在四川和云南之间扮演界河的角色。所以，沿着江一天可以在川滇两省来回好多次，说不准今天住四川明天就歇云南了。

歇在与四川省布拖县隔水相望的云南巧家县时，听到了两省交界的金沙江上"亚洲第一高溜将要退役"的消息，于是驾车往那里赶。从巧家县城到建有那条溜索的茂租镇鹦哥村，要沿金沙江走 10 公里，路虽然不长，但走得惊心动魄。峡谷中江涛滚滚，伸展于峭壁上的小路和江面的垂直高度可达到二三百米，路边的防护栏仅有小孩的手腕粗细，且大部分残缺，近似于无，只靠一根细铁丝牵住。

想当年两人走川藏、滇藏天险也没有这么多恐惧，便揣测是年纪大了的缘故，我快奔六十，齐伟六十有三，已不是初生牛犊不怕虎的年龄了。由于时间没有安排好，走了一会儿发现天色渐晚，于是打道回府，计划第二天再走。

第二天早早就出发，这次决定跨过架在两省间的金沙江大桥，走布拖县的冯家坪，认为这边的安全系数要大些。江边有家为白鹤滩水电站建设服务的公司，路的质量很不错，可高兴了没有多久便上了烂路，随着山势的抬高，路面愈来愈差，布满犬牙交错的乱石，车摇摇晃晃如喝醉酒般难以掌控，一边是峭壁一边是悬崖，稍有不慎，就粉身碎骨了。后悔已来不及，车已无法掉头。

　　磨磨蹭蹭行驶到峭壁的高点，路中央突起一块大岩石，试了好几次绕不过去，两人心急火燎地困在那里。没料想对面摇摇晃晃开来两台小车，让你惊讶这世上也有胆大包天的人。此刻错车成为生死攸关的事情，我们的车处在外侧，一旦刮擦就会坠江。对方见我们的车纹丝不动显然不耐烦了，急切地按喇叭催促，激起我的满腔怒火，大喊着：有种你们过来试试！

　　这时，对面车下来几个男人，铁青着脸大步流星地走过来，我看了看他们的车牌，都是布拖县的车，心想坏了，对方没准一气之下将我们的车推到江里去。还好，那几个男人只是疑惑地问为何停在这里不动，我们也实话相告，结果其中一位约五十出头的男子拉开我们的车门就坐进去，只见他发动车之后风驰电掣地贴着悬崖边开过去了！

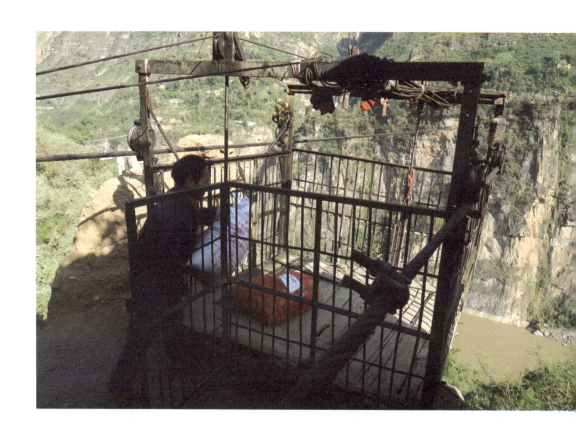

我俩看得目瞪口呆。

一场对峙变成一场友谊的和解。他们说金沙江正在建白鹤滩水电站，这里将会设计一条新公路，所以这条老路没有维护，任它自生自灭了。他们因急事赶往巧家县，平日也不走这条线，通常只有骑摩托车的村民才从这里走。

过了这只拦路虎不久，便看见了那条横跨在云南和四川两岸悬崖上的溜索，粗粗的钢缆距江面约有300米的高度，一只用钢筋焊成的栅栏状的溜箱停靠在这边的峭壁旁，紧贴峭壁还筑有一间安放着电动机的土坯屋。开溜人金顺友正在用手机和对岸联系运载货物的事宜。

金师傅是对岸云南省巧家县茂租镇鹦哥村人。他说没有建溜索之前，两岸的村民要走下山到江边坐渡船过河，一来一去需要一整天。1999年布拖县开始修沿江公路，他们村的十来个村民凑了10万元架起了这条溜索。刚开始靠人力驱动，现在使用了电动机，省力多了，几分钟就轻松地溜过长度480米的钢索。

距溜索约半里地的地方，是正在施工的金沙江溜索改桥工程，桥梁建起之后，两岸的村民将结束乘坐溜索过江的历史。这也是亚洲第一高溜将要退役的新闻的由来。对溜索的去留，金师傅的感情很复杂。大桥代替溜索后大家都方便了，现在两岸的村民以外出打工居多，平日也没有太多乘客，5元一次的溜索费，除去运输成本也挣不了多少钱，但真的拆掉这座经营了十多年的溜索，内心也舍不得。他有些不甘地讲，专家说这是四川境内金沙江上最后还在使用的溜索，要把它作为一个地方特色保留下来，将来开辟成旅游景点，说不定坐溜索的更多了呢。

这时，有人拎来一袋化肥和一袋土豆，让金师傅帮忙运到对岸去。金师傅热情地邀请我们上溜箱过江，体验一下腾云驾雾的感觉。我瞟了一眼脚下的深谷连连摆手，他笑道，有人听说溜索要停了，特意赶来乘坐，结果吓得捂住眼睛坐了个来回。

金师傅神态自若地站进半人高的箱体，溜索在电动机的轰鸣中启动了，滑过绞索的钢缆剧烈地抖动着，发出令人心颤的吱吱声，但见已悬浮在深谷之上的金师傅犹如闲庭信步般渐行渐远。

其实，比起亚洲最高溜索的新闻，巧家县更让世人瞩目的当属白鹤滩水电站，它位于云南省巧家县和四川省宁南彝族自治县境内，如果按装机容量1600万千瓦的规模建成，将成为仅次于三峡工程的世界第二大水电站。坝址所在的金沙江峡谷地形不对称、岩洞密布，再加上高地震烈度，也使它被称为中国乃至世界上难度最大的水电工程之一。

为了探访这座传闻已久的工程，我们在巧家县城稍事休整一天后，再次驶进了金沙江峡谷。有了那天探访溜索的经历，对巧家这边的山道便无所畏惧了。

尽管山道狭窄，沿岸的村民们仍然设法在路边刨出地来建房，让逼仄的路面更显得拥挤。正赶上甘蔗收获的季节，村民们在江边的坡地上忙着收割。这种甘蔗不仅青白细瘦，还弯得像镰刀似的难看。为不拂村民推销的热情，便买了5元钱的，没想到给称了一大捆足有十多斤，以为算错了，村民笑说3角钱一斤，对的。一位中年村民利索地削了一根递上说：我们巧家的甘蔗是中国最甜的。我将信将疑地咬了一口，甜得嘴都快被粘住。他又说，甘蔗长得不好看，那是金沙江的热风吹弯的，这里一年四季气候干热，甘蔗水分不多但含糖量非常高，榨汁熬成的巧家红糖，名气大得很。等白鹤滩水电站蓄水后，坡上的蔗田也要淹掉。

在峡谷里左冲右撞的金沙江给左岸右岸留下了一片片石滩，许多手持扁担的人在滩上忙活着。我们好奇地将车驶向江滩，发现全是捡奇石的人，有村民也有县城的居民，遇到选中的大石头便吭唷吭唷地抬上来，他们说这些被江水打磨得千奇百怪的石头，随着白鹤滩大坝蓄水，将会永远留在江底，不捞走可惜了。

到了坝址大寨镇，沿着一条专修的公路盘旋而上，又穿过一条长得仿佛没有尽头的隧道，眼前出现一条从峭壁上凿出的栈道，仅用几根钢管作为护栏，小心翼翼地走了十几步，在深山峡谷建筑的巨无霸骤然扑进视野，感觉像闯进一部科幻大片！

这一路走来，亲眼见亿万年恣意奔流的金沙江被这样裁成一段又一段，成为一个又一个湖泊串起的长湖。我们会在它千里之外的绚烂灯火里感念它失去的自由吗？

第三十九章

会理的晨钟暮鼓 // 红军没有攻下老城楼，历史不止有凯旋 // 餐馆里的"红色主题菜单"

古城会理的早晨是从钟鼓楼传来的钟声开始的。

从旅馆的客房醒来的片刻，永远不清楚身在旅途的何处。床对面的墙上总有一面大镜子，镜子下面总有一张长桌，桌上总有一盏台灯，灯下总有一本或厚或薄的住宿手册，连空气中弥漫的味道都差不多，恍惚中会觉得时间是静止的，旅程是凝固的。所有的夜晚只是在一间又一间的客房里辗转而没有什么不同。

有位著名的旅行家说过，再美好的旅行，超过 30 天便会陷入心理上的疲惫期，而我们每次出行的时间几乎都以百日计，难免会有倦怠，幸好遇到会理。

会理县位于四川省凉山彝族自治州最南端，历来是川滇古道上的商旅重镇，素有"川滇锁钥"之称。如此重要的地理位置，历史上有记载的战役也就两次，一次是三国时诸葛亮南征与孟获交战，再就是 1934 年中国工农红军长征经过会理与国民党守军的七日之战。

遇到一位会理老人谈起这场攻城与守城之战，他说会理的城墙可结实了，红军用炮轰了 7 天都没攻进城，只好绕城而过，去了凉山。习惯了红军百战百胜的故事，对老人的说法有点存疑，80 年前红军长征路过会理时他才 4 岁，怎么会了解这段历史呢？

老城外有座"红军长征过会理纪念馆"，我俩吃过午饭就赶去了。虽在门口公示的开馆时间内，没想到还是铁将军把门，叫门也无人应答，揣测工作人员可能吃午饭去了。在周围溜达到午后 2 点钟仍见铁将军一把，只好打公示的馆内电话，好一会儿才有个男子黑着脸下楼，继而打开馆内的门扭头就走。我嘟囔道：黑乎乎的怎么参观啊？他这才打开照明设备。可能嫌人少还费电。

这座建筑面积达 2000 平方米的纪念馆，采用了实物陈列、文物复制、场景复原，以及多媒体影像等多种陈列方式，介绍了当年红军过会理的历史。以一个县级纪念馆的标准来看，设计水准挺高。有一块展板展出了原国民党

二十四军参谋长张伯言等人记录的红军围城实况摘要。

这么看来，会理县那位老人所说不虚。而纪念馆能够本着实事求是的原则还原历史场景，既记录胜利和凯旋，也不讳言失败与挫折，令人顿生敬意。也正是有了这些曲折，才会更深刻地领会毛泽东主席"三军过后尽开颜"的欣喜与骄傲。

没有听到会理的晨钟，日落时分听到了会理的暮鼓。

钟鼓楼东南西北四根立柱下，有四位身穿汉服的男子肃穆地面向东南西北四个方向，鼓楼中央的男子举起鼓槌，双臂激昂地敲击一面大鼓，仿佛得到一道指令，人声喧哗的街巷骤然安静起来，唯有咚咚的鼓声一波又一波地在古城上空回荡。

古时暮鼓敲响，就意味着城门关闭，店铺关门打烊。但会理的暮鼓声在老城片刻的寂静之后，开启了一个比白天更加热闹的夜晚。南北大街行人如织，店铺灯火通明迎来一天中最忙碌的时分。

晚饭是在一家打着红色文化主题招牌的餐馆吃的，男女服务员都穿着一色的红军制服，啤酒装在子弹箱里，烧土豆是"彝海结盟"，炸鱼块算"鱼水情深"，爆炒猪肝叫"肝胆相照"，卷起的豆腐皮上放几颗葱花，就是"雪山草地"。硬要在一顿饭里吃出红军精神，用时下的话说，也是醉了。

夜色里，我们上了城楼，古城尽收眼底。一位文物保护专家来到这里曾惊喜地说，古城脉络如此完整，在城市建设进程中未受到一点伤害，堪称奇迹。真得感谢上天赐予会理这一块宝地。此刻，这座在战火中幸存下来的城楼成了孩子们嬉戏的乐园，他们一会儿爬上石阶玩滑滑梯，一会儿在城垛间躲猫猫。而砖缝里长出青苔长出青草甚至长出绿树的老城楼，如同一位慈祥的祖母宽厚地任由孩子们玩闹。城墙下大妈们在兴致勃勃地跳广场舞。爱安静的人也自有安静的去处，城楼偏僻的一隅有茶座有私语。

曾有游客抱怨，会理不像一个景区。而我恰恰喜欢这一点，白天的宁静也好，夜里的喧闹也好，它是一座不矫情的自自然然生活着的城市，除了那家拿红军长征作招牌的餐馆。

第四十章

和攀枝花的久别重逢 // 在中国最大的三线博物馆
遇"三线人" // 被巨石卡住的他临终前嘱咐战友，记
得带走埋住的 1 台风枪和 5 根钻杆 // 80 年前，领着
马帮来到这里的地质学家常隆庆先生

和金沙江畔的攀枝花，也可谓久别重逢，其间相距 27 年。

27 年前，我骑单车穿越中国西部途经攀枝花，金沙江两岸的炉渣堆积如山，夜里仍在燃烧的矿渣如同一座座火焰山。终日笼罩在雾霾之中的山城，仿佛紧裹一件铅灰的外衣，不时令人有窒息之感。坡陡弯急的路面，使在攀枝花骑单车甚为不便，因此难得见到一个骑自行车的人，我那辆单车一路引来当地人好奇的目光。

这次所见的攀枝花，金沙江两岸层峦叠翠，正赶上花开，钢城变成花城。绿浪花海之上，时而可见召唤人们到这里享受阳光鲜花、买房康养的广告牌。为了建立长江上游生态屏障，这座中国著名的山地资源性城市，竟已神奇地嬗变为一座山地花园。

攀枝花的城市雕塑不多，因此密地大桥南岸桥头仁立的一尊人物雕塑格外醒目，这位中年男子头戴宽檐帽，身背地质包，胸前挂着一台照相机，风尘仆仆地拄杖前行。他便是攀枝花矿的发现者之一、中国地质学家常隆庆先生。

早在 20 世纪 30 年代，常隆庆和同为地质学家的刘之祥先生等人，带着一支马帮数度深入蛮荒的金沙江腹地，发现了蕴藏量极为丰富的攀枝花铁矿。

　　1979 年的 6 月，常先生应攀枝花之邀重返故地，并激动地赋诗一首："昔来人惊少，今来我叹老。弹指四三春，风光日美好。崇山覆林海，幽谷展矿宝。电灯社队明，水库区县搞。铁路一线通，汽车四面跑。工农温饱乐，城乡活跃巧。昔日我来游，萑符乱似草。今日我来游，恐怖全消了。感此快我心，社会主义好。"

　　遗憾的是，仅隔数日，他就因兴奋和劳累，突发脑出血倒在了书案旁去世，终年 75 岁。

　　如今他永远站在了金沙江畔，和他并立的是一棵高大的攀枝花树，江风

吹来，火红的花瓣洒落在他的帽檐，仿佛与他絮语。我远眺盘旋在崇山峻岭中银鱼般闪亮的公路，还有从对岸成昆铁路的隧道中奔驶而出的列车，想象80年前那支由地质学家组成的为中国寻矿的马帮，在金沙江的深山峡谷中跋涉的艰难情景，不由向老先生深深地鞠了一躬！

攀枝花建设是中国最大的三线工程，所以中国最大的三线建设博物馆设在这里就不意外了。总投资达 3.2 亿元的"中国三线建设博物馆"坐落在攀枝花新区一片新开垦的高地上，外形也似一朵硕大的攀枝花，上万件展品主要来自当年三线建设者们的捐赠。参观展厅好似穿越了攀枝花和中国三线工程的前生今世，也目睹了无数三线建设参与者付出的激情和热血。

成昆铁路亦是举世闻名的三线工程。英雄的铁道兵和建筑工人为此付出巨大而沉重的代价，留在成昆铁路沿线的 1000 多座坟茔就是证明。仅在攀枝花至昆明段，就牺牲 525 人，伤残 5687 人！

展厅有幅展板记录了施工中发生的两个真实的故事：某部一位副连长，因山体移动隧道塌方，陷入不断下沉的石坑，他拒绝了战友的施救，劝他们赶紧撤离以避免更大的牺牲。在身体即将被埋没之前，他叮嘱战友，床头有个钱包，请他帮忙交上最后一次党费。还有一位战士，被巨石卡了近 8 个小时，牺牲前还嘱咐战友，石头里埋有 1 台风枪和 5 根钻杆，千万记得拿回去。

这样的故事放在当下，一定会被许多人难以理解，但它就那么真实地发生了。在三线人心中，为祖国利益奉献一切至高无上。它让千里迢迢来到展板面前的我们也不由肃然起敬。

"备战备荒为人民，好人好马上三线"，这是展厅里一幅当年最流行的对联。在对联下，我们遇到了年过八旬的梁鸿运夫妇。他俩是攀枝花京剧团的老演员，一个演武生一个扮武旦，当年随团从雅安迁到攀枝花。

他们说，攀枝花是座纯粹的移民城市，最早到这里安家的仅有七户人家，山上光秃秃的，一棵根深叶茂的老攀枝花树宛如这里的地标，也成为城市名

字的由来。天南地北的建设者一多，便有了对文化娱乐生活的渴求，城里除了京剧团，还有川剧团、豫剧团。一转眼他俩就在这里生活 30 多年了，可以说见证了攀枝花的发展，这座城市是和他们的青春、热血、理想、信仰、爱情交织在一起的，所以永远以攀枝花人为荣。

临别，当我们提议为二老拍张合影时，他俩特意选择了展厅中的那副对联作背景。紧握二老的双手，我们衷心祝好人一生平安。

第四十一章

百年金龙桥，当地人说它才是长江上的第一桥 // 乱世力阻炸桥，他们将殓衣都准备好了 // 杨大爷的唢呐终究没有吹响

在 1957 年武汉长江大桥建成之前，万里长江只有一座跨江大桥，它就是建于光绪二年（公元 1876 年）的金沙江上的金龙桥，所以当地人认为它才是长江第一桥。

金龙桥位于丽江市永胜县的深山峡谷之中，通向桥头金安村只有一条窄窄的土路，小路一侧傍山一侧临江，险峻处车轮只能擦着崖边通过，因此我们走得十分谨慎。走了很长时间，除了路上见到一位放羊的老汉和他的一群羊，再无其他行人。齐伟说冷清也好，万一对面来辆车，还没办法错车。话音刚落，就见一辆农用车从对面开过来，我们停下正考虑如何让路，那车也停了，车后冒出几位村民，一拥而上卸掉车上的沙土，原来是修路。

等着对方卸车，我便上前搭讪，得知穿红上衣的男子是金安村纳西族村主任木丽明。木主任说，1998 年前连这条小路都没有，物资全靠人背马驮，他读小学的时候，父亲就带他参加修路，如今他做了村主任又带领村民修。金安村仅有 78 户人家，年轻人都出外打工了，能修路的只剩下中老年人，今天他的侄子回村办事，正好也把他抓了差。木主任的侄子在丽江上学，头发染了一团鸡冠红，打扮新潮，拿着锄头的他干得倒是很欢实。农用车司机念及我俩人生地不熟，主动倒车，让出能擦肩而过的位置，使我们能顺利前行。

金安村村口立有一巨石，上刻"五孔督"三个大字，村民说这是纳西语，即渡口的意思。将车停在村口，步行穿过三角梅灿烂、芭蕉树摇曳的金安村，

　　又走过一段蜿蜒的山道，当百年古桥出现在眼前时，心中难抑辗转千里得以一见的喜悦。18根乌黑闪亮的铁索牵行在两岸桥亭之间，碧绿宁静的金沙江水映衬得它如诗如画，偶有背竹篓的山民从桥上经过。如果说浪涛汹涌的大渡河上的泸定铁索桥是一个勇猛的西部汉子，那么金龙桥则更像一位婉约的纳西少女了。

　　其实，金龙桥原也是位凌驾于波涛之上的"汉子"的，我从桥头一块簇新的石碑上发现了它嬗变的秘密，秘密就在桥下几乎停滞的江水。

　　金沙江梯级电站的建成，使得奔涌在深谷中的江水猛涨，当下游电站大坝合龙时，江水可漫过金龙桥桥面6米。为了保住这座全国重点文物，在原址上对金龙桥进行了整体抬升，从而使它免遭沉没于金沙江的厄运。然而，没有了涛声喧哗，没有了凌空绝壁，金龙桥也永远失去了百年固有的阳刚之气。

抚摸沉甸甸的铁索，依然会感慨前人筑桥的不易。大桥所用链环是在丽江古城内加工后，再用马帮驮运到江边的。18 根铁索每根重约一吨，在当年艰苦卓绝的条件下，能成功牵拉于两岸之间也堪称奇迹。工程历时五年，先后有 48 位桥工殒命，这也是一座用生命筑起的铁索桥。

作为早年金沙江上唯一的桥梁，金龙桥自然成为丽江的交通要道。在茶马古道的鼎盛期，马帮络绎不绝，骡马叩击桥板的蹄声与江水的涛声交相回应，终日震荡在峡谷两岸。从这里经过的物品，往上可以到达西藏乃至印度，往下可抵四川重庆。

如此巨大的工程竟是由一个叫蒋宗汉的人出资的，桥头亭至今悬有他当年亲笔题写的"金龙桥"匾额。蒋宗汉时任贵州提督，老家在云南鹤庆县，为何选择此处投巨资筑桥，至今众说纷纭，唯一不需质疑的是，他将自家的十万银两化天堑为通途、造福了八方百姓。

百年以来，关于金龙桥的传说层出不穷，民间流传最广的是一则护桥的故事。

在使百姓免舟楫之苦的同时，金龙桥也因其扼滇藏川交通之咽喉成为兵家争夺之地。军阀混战时期，一位军阀为追击败退的对手，强命金龙桥两岸的两位县长炸毁桥梁以断其退路，县长们却顾及百姓通行便利未有从命。丽江的几位知名人士也挺身而出力阻炸桥。战事结束后，军方电文通缉拒绝执行炸桥命令的人到丽江接受查办，两位抗命的县长以及力阻毁桥的乡贤都赫然在列。但他们无一遁逃，特地准备好了死后入殓的衣裳，慷然赴会。军方也恐民情激愤，最终网开一面，放他们安然而归。

如今，金龙桥的上游和下游都建起了现代化的公路桥，它的衰落成为必然，但它仍然被乡民们呵护着。桥头的新石碑刻有金龙桥通行安全的乡规民约。

我想，如果桥边再设一座碑就好了，刻上当年那两位县官和众多乡贤不顾身家性命为百姓护桥的故事，让它和建桥的蒋宗汉一起千古流芳。

依山傍水的清水古村，自古就有云南第一村的美名。明永乐二年时，设立了丽江历史上唯一的官方乡间驿站清水驿，多民族在这里融合，形成兴隆数百年的边屯重镇。县志记载，这个村出了四个进士，还有众多举人，至于举贡生员之多数不胜数，为滇西北之冠。

这座据称有上千户人家的古村落，如今非常安静，仿佛只有十来户。

一入村口，迎面是一座始建于清乾隆年间的斑驳东岳庙，庙旁的古树下，有一群老人静静地打着纸牌，大风刮起来，纸牌也飞了，和村路上被扬起的塑料袋、泡沫盒等一起旋转。他们耐心地等风过去，又拾起纸牌打起来。

再往前走，又遇见几个老太太坐在古树下打纸牌，两只卷毛小狗耐心地趴在地上一动不动。我问怎么看不到小孩子，有位婆婆说都被出外打工的人带到城里念书了，说完又盯着纸牌不抬头。

村边的田野里，一对年过七旬的老夫妻正在吃力地收割最后一片将卖给药商的红花，他们说还干得动，一辈子干惯了，不干又怎么办呢？

两个像慢镜头在田野里挪动的身影，让我想起前几日走过的金沙江边的仁和镇干田村。

它从村里到镇上有 48 公里，从镇上到永胜县城尚有 56 公里。这个僻远的小山村生活着彝、傣、傈僳等少数民族，同样见不到年轻人的影子。村民也说：都出去打工了，最远去了广东、上海，有些两三年也回来不了一次。实在想得不行，就拨手机，从手机里听听声音！说着说着就有人抹起眼泪。

年过五旬的老马，是我在村里见到的年纪最小的一位，他挑起装满水的木桶起步时无奈地说，外面的世界好，我也想长翅膀飞出山，可是老了，老了。

或许因为太寂寞，邻村 73 岁的杨大爷见有外人来，不由分说地拉着齐伟的手就往他的院子走。房前晾晒着半院子中草药植物红花，是杨大爷和妻子种植的。

杨大爷还跑进里屋拿出一对积满灰土的唢呐，因为好些年没有吹奏，再加上了岁数，中气不足，牙齿也漏风，虽拼力鼓起腮帮，几次也未能吹响。寂静太久的村落终究没能响起热烈奔放的唢呐声。

大爷的青春和这座乡村喧哗的生活一样，永不回返。

我还想起了安徽池州的梅村村民徐来祥的感伤，演傩戏的老年人跳不动了，出外打工的年轻人不愿回来，将来甚至连家乡的方言都会消失。

一个传统的曾经盛满四世同堂天伦之乐的中国乡村，已渐行渐远。杨大爷的唢呐即便响起，也近似于一首苍凉的挽歌了。

第四十二章

*纳西族老农和姚明偶遇金沙江 // 革囊渡大桥
旁的摆渡人家 // 疯狂淘金，曾让金沙江历经劫
难 // 有人，泥石流也不搬走*

在海拔近 3000 米的玉龙县鸣音乡，我们一天内就经过了从干热河谷、山区半山区到高寒山区的立体直气候，真正是"一山分四季，十里不同天"。衣服随着山势的增高也从单衣添到棉袄。

乡政府所在地只有半条街，多是低矮的店铺，行人稀落，除了追打嬉闹的几只狗偶尔发出欢叫，听不到别的声音了。街口有家能停车的旅馆，便定下了住宿。年轻的女店主一直冷着脸，一副爱住不住的样子。如果知道鸣音是去奉科和宝山的必经之地，就会理解店主的冷傲。

进房间后发现两张床的卧具都有污渍，也不敢提出更换，好在车上备有睡袋。从武汉出发时，齐伟建议带上两只枕头，我起初觉得好笑，但一路走来发现这是最好的提议。旅馆的枕头是换洗得最少的卧具，尤其在一些小旅馆，黑黄的枕芯经常散发出一种难闻的气息。早晨离店找店主办理退房手续，怎么也找不到人，还有押金在她手里。后来才发现，她就躲在一间紧闭的房里，等待我们远去。这种小伎俩一路见得太多，所以当她被我们耐心地找到后，一脸的不高兴。

在街上吃早饭的时候，碰见两位从广州来的年轻背包客，说已出来 2 个月，为了这趟旅行专门从公司辞职了，难以理解我们这个年纪的人，往往会在一家单位干一辈子直到退休。

奉科乡居住着纳西族及汉、傈傈、普米、彝等 7 个民族，在海拔 1400 米

到 4500 米之间，地势落差极大，车在金沙江峡谷盘旋得脑袋眩晕。

山腰上，见路边有山民搭棚卖桃，3 元钱一斤，买了 5 斤，借机搭讪。卖桃的是奉科乡苗族村民王凤龙，路边的山坡上有他家 1000 多棵果实累累的桃树。

王凤龙说，这些桃树都是政府当年扶贫送的桃树苗，还派技术员来指导剪枝打药，今年扣除万元的肥料、农药等成本，年收入可达 12 万元。而从前人均年收入仅 300 元，老王摇头说那些苦日子不知怎么活过来的。

别了老王继续赶路，前面出现一个百十平米的看台，上面挂着条幅"长

江又一弯"，有两台过路的车辆停下来远眺。我们也下了车，但见金沙江在山脚下拐了一个大弯。因为金沙江在石鼓镇和奔子栏都有著名的大拐弯，而且都号称"万里长江第一弯"，奉科这里只好称"又一弯"了。

比"长江又一弯"更吸引我的是路边的又一弯小卖店，店里挂着一张镶了镜框的大幅黑白照片。照片上是著名球星姚明和一位老大爷的合影，旁边用毛笔写着："又一弯新闻，10月27日下午3时，巨人球星姚明在此景点休息十分钟，与景点老农民合影留念。"而照片上的这位老农民正是在小卖店的门口坐着的纳西族老人和卓才。

老人站起来身高有一米八，也是当地少见的大个子，照片上的他还够不到姚明的肩膀处。他很自豪地给我们讲述了合影的由来。前两年姚明到丽江地区做公益活动，途经"长江又一弯"休息时，在电视上见过这位篮球巨人的和大爷希望能和他合个影，姚明爽快地答应了，并且随和地和他拉起家常，很是投缘。虽然只是在奉科短短一晤，但姚明走后没有忘记这位淳朴的纳西族老人，还两次出路费邀请他去上海做客。

当我告诉和大爷我们在走长江的途中时，和大爷特意用纳西语向我们表示祝福：恭亩老劳贺。临别又给我们抓了两捧鲜红的山桃送行。

终于到达金沙江谷底了，眼前出现了横跨金沙江两岸的革囊渡大桥。这里也是当年忽必烈率10万大军"革囊渡江"的大渡口。1253年，忽必烈率军来到金沙江后，宰杀牛羊剥皮吹气为囊，以此作为浮游工具渡过了金沙江，直捣丽江守军，随即征服大理。著名的中国第一长联《大观楼》曾将元跨革囊这一重大历史事件嵌入联中。

此刻，江水无言，大桥悄立，站在曾经过千军

万马的古渡，心情也如长联所云：数千年往事，注到心头，把酒凌虚，叹滚滚英雄谁在。

　　大桥旁立有一巨石，写着"革囊渡第一家"。江边只有一户人家，第一家是它，唯一一户也是它。房主叫树义生，纳西族，他说家里世代都是这个渡口的船工，大桥修起之前，两岸来往全凭渡船。我问桥建起后，摆渡的生涯结束了怎么办，他指指因为水电站蓄水而升高 150 米的江面说，将来做货运，也可以开办水库航道旅游，总之，树家还是离不开金沙江的。

失去急流险滩的金沙江，眼下温顺得如一匹宝蓝色的缎带，沿峡谷蜿蜒而去，远去的除了革囊渡的历史，还有喧嚣一时的大淘金。

当地传说，有个外地人到江边游玩，从主人杀鸡时掏出的鸡嗉子中发现了金粒。消息传出去后，引来大批淘金者。不论这个传说是真是假，2005 年有媒体报道，从丽江市宁蒗县拉伯乡至玉龙县奉科乡一段长约 80 公里的沉寂江面，忽然喧闹起来。上百艘采金船云集在这里疯狂的挖沙淘金，不分昼夜的隆隆机声响彻山谷，被切割的河床迫使水流改道，机械扬起的烟尘让村民捂着鼻子出门。淘金者修路砍树，烧饭也砍树，更加剧了尘土的飞扬。

金沙江原本脆弱的生态环境遭到严重破坏，换来的是淘金者们财源滚滚，每年的非法收入竟可高达 2 亿元。在外界强烈呼吁下，当地政府出重拳炸毁了 50 多艘采金船，遣散所有的淘金者，金沙江才恢复了往日的平静。我在想，金沙江不会说话，它要是能开口，那将是一部怎样的口述史啊！

过了革囊渡大桥，江对岸是宁蒗县的拉伯乡，桥的左岸建有一长排餐馆，除了一家餐馆在营业，其他餐馆都关了门。女店主是摩梭人，丈夫在外跑车，她说以前铺面的生意都特别好，还不用交税，挣的钱已在丽江市给儿子买了房。因为这里经常发生滑坡，村里人大部分迁走了，她家因搬迁补偿问题没有谈拢，所以留下。

在她家点了一个清炒青菜、一个红烧豆腐、一个西红柿蛋汤，付费 50元。一面吃一面劝她和家人还是赶紧搬迁，店的对面就是滑坡遗址，前些日子半个山坡都塌下来了，损毁的公路上还留有泥石流的痕迹。她也说命还是重要，在外跑车的丈夫正往家赶。我见半山腰有个村庄，她说本都搬空了，可有些村民见没有新的泥石流出现，舍不得山坡上的田，又悄悄地跑回来。

吃完饭出门遇见一个开轿车的村民，说还住在自家在桥头建的楼房，问他为何不迁走，回答自家已花了 80 万元把楼后面的山体加固了，又向村民买了十几亩地，这里是奉科去宁蒗泸沽湖的必经之地，很好挣钱。

面对比保命还强大的挣钱欲望，我们顿然无语。

还好，虎跳峡没有建水电站，为人类保留了长江最惊心动魄、最壮美的一段流程。在这里你才能看见长江最汹涌的波涛，听见最激昂的怒吼。

外人只要进入这段公路，不管你是否进入虎跳峡景点都必须付钱买票，每人 60 元，两人 120 元。售票站就是路边的一间小房子，人或车过来，接着就是两方共同完成的伸手、付钱、撕票一套完整动作，日复一日，年复一年。

通过售票站，公路旁便陆续出现了用红漆刷写的中英文客栈广告。正如城市里资源稀缺的江景线、湖景线商品房，这座世界上罕见的壮美峡谷自然成为私人客栈的首选。令人唏嘘的是，这些大多由当地村民自建的客栈，不过是一栋栋乡下常见的水泥楼房，在鬼斧神工的自然美景映衬下，外形更显粗鄙，而它们偏偏建在沿途观看峡谷风光的最佳角度，大煞风景。

虎跳峡分上虎跳、中虎跳和下虎跳，绵延十多公里。人们去得最多的是上虎跳，那儿有精心建造的观景台，有正规的门票和规范的景区管理。而最为壮观也最为险峻的中虎跳尚未开发，从公路到江面落差近 400 米，通向那里的羊肠小道被称为世界上最惊险的徒步险道之一，据说一般人的神经和体力还挑战不了，所以吸引了众多跃跃欲试的中外徒步者。

通往中虎跳的羊肠小道，未有看见景区禁止通行的警示，但并非畅通无阻，几家开设在峡谷旁的乡村客栈几乎垄断了通往那里的路口，凡经过的外人都需留下 10~20 元不等的"买路钱"。

为了拍摄中虎跳，我们还是选择了冒险下去。摆在面前有两条路，一条是攀爬村民建在悬崖上的几无任何保护措施的铁梯，角度几乎垂直，人称天梯，可以绕过一大段崎岖山道，虽然不过是用一种危险替代另一种危险，但可大大节省体力。我俩经过再三斟酌，放弃了天梯，因为两人都要携带沉重的摄影器材，担心控制不了身体的平衡摔进深谷。

另一条小路，也有一户人家把守，和天梯一样不能白走，通过者要交 10 元"买路钱"，说已是多年的规矩。等我们来时已涨成每人 15 元了。下山前遇到一位卖煮玉米的女村民，谈起这条收费小路，她低声说，小路存在几十年了，人民公社时期村里组织筑路，她也参加过，多少年来村民们放羊采草药都走它，可这户人家把它维修了一下就变成自家的收费路，太不公平。

尽管对行路的艰难已有充足的心理准备，但走上这条小路之后，那点自信被它的险峻打得落花流水。名为小路，实际上几乎是盘旋在崖壁上的蹬道，很多时候需手脚并用才能通过，摄影器材在这里成为最大的累赘，往往只能由一个人先徒手翻过，再接手器材，两人如此这般地在崖壁上挪动，世界闻名的大峡谷的壮美奇峻，此刻在眼里都是步步惊心的深渊。

当坡度渐渐平缓，一条半悬于崖壁上的低矮岩洞意外出现了，人只能猫身而过，深谷则传来金沙江惊涛裂岸的涛声。伤神的是这里拍摄中虎跳的角度又特好，我俩硬着头皮站在岩洞边拍摄，每个动作都像电影里的慢镜头，以避免稍有闪失忽然失衡。

终于汗流浃背地下到了谷底，但离金沙江水尚有一段距离，必须通过一条搭在江滩乱石中的小栈桥，在这里每人还要交付 10 元过桥费，听说此段的主人是把持小路的那家的兄弟。

走过栈桥就真正贴近了金沙江，或许不满两岸峡谷的挤压和阻挡，江水喷着白沫愤怒地咆哮着，震耳欲聋地冲撞着，要粉碎挡在激流前的一切，哪怕它是全世界。人们常形容柔情似水，而此刻水在这里变成了钢铁。正因为如此，江心的那块虎跳石显出一种近似神性的力量，它毫无惧色地迎向湍急的水流，在惊天动地的对撞中显示出中流砥柱的气势。

　　站在江水腾起的水雾中，自然想起 30 年前漂过此地的那支悲壮的长漂队伍。当年虎跳峡两岸成千上万的村民惊诧地目睹了那场惊世骇俗的漂流，目送了他们勇敢的却有些落寞的背影。世人可以理解那些不顾性命掏燕窝采草药的人，可以理解为了一口鲜美的鲈鱼出入风波里，却难以理解这些探险者。攀登珠穆朗玛峰的乔治也曾遇到人们无数次地追问：为什么要登山？他只好说，因为山站在那里。

　　我还想起 30 年前只身首漂长江不幸遇难的四川乐山人尧茂书，在长江行的途中，我们曾绕道去了他的家乡。在乐山市有一条长不过百米的尧茂书路，在一家小商品市场门口立有一尊尧茂书的塑像，可是，在附近问了所有遇到的人，没有一位能回答"尧茂书是谁"。

　　不过，当我见到那些在雪山、在峡谷、在人迹罕见的地方出现的愈来愈

多的背包客时，可以欣慰人们已不必知道尧茂书是谁，也未必要记住那支远去的长漂队伍，因为在所有背包客途经的地方都站着微笑的他和他们。

从中虎跳的江面返回落差近 400 米的公路，对已经在来路上和拍摄中耗费了大部分体能的我们，是项更大的挑战。但咬牙攀登是唯一选择。

攀爬了不到三分之一的路程，出现了一个谁也没有预想到的状况，齐伟的腿由于劳累出现了剧烈抽搐，而且是双腿，几乎不能迈步。

峡谷的太阳说落就会落，于是，他不得不忍着剧痛采取每走几步便揉搓腿部肌肉的办法，我也不知怎的忽然爆发出素未有过的能量，背上了全部的摄影器材，瞬间变成一个女汉子。齐伟不忍所有的负担压在我的肩上，不由分说抢回一只摄影包。天黑之前，终于相携走出了这座世界著名的大峡谷。

第四十四章

*万里长江第一弯 // 一位会诗文的老马锅头和
他的夜半歌声 // 他不止一次见到同行连人带马
跌入深渊 // 石鼓的裂开与弥合*

长江流到云南的石鼓镇和沙碧松，被高高隆起的大山挡住，掉头转向东北，在这里形成了江流急拐弯的奇观，也被称为"万里长江第一弯"。

到石鼓安顿好住宿，就迫不及待地去江边了。

上天仿佛知道金沙江流过石鼓镇后即将面临的生死时速，特意给它腾出一段辽阔的江面，让江水恣意流淌。金沙江似乎也清楚有虎跳峡等待它用急流冲撞，所以在这里尽情享受流速的舒缓。

柳丝轻拂，青山如黛，恍惚回到秀美的江南。

有缓流就不乏渡口，有渡口就会吸引南来北往的马帮，物产丰饶的石鼓自然成为马帮云集的重镇。今天当我们到来时，那些个关于马帮的传说已隐身于历史的缝隙中了。

我不甘心。在石鼓镇的渡口向坐在一间大棚里闲聊的人们打探时，一位年轻人推搡着其中一位老人笑道：可让你们找着了，他就是当年的马锅头。

就这样与木光之老人巧遇。

马锅头是马帮牵头人的意思，而眼前的他穿着一件熨帖的灰色中山装，神情温和，谈吐斯文，语气不急不缓，普通话说得还挺标准，酷似一位中学教师。我以为年轻人称他为马锅头不过是开个玩笑。

木老先生讲，说来话长。于是约定晚饭后到他家一叙。

他的家住在石鼓镇的冲江河桥头，房间高大宽敞，布置得典雅大方。

在他依然不紧不慢的讲述中，伴随缕缕香茶，我们走进了这位纳西族老人传奇般的人生。

木老先生的父亲是石鼓有名的皮匠，靠给来往石鼓的马帮缝制藏靴为生，年代久了也渐渐有了丰厚的积蓄。父亲不识字，但知道读书比挣钱更要紧也更受尊敬，便供两个儿子到35公里外的丽江古城上学。

木先生也因此成为石鼓镇为数不多的高中生之一。然而命运在20世纪60年代发生逆转，因家庭成分被划进"剥削阶级"，家里财产被悉数抄走，经济陷于困窘，上到高二的他便辍学回家，做搬运、烧木炭、割畜草贴补家用。

到后来，全家与镇上另外 30 户成分不好的家庭一起被驱逐出镇，已有 4 个孩子的他带着家人来到一座高山上的傈僳族山寨，接受监督劳动。

身为纳西族的他听不懂当地语言，靠手势比画交流，一介书生就这样被时代无辜抛进一个近似于蛮荒状态的生存环境中，开启了最艰辛的一段人生。好在他有文化，寨子有一支马帮常年帮供销社往返石鼓驮运，将山货卖到镇上，换回盐巴、布匹、白酒等日用百货，生产队便让他入了马帮，还可帮忙记账打打收条。

他的父亲当年给马帮们缝制马鞍马靴的时候，万万想不到读书回来的儿子竟成为马帮的一员！

在往来于深山大川的马帮生涯中，因为他的忍辱负重和智慧机敏，渐渐成为这支队伍的马锅头。山高路险，他不止一次见到同行连人带马跌入深渊，自己的骡马也曾滚入急流，好在最终浮起来。从他住的山寨到石鼓来回一趟要走 4 天，夜里就睡在一块毛毡上，饿了在路边搭灶做饭。这样的生活虽然艰辛，但他还是庆幸能做马帮，因为跑马帮体力消耗大，生产队每月在口粮

上有一定的照顾。而他也需要养活全家老小。

　　山高路窄，如果两支马帮迎面相遇，就无法错行。所以马帮都会带着一只小铜锣，遇到拐弯或远远见到有马帮过来，会敲响铜锣，提示对方。铜锣还有一个作用，就是提示马队疾走还是缓行，聪明的骡马都会按锣声的急促或舒缓来调节行进的步伐。

　　当他带领全家返回石鼓镇的时候，已能说一口流利的傈僳语。可惜妻子还未来得及和他开始安定的生活，就因在镇卫生院打针出现医疗事故去世。当时家中最大的孩子 17 岁，最小的一个才刚刚出生 6 个月。他又当爹又当娘，独自抚养 6 个孩子长大，白天劳累了一天，夜里还要在油灯下为孩子们缝补衣服。

　　虽然没有能传承父亲缝制藏靴的手艺，但耳濡目染，他也学会了缝制布鞋，劳动之余将纳好的布鞋拿到镇上去卖。我问一直独自生活的木先生，当年为何没有想到再成个家，他苦笑说：哪个女子敢找一个有 6 个孩子的男人成婚？年轻的女人来我这儿好比做保姆了，我不忍心。年纪大的也有孩子，加在一起一大群，更养不活，只好维持现状。

聊到老人家的晚年生活，他说，被他辛苦抚养成人的子女，如今都挺孝顺，谁家有点好吃的就来叫。可是，他仍有他的伤感：这一生太坎坷了，夜深人静的时候，会情不自禁地唱起赶马帮时唱的山歌，别人老笑我是夜半歌声。我唱的时候就在想，为什么会有那样的岁月！但是我仍然熬出来了，最终还是快乐的。

到石鼓镇不能不看石鼓。木老先生主动提出来带我们去。他文化底蕴深厚，对古镇的历史了若指掌，受镇政府文化部门的聘请，当过20年的纪念馆义务讲解员。没有比他更好的引路人了。

那座闻名遐迩的石鼓置放在特意为它修建的石鼓亭，鼓面镌刻有记载当年丽江土知府进军吐蕃得胜凯旋的铭文，从小伴石鼓长大的木老先生能一口气流畅地背诵下来。他沉痛地回忆，"文革"期间从丽江来了支红卫兵，把石鼓当作"破四旧"对象，硬用大锤和撬杆将它打碎，之后政府为恢复石鼓原貌又四处寻找碎块，相继从马路等处找回约十分之八，才得以恢复原状。

石鼓亭有副对联：民心得失演古今兴亡史，石鼓合开占天下治乱情。指的是鼓面上的一道裂缝，传说它会自动开合，以预示国运的兴衰。而这只被打烂又重新并拢的石鼓不仅象征了国家的命运，也象征了石鼓镇一个普通人的命运。

历经磨难的木光之先生遥指长江大拐弯，很动感情地说，长江从青藏高原奔腾而下，和怒江、澜沧江在云南境内形成了极为壮观的"三江并流"，可是怒江和澜沧江都流出国境，只有长江留了下来，它是最爱国的一条江。能把长江留下来，石鼓镇功不可没，因为有了长江在石鼓这一抉择性的大拐弯，长江才向东流，才有了长江中下游富饶的鱼米之乡，才有了武汉，才有了上海，才有了华夏文明。所以石鼓镇在历史上应该留有一笔。

这是一位人生曾被抛向虎跳峡般激流之中的老人发出的肺腑之言，在我心里，他不仅仅是一位用生命的尊严最终拽住了命运缰绳的马锅头，他就是石鼓。

第四十五章

奔子栏位于云南省迪庆藏族自治州，在藏语中是美丽的沙坝的意思。

金沙江绕镇而过，青青的葡萄园、高大的核桃树、典雅的藏居，构成一派世外桃源般的景色。

这里离德钦县城只有 20 来公里，选择在奔子栏过夜的人不多，但也有看中它旖旎的藏区风光而特意留下的。所以镇上不乏旅馆，甚至有两家一宿千元的高端酒店，人说从窗口看出去的景色都不一样，而我们累极了倒头就睡，1000 元的床铺和 100 甚至 10 元的床铺也没什么不同，便就近选了一家紧贴214 滇藏公路的百元旅店。房间清爽，院内有餐厅和大片怒放的格桑花，觉得物有所值。

在奔子栏的街头，发现一位年约五十出头、梳着栗色黄发的外国女子，据说是法国人，已在奔子栏生活 3 年了，至于她为何来到这里，当地人也讲不出更多。

第二天清晨，我们沿着一条陡峭的山路爬到一座小山上拍奔子栏全景。山顶有座只有十来平方米的小庙，许多藏族村民手持经轮围着寺庙转经、煨桑，每转一圈就在庙的石台上放一颗小石子计数。

在转经的人群里遇到了阿桑。阿桑今年 57 岁，12 岁就被选到德钦文工团，经常下乡演出，"文革"期间时兴样板戏，他还曾演过京剧《沙家浜》里的刁德一。退休后回到奔子栏，自然成为乡村文艺表演活动的骨干。奔子栏的藏族锅庄舞在迪庆州都有名，有位叫徐桂莲的农妇多年前还被选到去日本表演。阿桑遗憾地说，可惜你们没有赶上节庆日，人们通宵达旦地跳锅庄。

谈起这座小得不能再小的寺庙，阿桑说是村民集资修建的。近些年村里老出事，地震、车祸，甚至自杀的人也多起来，大伙认为闹鬼了，便在小山上原有寺庙的废墟上新建了这座小庙，又专程从尼泊尔请回两尊佛像。现在平安多了。庙太小没有主持，村民合议采用轮流值班制，每户村民值班一个月，虽然时间不短，但能侍奉神灵都很乐意。

转完经，热心的阿桑邀请我俩去他家做客，热情地给我俩赠送了洁白的哈达。他的家里外收拾得清清爽爽，院里有花有树，当我们夸奖他的新居时，

他说 2013 年 8 月 31 日，奔子栏发生一场 5.9 级地震，村里大部分藏居都震毁了，震后政府帮助重建，每户补助 5 万元，还有一笔无息贷款，所以现在看见的大都是新藏居，老房子留下的不多了。

告别阿桑，穿过葡萄园和老核桃树林，去流过村外的金沙江寻找当年的老渡口。作为进藏入川的必经之地，奔子栏渡口在茶马古道声名远播。经村里人指点，沿着一条插满白色经幡的小路下到了开阔的江滩。由于金沙江大桥的兴建，渡口已经消失多年。江边有巨石，听说是当地人举行水葬的地方，那些插在江滩上的经幡，每一根都代表着对亡灵的超度。有多少我无从知晓的人生随着江水流逝了。

傍晚，坐进奔子栏小街上的一家小店，它卖鸡蛋炒饭、青菜汤面，也兼卖酥油茶。我们花 15 元钱点了一壶滚烫的酥油茶，从开着三角梅的阳台上望出去，奔子栏暮霭中的美丽田野一览无余。我问正使用电动搅拌器制作酥油茶的老板娘，那些葡萄园从什么时候引进的？她说，都传是百年前到德钦传教的外国神父最早栽种的，神父们喜欢用它酿制美味的葡萄酒。

闲聊间，散落在葡萄园里的几家客栈已迫不及待地亮起霓虹灯广告，好像在急切地招呼过路客。

我忽然想起白天遇见的那个法国女人，不知她住在暮霭中的哪座老藏居。女店主随手指了个模糊的方向，说她在这里开了民宿，外国游客去住得多，挺能挣钱。

小街沿袭着奔子栏自古以来的繁华世景，只是卖木碗、卖寺庙供品的街面增添了卖手机、卖家用电器的商铺，夜里依然灯火闪亮。还有一家歌舞厅，好奇地走了进去，彩灯旋转，年轻人也在旋转，宽大的电子屏幕上活跃的歌星是我不熟悉的，歌曲更是我陌生的。忽然意识到这个年纪的我们已离他们挺远，便识趣地退出了。

相对奔子栏与时代的合拍，我更愿它留在牧歌式的老时光里，但这个世界不因个人的爱好而设置，正如你爱长江的峡谷也要接纳它的平原。

沿着长江上高原

正如石鼓地壳的隆起让金沙江改变了走向，德钦的日锥山虽然没有如此能量，但还是让金沙江绕着它转了一大圈才放其南下。这个周折被称为金沙江大拐弯。

车从奔子栏的金沙江河谷盘旋而上，几公里后便到达拍摄大拐弯的最佳地段，路边出现一座长城般的高墙，挡住了拍摄和观赏大拐弯的全部视线。高墙有进口，但须购门票才放行，每人 50 元。我知道这已算开恩了。之前媒体有报道，想进去观看大拐弯的必须花 230 元购买几个相距甚远的景点套票，这种变相的绑架似的门票销售激起了很多游客的愤怒和投诉。看来有关部门已经整改。

蓝天白云下的日锥山如同一座巨型金字塔，耸立在金沙江过路的地方，但并未妨碍它应势而导，洒脱地画个圆弧东流而去。

世界上没有一条从源头笔直流到大海的河流，长江自然如此。你敬畏它不屈不挠一心奔向大海的意志，也得钦佩它百折千回顺应自然的智慧。

行驶在去德钦的路上，沿途不时见到或骑行或步行的驴友，好似看见了自己年轻时的背影。我们在车上向他们伸出大拇指高喊加油，有时也会向那些气喘吁吁的徒步者发出捎带的邀请，但徒步者在礼貌地致谢之后没有人接受上车的建议。

在海拔 4292 米的白马雪山垭口稍事休息时，遇到骑行者老田，他来自重

庆市北碚一个富裕的乡镇，生活的富足激起他看看世界的热望，年过六旬的他参加了县里的骑行俱乐部。这一次他单骑上西藏，途中结识了一位与他年龄相仿的车友。可老田苦恼地说，两人性格脾性各异，常有摩擦，尤其对方骑的是一辆价值2万元的高档山地车，而他的单车区区不过千元，速度跟不上，经常被落下一大截，连累对方总是停下等待。今天又遭到他的奚落，争辩了几句，人家干脆扬长而去。

眼下他又有些懊悔，毕竟第一次独行，还是有个年龄相仿的伙伴为佳，所以托我们带话，在路上如果见到已经骑得老远的车友，还是请他等等。我们满口答应。就在这时，老田发出惊喜的叫声，原来车友就站在山顶的经幡下，显然等他很久了。我们也为这个结局高兴。

目送老李向他的伙伴迎去，我和齐伟也在反思，我俩性格一急一慢，一冷一热，相携出来的日子长了，加上遇到的情况千种百样，也时常发生矛盾，争执激烈的时候恨不得各奔东西。看来远行是场修炼。

中午抵达山谷中的德钦县城，我迫不及待地去找梅里酒店，不是为了住宿，而是为了 20 多年前的一段回忆。

镶着藏窗的梅里酒店仍在原地等我。站在它对面的街上，那个风雪之夜的雪花扑面而来。

1994 年的一个冬日，我和背囊一起立在盐井通往德钦的滇藏路上，从早晨直到黄昏没有等到一辆过路的汽车，甚至怀疑起修建这条公路的意义。

傍晚，雪花飘起来的时候，一辆没有篷布的卡车风驰电掣地开过来，我知道这是当天唯一的也是最后的车辆了，便亡命地冲到路中央：带上我，带上我！

卡车停住了，我语无伦次地向满脸惊诧的藏族司机讲起我的等待、我的

目的和我对他停车的感激。他一挥手说，上大厢吧。大厢上有两堆黑乎乎的东西，我以为是2头牦牛，因为之前我坐过拉牦牛的车，那种恐惧刻骨铭心，于是要求坐进驾驶室，哪怕付双倍的车费。司机拉开车门，那里面已挤满4个人。

我别无选择，只好爬大厢。攀爬车厢时我小心翼翼地问，牦牛拴紧没有，司机愣了一下笑了：放心吧，你可以骑在牛背上。当我进了大厢才发现，那黑乎乎的东西是两堆刚剥下的牦牛皮，膻气弥漫的毛皮堆上还躺着两个押车的藏族小伙子。车启动后，人就在高高的毛皮堆上乱滚，差点被甩出去，我飞快地去抓身下的牛皮，却抓了两手湿漉漉的污血，生皮子太滑腻根本抓不住，绝望的时候，身后有只结实的手将我的腰抓住了。

我想说声谢谢，风雪一下把声音吞没。随着风雪越来越大，车也摇晃得更厉害，那时的滇藏路路况极差，夏季的塌方还没有清理利落，堆在路中间的石头让车只能紧贴崖边而过，稍有闪失就会歪向深不见底的河谷。途中有好几次，我甚至想跳下车改为徒步，又怕在路上冻死。

大雪覆盖了车厢，如同拉了一车雪白的盐巴。我真后悔，如果在盐井再等一夜，再等下一辆车，也不至于成为一尊雪塑。车上的小伙子脱下一只皮手套让我戴上，把藏袍也掖过来一角，而他们自己也在风雪中念叨着：菩萨，保佑我们吧！

深夜12点，我永远记得这个时辰，敞篷卡车像个跌跌撞撞的醉汉闯进了德钦县城。一盏盏在雪雾中大如灯笼的灯火，温暖地闪耀在山腰。

车在一家木头搭盖的小吃店停下来，司机出了驾驶室，第一件事就是查看大厢里的人是死是活。两个押车的小伙爬下车就一头钻进炭火闪亮的房屋，我已无力翻过厢板，最后滚落在司机和一排人伸出的手臂中。

进了小屋，才看清同车的每一个人的面孔。司机端了一茶缸青稞酒给我，我仰起脖子喝了个干净，他又斟了一茶缸，我又一饮而尽。想醉。

我问：县城最好的旅馆是哪家？店主呆呆地看着我说：梅里酒店。顺着她手指的方向，一座遍体通明的建筑耸立在所有的屋脊之上，满天星灯帘从它的顶端瀑布般直泻而下，看见它的那一刻，如同看见一个童话。

在男人们怔怔的目光里，我抱起浸满牦牛污血的大衣，拎起同样血糊糊的背囊，向梅里酒店一步步走去。

酒店已经关门，我使尽全力摇晃着铁栅门，我发誓，今夜即便死也要死在一张干净的松软的床上。

值班人员惊骇地开了门，我已忘记怎么办的入住手续，只记得服务员打开房间准备离去的时候，我没忘记问她，明天去中甸的班车几点钟发车？她说停了，大雪封山，再发车要到明年 3 月了。想到这个近似荒诞的现实，在这个峡谷中的小镇等待 4 个月后的春暖花开，我忽然笑起来。服务员奇怪地看我一眼，飞快地离去。

将大衣甩在地板上，蓬松的棉被和席梦思环绕了我精疲力竭的身体。窗外是把生命交还于我的仁慈又残忍的冰天雪地，我忽然平静。

第二天，我坐在梅里酒店优雅的酒吧，隔窗俯瞰这座小小的高原县城。积雪的石板路上，佩着银亮腰刀的藏族男人和系着七彩织锦帮典的女人，无声地走动，老妇人则在圆木垒起的木楼上默默地吸着长竿烟斗。心想待在这里4个月也行，有足够的时间写一部长篇小说。

至于在交通闭塞、地理位置僻远的德钦为何出现这样一座高档酒店，当地人解开了我的疑惑。1991年，17名中日登山队员在攀登梅里雪山的途中突遇雪崩，全部遇难。这座酒店的修建就与登山队有关。

曾经高耸于县城之上的梅里酒店，今天已经藏身于新崛起的楼群之中，许多经过它身边的远行客都没看它一眼。如今德钦的酒店太多了，打开住宿网站，马上就会跳出"梅里往事""梅里时光""梅里缘"等让你眼花缭乱的酒店名字。

特别想在梅里酒店再住上一夜，可惜，酒店没有停车场，当年我拼命摇动的那个铁栅栏所围住的院落消失了。我还是走进了酒店的大堂，店内已被重新装修过，唯有当年那个铺着地毯的窄窄的楼梯还是原样。我按捺着急切的心跳迈上楼梯，脑海里闪回那年我抱着浸满牦牛血的军大衣，拎着同样糊满血污的背囊的模样。

年轻的女服务员热情地跟上来说，有空房。我告诉她20多年前来过，只是故地重游罢了。她惊奇地说：啊，那时我还没有出生呢。

齐伟帮我在酒店门口拍了一张留影，梅里酒店以这样的方式永远留在我身边。

第四十七章

因都坝，放牧的人改种葡萄 // 藏朱家没有人继承爷爷打铜器的手艺，但出了一个画师 // 他说走金沙江走到了我家，有缘

蜿蜒在峡谷中的金沙江，有很长的一段都是四川和云南的界河。越野车开上了横跨在两省间的金沙江大桥便又进入久违的四川省境内。

这次去的是得荣。

得荣县属于四川省甘孜州，干旱少雨，是金沙江最典型的干热河谷。沿着江走，扑进视野里的群山全裸露着褐色的山体，浑浊的江水更加深了这里荒漠化的印象，视线都干涸得难受。偶尔也会见到伫立在高坡上的三两棵"树"，那是大得惊人的仙人掌，由于缺乏水的滋润，枝干和叶片亦如木乃伊般的干瘪。

在人烟稀少的河谷走了好久，忽然发现对岸的山坡上奇迹般地出现一个民居聚集的村落，周围还开垦了大片绿油油的农田。河谷中有桥，便兴冲冲地开过去了，从村口的路牌得知这里叫"因都坝"，属于得荣县曲雅贡乡。

村落显然是经过精心规划的，宽敞的水泥街道两旁，坐落着一栋栋鲜花绽放的新藏居，通体绘有精美的藏式风格的图案，并且每栋绝无重样，走在街上如同穿行于一条五彩缤纷的民族风情画廊。

见有户人家正在翻晒金黄的苞谷粒，便随意走了进去，没想到正是村主任次仁平措的家。次仁平措的汉话说得不错，消除了我们之前语言沟通的顾虑。他说因都坝是由 3 个自然村组合的，3 年前都散居在海拔 3000 米的高山上，因为生存环境太恶劣，粮食只能靠天收，交通不便，娃娃上学困难，政

256

府也不可能给每家每户修公路引水源，于是县里实施生态移民工程，将这些住在高山地区的农牧民迁移到了海拔 2000 多米的因都坝新村，为解决村民的出行，还专门在金沙江上修筑了一座大桥。虽然居住条件改善了，但依然临江喊渴。金沙江白白在山脚下流淌，因村里的地势高只能看着干瞪眼，政府又解决了导引山水和抽金沙江水上山的问题。

利用这里日照充足、降水少、昼夜温差大的气候条件，政府还买来葡萄苗并派来专家，手把手指导这些种惯青稞或放牧牦牛的村民种葡萄，承诺帮把葡萄酒销到大城市去，保证他们的收入。已种下 3 年的葡萄今年刚刚挂果，从前也试着种过西瓜、花生、哈密瓜，这次大家都盼望有一个好收成。

十来个村民正在山坡上翡翠似的葡萄园忙碌，见了我们热情地打招呼。我惊叹说，在金沙江陡峭的大山中竟出现这么开阔平坦的一大片坝子，真是大自然给因都坝的一份天赐厚礼。村民们笑说，这个坝子是政府专门用挖掘机推出来的。

当天赶往得荣县城，行到能见到绿色的地方，路似乎迫不及待地甩开金沙江干热的河谷。

渐渐变得湿润的视线，很快就被路边一个美丽的村落勾住。几幢城堡般的藏居错落有致，涓涓的溪流欢快地流过村口高大的核桃树，收割后的山坡上站着一只黑白相间的奶牛。和因都坝不同，这是一座纯自然的村庄。

径自进村，核桃树下正在嬉戏的黄狗黑狗见有外人来，没有意想中的凶悍，而是静静地卧下来温和地摇摇尾巴。所以，我们放心地叩响了最高大也最威严的一幢藏居。打开厚重的木门的是房子的主人藏朱，他黑红的脸膛上纯朴的微笑就是给访客最好的通行证。

今年 52 岁的藏朱没有盘问我们的来意，家门前有棵硕果累累的香梨树，也没有像有些山民那样，一见面先热情地推销山货，如果不买就冷面相对。听我们夸奖他的藏居，藏朱的脸高兴得更红了，说是爷爷年轻的时候盖下的，年代老得不能再老了。

这栋藏居的墙体由粗砺的岩石和结实的夯土砌成，大块黑色勾勒的雄浑藏窗，除了雕刻精细的窗楣，镂空雕琢、图案漂亮的窗叶更让人啧啧不已。

如今许多藏居的窗子都换成了敞亮的玻璃，而藏朱家保留的木制窗叶，无意中留住了老工匠们精湛的传统工艺。

藏朱家的一楼是储藏粮食的地方，从前也圈养牲畜，但自从推广人畜分离的生活习惯后，他在院里另盖了牲口棚，现在养着几只羊和一群鸡。踩着厚重的木梯上了二楼，这里才是全家生活的中心，宽大的堂屋内，时尚的沙发和传统的藏柜和谐地组合在一起，最打眼的是气派的雕木橱柜上摆放的一排锃亮的紫铜用具，做工精美，古朴大气。藏朱讲，这些铜器全是爷爷亲手打制的。说着取下一只浑圆的铜罐，像爱抚孩子一样细心地擦拭起来。

藏朱的爷爷是十里八乡有名的铜匠艺人，日积月累积攒的钱盖起这座当地最气派的藏居。藏朱的父亲曾跟着他爸学过做铜器，但手艺还是超不过老爷子，可惜藏朱的父亲去世得早，这门手艺也就失传了。

住在爷爷当年亲手盖起的藏居，每天使用着爷爷亲手打制的炊具，老人

家去世许多年了，他在世创造的一切仍润泽着子孙们的日子。藏朱说村里好多人家都翻盖新房，他也得给小儿子准备，可一直舍不得拆掉这栋爷爷留下的老房子。谈到小儿子，藏朱很骄傲，说他一直在跟师傅学画唐卡，如今已经可以为寺庙和村民彩绘壁画了。

藏朱热心地带我们上三楼的经堂，那里是家中最重要的地方。上三楼要经过一条只能容下半只脚掌的又高又陡的木梯，我们爬得战战兢兢，可藏朱仅有三四岁的小孙女却在上面翻飞如燕，藏朱笑道从小爬习惯了。

经堂供奉着一尊镀金的佛像，藏朱虔诚地给它面前的酥油灯添加了酥油，又向供奉的佛像合掌行礼。他指着天花板上、墙壁上、廊柱上的彩绘图案说，这都是小儿子亲自画上去的。在我看来笔触还显细嫩，花卉百兽却画得神态自然、栩栩如生。我对藏朱说，虽然你爷爷的铜匠手艺没有传下来，但家里出了一个年轻的画师，也是莫大的幸事啊！他高兴地连连点头。

到了吃午饭的时候，藏朱的妻子背着大筐的青草回来了，藏朱拉住我俩怎么也不让走，他的妻子麻利地洗了手，就用铜盆搅拌起青稞面，一会儿工夫，在火塘上用铜锅煎了一摞香喷喷的青稞饼，我们就着木碗里的酥油茶吃了好几张，见我们吃得香甜，藏朱和妻子露出很满足的神情。

就要向热情善良的藏朱一家道别了，藏朱提了一袋足有十几斤重的香梨出来，放到了我们的车上，这把我俩急坏了，推辞不掉，我要付钱，藏朱也急了：这是自家梨树结的，吃不完也都掉地上了。你们走金沙江那么长的路，却进了我的家，就是缘分，就成朋友，下次路过这里一定再来啊。

随着公路一打弯，藏朱和家人连同身后古堡似的藏居，都消失在冬日的山谷，但路上见到那些溪流边的藏居，就会想起他们来。

第四十八章

深夜 1 时许，在巴塘的一家宾馆的 7 楼，被房间的剧烈摇晃惊醒，走廊
里有人在大呼小叫，听不清喊叫的内容，但明白地震了。

匆匆披衣下床，出门时两人不忘互相提醒揣上手机，带走摄影器材。房
客们都在咚咚地往楼下跑，我们也知道此刻不能乘坐电梯，这都是当年在汶
川地震灾区采访时获得的常识。

迅速地跑到一楼，发现房客们全在大门外站着，对面是巴塘县城最大的
一座休闲广场，挤满住在附近的居民。夜色中弥漫着不安的气息。

很快就用手机上网搜索到地震的信息，震中在离巴塘县城仅 46 公里的理
塘。网上的信息还表明，巴塘属于金沙江地震频发的断裂带，历史上有记载
的几次大地震都让县城遭到重创。1870 年发生的 7.2 级地震，"天崩地裂，
巴塘县城连烧了七天，全城幸存者仅千余人"；1989 年巴塘发生的 6.7 级地震，
让巴塘"顷刻之间房屋倒塌，通讯中断，道路塌陷，尘埃满天"；紧接不久，
在原震区又相继发生强烈地震，县城大部分房屋被毁。幸好强震之前发生过
4.2 级地震，大部分居民冲出了屋外，所以伤亡仅有百人。

刚刚发生的 5.1 级地震会不会是更大级别地震的前震？谁也不敢掉以轻
心，我俩决定当晚不留宿宾馆，睡在越野车内，以防万一，而许多有私家车
的当地居民也是举家待在车内度过充满悬念的一夜。

天亮后很快就有消息传来，巴塘除了倒塌了几间民房，没有人员伤亡。

太阳升起之后，县城恢复了正常生活。

　　巴塘是著名的川藏线从四川进入西藏之前经过的最后一个县份，《西康图经》曾这样记载："其地在金沙江东，巴曲平原上，重山四合，绿野中开。平原三十余里，土地肥沃，气候温和，青稞小麦，弥望葱秀，全康区中温暖平坦之河谷平原，未有更大于此者。"因此巴塘也有小江南之称。

　　20多年前那场摧毁性地震之后的重建，再加上近些年的规划改造，虽然街道的建筑都设计成为统一的藏式风格，但传统的外壳内包裹的却是已经现代的生活。开设在校园附近的西式点心店，从店堂布置到制作的品种，与大城市几无差异，尽管价格不菲仍生意兴隆。在街上寻觅了好久才找到一家卖酥油茶的小店，川味餐饮店却比比皆是。

巴塘的苹果、香梨、石榴都很有名，县城金弦子大街的十字街头有一条热闹非凡的水果大排档。那些蹲在果筐前的农民，凌晨即起，或乘车或步行，带着自家果园的产品到城里出售，水果新鲜，价格又公道。

我称了几斤红红的苹果，因为没有零钱，付给卖苹果的藏族农妇一张20元的纸币，她回递我一叠零钞，用不熟练的汉话羞涩地表示，她不会计算，让我自己拿走要找的钱。农妇约五十开外的年纪，笑容淳朴眼眸清澈，面对这样一种突如其来的绝对信任，我愣过神后连连向她道谢。

位于川、藏、滇三省交界之处的巴塘，用出自这里的一位中国社会科学院学者降边平措先生的话来说，这是一个多民族、多宗教、多文化交融的地方。

县城中山广场的抗战纪念碑下，遇到一位晒太阳的张姓老人，自述先辈来自陕西，父亲是汉族，母亲是藏族，父辈的祖先可追溯到山西洪洞大槐树，儿子还曾回去寻过根。从这位从事过文化工作的老人的讲述中，粗略得知，清朝时巴塘就有来自川滇陕三省的汉族人到此经商，人称八十汉家。巴汉商人聚集增多之后，他们在县城建起了类似三省会馆的关帝庙以及戏台和钟鼓楼，钟鼓楼上还设有一座大铜钟和一面大皮鼓，每逢节日，击鼓鸣钟举行庙会，十分热闹。在1870年发生的那场大地震中，关帝庙曾被震塌，后来复建如新。可惜，这座规模宏大的汉家庙宇连同它精美的壁画、神像都在20世纪六七十年代被捣毁了。

按照老人提示的路线，在城东的一条寂静的老街上找到了那座关帝庙，它只能算遗址。两扇斑驳的漆门上挂着一把锈迹斑斑的铁锁，从门缝望进去，屋内已长满荒草杂树，阳光斜射中呈现出勃勃生机的植物，更衬出老庙的衰败。我们只能从石阶上残存的云纹图案，门楣的精细雕刻，瞥见它当年豪气万丈的背影。

遗址的附近立有一座不起眼的石碑，上书"四川省重点文物保护单位"。

按老人所说，关帝庙附近的居民大多是当年驻守巴塘的清军的后裔。几步之遥有座院子，一个年轻人在水池边忙碌，我试探着向他说起关帝庙，这位汉族青年惊讶地说，租住在这里几年了，只知道巴塘有个藏族的康宁寺，从未听说有座汉族的关帝庙，你指给我看看，它在哪里？

　　与关帝庙的衰败迥然不同的是县城另一端藏传佛教康宁寺长年不断的香火。几十株两人都合围不住的古柏下，也有一座石碑，上有文字说明：康宁寺原名丁宁寺，是康区著名的黄教寺庙之一。清顺治十六年（1659 年），五世达赖喇嘛阿旺罗桑嘉措派德莫活佛来巴塘，仿照拉萨哲蚌寺洛色林修建。鼎盛时期有僧侣 1800 人，现有僧人 320 名。

　　寺庙有一个出售哈达、酥油灯等器物的商店，两位喇嘛忙碌地向顾客推销据称是活佛开过光的佛珠。一群老年人沿着寺庙金黄色的转经筒周而复始地转经，煨桑的蓝白色烟雾在他们头顶上方缭绕升腾。褚红色的庙墙外不时

传来小贩的叫卖声，忽然从墙内跑出一群满脸稚气的小喇嘛，看上去不到十岁的年龄，他们叽叽喳喳围住了小贩的手推车争先恐后地购买零食。原来，庙里还办了一座僧侣学校，主要教授经文。小喇嘛们毕业后或许就开始了终生的僧侣生涯。童年很短，欢乐更短，任何孩子都是如此。所以，当上课的钟声急促地敲响之后，望着一个个急促奔向经堂的小小的身影，我有种说不出的惆怅。

了解到地震并未影响从巴塘进藏的道路交通，第二天，我们便往西藏的方向走。西藏很近，对岸便是。

去往连接四川和西藏两省区的金沙江大桥的途中，需要穿过散落着传统藏居的竹巴龙村。对村民来说，最亲切的水流莫过于流经村庄的小河。河水湍急又清澈，如同雪浪奔涌。村民们往往称这些来自山上的清水为山水，它

也是世世代代生活在金沙江畔的人们最主要的水源，甚至是唯一的水源。

竹巴龙种植青稞、苞谷、洋芋，但村民最大的一项收入来自挖虫草。一位老村民说，家里盖新房买轿车的钱大都来自虫草所赐。我认识的一位做教师的藏族朋友也讲，挖虫草的季节，许多藏区的村民往往倾巢而动，学生们也无心上学，因此有些学校干脆放一段虫草假。

从竹巴龙过金沙江大桥，就出四川进西藏了，所有人都必须在桥头的一处检查站登记身份证、驾驶证、行驶证，包括电话号码等，因此，未近桥头车辆就排了一条长龙，还有那些仿佛全集合在这里的徒步族、骑行族。

正好到午饭时间，也正好路边有座挂着巴塘水文站牌子的院落里有家餐馆，吃饭就允许停车。餐馆生意很好，院内的葡萄架下摆了好几桌，厨师忙得不亦乐乎。等待上菜的时间很长，本想找水文站的职工了解一下他们的生活，转而又担心被对方误认为来蹭饭，便决定饭后再说。

餐毕付完费，便有了不怕误解的底气。站长姓蒲名政平，五十来岁，个头不高，面对陌生人的突然叩访不动声色，一看就是有阅历的人。听我们说明来意后，荡漾开来的笑容霎时拉近了距离。平生第一次接触水文站，使得我俩如同闯进来的两个科盲，蒲站长热心又耐心地讲解水文站的工作，当他讲到 1998 年长江发生特大洪水，湖北的荆江是否分洪也离不开巴塘水文站昼夜提供的水文数据时，顿时感到这个距武汉几千里之遥的水文站是那么亲切。

交谈中得知蒲站长远离家人在这座偏远的小水文站干了 20 多年，更是佩服。他站在电脑面前指了指院内那台炸弹状的水文测试采样器知足地说，从前全凭人工耗力起降，现在坐在电脑前就能自动完成工作，那个老古董要进博物馆啦。

跨过金沙江大桥，就意味着跨进了西藏。桥护栏的两边分别树有一块蓝底白字的界牌，用藏语和汉语分别标注着"四川"和"西藏"。

对于许多千里而来，或骑行或徒步去西藏的驴友们，它实在是一个激荡人心的标识。于是，长长的金沙江大桥护栏，写满了驴友的心语。最打动我的是那句：妈妈，我爱你！

西藏近了，长江源头就近了，离回家的路也近了，积蓄了数千公里的思念之情，顿然化作两行热泪。

在西藏这端的金沙江桥头，端坐着 36 岁的彝族青年金古文华，他来自四川甘孜州的九龙县。

念过初中的金古文华告诉我，他和妻子每天都在桥头一家工地背水泥包，今天因为停电，只好休息，休息一天意味着每人将失去 120 元的工钱，而这些天老停电。他们在老家有 3 个孩子，也就是人们所说的留守儿童，家人等着他们寄钱回家呢。

没有水泥可搬的时候，他喜欢坐在桥头，打量这座桥上的过客，最羡慕那些自驾旅游的人，最同情那些徒步进藏的青年。在他看来，徒步进藏的人自然是缺钱的，最苦，因为他们大多是学生，没有像他这样自小走惯山路。

他至今记得一位徒步去拉萨的学生，走过金沙江大桥的西藏界牌之后，就再也走不动了，央求一辆驶往西藏的过路车，希望载他一程，可是车主冷漠地拒绝了。

金古文华说，他问过工地的老板，那辆豪车叫路虎，价值上百万。"唉，人比人气死人"，他看着一辆辆旅游车从眼前经过，叹了一口气。

购买一辆豪华越野车去旅游，并不是他的梦想，他说最大的愿望是挣够能买一辆中巴的3万块钱。有了这台小中巴，就能在家乡交通不便的山道跑客运，每天可以赚到三四百元，赚了钱就能供孩子们上大学，以后工作了，他们也能像他见到的这些游客一样，随心所欲地去旅游，游遍全世界。

说到这里，他笑起来，问我可不可能。我没有笑，肯定地说完全可能。

他很高兴。又说，我不会让我的孩子在桥上乱划字，总归是不文明的。等哪天我和老婆要回家了，我会去桥头的留言墙写几个字，证明某年某月有个叫金古文华的也来过西藏。

当然，我不会写到西藏搬水泥。他大笑起来。

第四十九章

西藏的芒康位于金沙江的西岸，和我们刚刚走过的四川巴塘隔江相望。著名的川藏公路和滇藏公路在这里交汇，20多年前我独自沿中国边陲采访，途经这里经历的一幕终生难忘。

那一年的冬天，我从西藏的林芝乘坐一辆大货车一路颠到了芒康，从芒康我要拐向去云南的滇藏路，而司机要继续沿着川藏路去成都拉货，便把我放在了芒康的十字路口。

芒康的老街很短却很热闹，康巴汉子肩披湿漉漉的羊皮，和来自青海甘肃的回族皮货商在皮袖筒里扳着手指交易。一堆堆污秽的生羊皮被高腰皮靴拨过来又拨过去。最令人同情的是大群待宰的牦牛，寒冬中圆瞪着神情忧郁的眼睛，不远处就是已砍下的牦牛头，靠着土墙垒成血糊糊的小丘。

我无处可去，只有站在这个滇藏线和川藏线交会的路口可以等到车。

那个年代，中国的西部还很少见到背包客，因此，一个背着行囊独坐街头的女人，总会引起当地人的好奇和各种揣测。很快就有好些人围上来，能讲汉话的便代替大伙七嘴八舌地询问，面对一张张质朴的脸，我也很耐心地解答，眼睛却一刻也不敢放过任何一辆路过的车辆。

当他们知道我要下云南，告诉说去云南的车已早早发走了，明天早早来可以赶上。这个信息给我很大的安慰，决定在芒康住一夜。

起身去找旅店时，周围忽然失去了喧哗，所有人都停下了商品交易，静静地注目一个方向，那是小镇的路口。

一群军人神情沉痛地抬着一副担架缓缓地向这里走来，担架上的人被白布单蒙住了头部。

人群闪开一条路。

目送那支队伍走过去，我悄声问身边的一位妇女发生了什么事，她低声说，县武装部的一名四川籍战士去世了，缘于感冒引起的肺水肿。她还说，战士是刚入伍一年的新兵，只有19岁。部队首长已经去邮局给他家人发了电报，他的父母在四川很偏远的一个农村，路上要走几天才能赶到。

周围人补充讲，近几年因为高原感冒去世的战士已有好几个。

我一直望着那副沉默的担架消失在一座小院里。

重新坐在路边，我一直想象着白布单下那张一定还留有稚气的脸。在只身行走中国万里陆疆的长旅中，结识了不少边防战士，和他们在一个灶上吃过饭，端过他们递来的盛满热乎乎饭菜的碗，和他们聊过、笑过、唱过。

此刻，这位素未谋面的战士的牺牲，如一根长针从胸口穿过。忽然想哭，就像哭一位兄弟。

能投宿的地方恰好就是县武装部的招待所，当夜就住在了那里。

早晨被士兵操练的声音惊醒，一队队新兵正在院里出操，神色如铁铸，在他们唰唰的脚步声里，眼泪呼地涌上来，他再也不能出操了！

雪花飘起来，为防大雪封山我还得赶路。伴着雪花朝老街的小石桥走去时，不知怎么想到拿破仑的那句名言：不想当元帅的士兵不是好士兵。便又联想到他，未必是为了当元帅才来当兵，恐怕连当个排长连长都没敢想，就是响应号召来入伍了，只想年底寄份奖状给家乡和父母。

作为军人，他没有倒在战火纷飞的战场，也没有堵枪眼举炸药包的壮举。他病逝在中国西藏僻远的高原小镇，倒在一场对内地人来讲最普通不过的感冒上。可谁能说他不是一个好兵！他同样是为祖国献出生命的，这个祖国包括了我在内的十几亿中国人。

从此后，每每看到芒康的地名，我会想起一个叫周显林的战士，他走的时候年仅 19 岁。

今天重返芒康，它已经变成一座颇具规模的新城，当年那条石板小路已变成宽阔的大街，街两边排满了餐馆和宾馆，那些肩披湿漉漉的羊皮、在袖筒里做交易的康巴汉子已从路中央消失了。20 多年过去，他们的孩子或许已成为从我身边擦身而过的藏族司机，或许是发型店的时尚发型师，或许是坐在电脑前敲击着键盘的公务员。

若周显林在世的话，今年也有 40 周岁了。

我在面目一新的街上慢慢地踱步，忽然，雪花又落下来了，一如那个冬天。

沿着长江上高原

　　从西藏的芒康折回对岸的四川，前往甘孜州白玉县。沿途的金沙江峡谷，森林苍郁江水清澈，都说这一段是金沙江流域自然生态和人文生态保存最完好的地方。

　　白玉地名的由来有两说，一是因白玉县北面有海子雪山日照如白玉而得名，二是吉祥幸福的意思。

　　白玉历史上就是川藏交易往来的重镇，今天，那些响着铜铃的马队早已远去，取而代之的是一辆辆把地皮震得发颤的大卡车，还有不时飞驰而过的现代轿车。藏式风格的街灯，白墙红窗的楼房，甚至还有一条长不过百米堪称中国最短的步行街，让你感觉它在从容不迫地追随时代的节奏。

　　初到白玉，还可见到一个特别有意思的现象，披着紫红僧袍的喇嘛好像特别多，他们各揣手机或穿梭在人群之中，或出入于临街稠密的商铺，神情闲散随意。我俩每天去街上砂锅店就餐，能经常遇到三五一群的喇嘛共围一张方桌尽兴地吃着砂锅，享受世俗生活的快乐。

县城北面有座规模宏大的白玉寺，僧房蜂巢般地筑在山坡上，重峦叠嶂，远远望去如同一座小布达拉宫。从寺院到城里的距离太近了，或者说寺院就是县城的一部分，所以喇嘛们不念经的时候，一会儿就从神殿溜到了"凡间"，成为外人眼中白玉一景。

拍摄白玉城的最佳角度在白玉寺的金顶。爬上金顶，全城尽收眼底，穿城而过流向金沙江的欧曲河，给白玉镶了一道闪亮的银边，临近黄昏的时候，整座小城被高原的阳光涂成金黄色。

心满意足地刚收拾好拍摄器材，身后传来银铃似的笑声，只见一个面容清秀的年轻僧侣和一个满脸稚气的小僧人正在金顶举着手机拍照。遇见陌生客，小僧人还有些羞涩，转身把金顶台阶上的一根护栏当作滑梯，顽皮地溜走了。而年轻的僧侣淡定地走到我们面前，聊了一会儿摄影后提出要互加手机微信。听到他这个请求，真吓我一跳。

下山，在山间靠近公路的地方，出现一条溪流，溪流中出现的杂物之多令人吃惊，除了大量的旧衣物，还有塑料拖鞋、塑料水桶，尼龙编织袋，甚至还有一台坏掉的洗衣机。这一路从长江中下游走来，在有溪流和小河的乡村，发现不少被生活垃圾淤塞和污染的河流，没想到在金沙江的上游还会出现这样的现象。

第二天，去了距白玉县城约7公里的金沙乡。它原名白玉乡，曾有一段时间改名叫向阳公社，20世纪80年代改名金沙。金沙江水在这里因为大山的阻挡，忽然改变流向，由东往西，然后返身北上，造成了一个类似它下游的日锥山和石鼓那样的U形大拐弯，因为八吉村不靠国道，只有一条小路隐秘地通向这里，要不也会被外人戴上一顶"金沙江大拐弯"或"金沙江第一弯"的桂冠。

当我们穿过八吉村徒步下到大拐弯形成的大石滩时，被眼前的一幕震惊了，数不清的生活垃圾堆积在怪石嶙峋的江滩上，其中以废弃的饮料瓶最为扎眼，白茫茫如同发生了一场雪灾。

　　如此巨量的垃圾显然不是只有几十户人家的八吉村所为，在江滩玩耍的两个八吉村的藏族小女孩指着前方注入金沙江的欧曲河说，从上游冲下来的，每天都有好多，永远也捡不完。

　　欧曲河就是穿过白玉县城的那条河流。

　　大拐弯的江滩有一块被古老的柳树守护的巨石，上面系着一串五彩风马旗，也称祈愿幡。据说，系在山上是对山神的供奉，系在水边是对水的敬畏。

　　每一次风动，它都是一次呼唤，呼唤对大自然的敬畏之心。

第五十章

*德格，和朝圣者相遇 // 我向你走来，带着一
路风尘 // 还会在路上遇见你吗，小卓玛*

从白玉穿过金沙江峡谷去往德格，距县城还有老远，它已在山谷中列出
隆重的欢迎队阵，那是连绵一路的几百盏高大气派的灯柱，虽说经过长江沿
岸那么多县城，如此壮观的路灯还是第一回见。

地处金沙江上游的德格县，境内海拔 5000 米以上的高山就有 30 座，县
城海拔接近 4000 米，是名副其实的高原之城。在这样的高度找宾馆，最关心
有没有电梯，没有电梯就得选择一楼的客房。缺氧加上疲惫，如果拎着行囊
和摄影器材爬楼梯，心脏会累得爆了一样。

就在找住宿的时候，手机响了，千里之外的那位朋友听说身在藏区的我
正在寻找有电梯的宾馆，感到十分惊讶，这个从不出远门的宅男以为当地人
还都住在点着酥油灯的帐篷里。我哈哈大笑，告诉他武汉有的这里都有，武
汉没有的这里也有。

和西藏的江达隔江相望的德格，经常有一队队风尘仆仆途经这里去西藏
的朝圣者。我俩一路已经很熟悉这些执着的身影，他们白天在路边搭锅埋灶
吃饭，夜里在路边支起帐篷露营，很是辛苦。

每当路过他们的身边，也会联想到自己，近万里的长江之行，不也近似
于一场朝圣吗？

有一首老歌经常在耳畔响起：我向你走来，捧着一颗真心，我向你走来，
带着一路风尘。啊，真心！啊，风尘！不是真神不显圣，只怕是半心半意的
人……

　　自崇明岛出发以来，路途千折百回，挫折无数，但坐在车轮子上的我们，和这些徒步而行的朝圣者们相比，困难要小到可以不计。

　　齐伟 2003 年骑摩托车穿越西部的时候，曾跟随一群朝圣的藏民走了三天。他说那三天真是人生少有的快乐而单纯的日子。

　　那年，齐伟骑行进入西藏之后，在林芝遇见一群徒步去拉萨朝圣的藏族村民，他们是数月前就从家乡四川若尔盖草原出发的，年龄最大的有 70 多岁，最小的仅七八岁。同是旅途中人，齐伟深知个中艰辛，将车上的矿泉水和食品分给老人和孩子，同时决定同行几日，他们热情地接纳了他。

　　白天，他将老人的行装驮在摩托车上，减轻他们的负担；傍晚，骑车到前方打前站，选好适合休息做饭的营地；扎营时，大家一块儿搭帐篷、拾柴

火埋锅做饭；夜里同住在一个硕大的帐篷里。

那几天，当齐伟和村民们盘腿围坐在篝火边唱歌，一起分享酥油茶和糌巴的时候，发现总有一双亮晶晶的眼睛偷偷地打量他，一旦碰到他的目光，又羞涩地转过头去，留给他一个梳着一对乌黑大辫子的背影。

通过这两天的接触，齐伟早已知道她叫泽仁卓玛，只有16岁，不但美丽可爱，还善良勤劳，每次要扎营备炊的时候，她和男人一样漫山遍野去寻找树枝，沉甸甸的柴草将她柔弱的身体压成弓形，让人有说不出的爱怜，如果在内地，卓玛还处于搂着妈妈的脖子撒娇的年龄啊。

在这群由若尔盖的40多位牧民自发组成的群体里，不乏携家带口上路的，唯有泽仁卓玛是独自出门的少女。据大家讲，卓玛出生以来到达的最远的"城市"就是距自家牧场几十公里外的郎木寺小镇。

卓玛有副好嗓子。每当大家围着篝火唱歌的时候，她却总是躲在角落里，牧民们说那是因为有客人的缘故，她不好意思。齐伟每天都给她打趣说，叔叔明天就要离开队伍了，再听不到她的歌就只能带着遗憾上路了。但卓玛总是腼腆地低着头。

半夜，暴风雨突然来临，千疮百孔的大帐篷到处挂起瀑布，挤在地铺上的人们惊醒后纷纷收拾各自的行李，泽仁卓玛却箭似的冲出了帐篷，在暴雨中奋力举起一块塑料布搭在停在外面的摩托车上，她不知道摩托车是不怕雨淋的。

齐伟紧追出去将小卓玛拉进帐篷。"我担心摩托坏了，你明天上路就只能像我们一样走到拉萨去！"那一霎，齐伟感动了，拿出干毛巾替小卓玛擦着满头满脸的雨水："即使车坏了，叔叔也能走到拉萨。卓玛能，叔叔也能！"

尽管齐伟想拖延与大家分手的时间，但是，毕竟骑着摩托无法长期与这支徒步的大部队同行。分手的时刻终于来到了，当他将食品全部留下，跨车上路的时候，身后响起了卓玛的歌声……

接下来的故事我知道。就在三年之后的一个夏天，我和齐伟驾着一辆老吉普前往甘南采风，路过若尔盖草原的时候，路上还闪过一个念头，这里是当年那些曾与他同行的朝圣者们的家乡，会不会在某一天某个路口再遇到他们？这个念头稍纵即逝，因为草原太辽阔了。

途经若尔盖草原的一座狭窄的山谷时，对面"突突突"地开来了一辆载着藏族同胞的拖拉机，齐伟放慢了速度将头伸出窗外查看路况。拖拉机在与我们的车擦肩而过的时候，却停了下来，一个扎着两条乌黑大辫的藏女呼喊着向他招手："叔叔！叔叔！"还没等我们回过神来，她已飞快地从拖拉机上跳下来。

天哪，她竟然是泽仁卓玛！齐伟向我激动地大叫，不敢相信自己的眼睛！他也激动地跳下车，欣喜地打量着面前的小卓玛，三年不见，已经 19 岁的她个子没有长高，人胖了一些，最大的变化是比当年开朗大方多了。他还注意到，卓玛微笑的时候，露出了两颗灿灿的金牙，猜测卓玛的生活也有了不小的变化。

果然，卓玛开心地告诉说，她去年刚刚结婚，这两颗金牙就是婚前按当地习俗镶上的，丈夫是他们牧区的小伙子，骑起摩托也像风一样快。她还告诉齐伟，从拉萨回来后，对外面的世界也不陌生和惧怕了，不久前还到兰州逛了一圈呢。

　　仔细询问了当年那些同行的村民的近况后，齐伟好奇地问她，三年不见怎么还能认出他来？卓玛认真地回答，自从你骑上摩托走后，我常常为你祈祷，还祈祷菩萨能让我们再次相见。

　　卓玛刚从朗木寺小镇买了一口新的高压锅，要赶回家为丈夫准备晚饭，热情地邀请我俩去她家做客，可我们还得赶往甘南。又要分别了，卓玛的兴奋却多于惆怅，她说，这次重逢让她更加坚信，只要心诚，路上的人儿都会重逢的。

　　因为她的话，从此路上见到那些个风尘仆仆的朝圣者，我俩都不免多看几眼。

　　晚上在德格街头一家饭馆吃饭时，邻桌来了十几位背着行囊挂着长棍的藏族同胞，大都是上了年纪的老人。很少见朝圣的村民上饭馆吃饭的，更蹊跷的是中间还亲热地坐着一个穿登山装的汉族小伙。忍不住前去搭讪。小伙子说他来自陕西，徒步旅行的途中遇到了这些从甘肃阿坝去拉萨朝圣的牧民，便加入队伍一块走，已走了半个多月。今天进了德格县城，小伙子为感谢他们的一路相携，打算请大家在餐馆里好好吃一顿。

　　我暗中发现，小伙子拿起菜单点菜时面露难色，但还是点了七八个菜。我知道路上像德格这样的地方，餐馆的菜价都挺贵，这一桌饭菜不会便宜。每天长途跋涉的人胃口也好，而且人这么多。果然一桌菜很快吃得干干净净，只剩下半盆菜汤，米饭还未端上来呢。我俩正好吃完饭，便到餐馆老板那儿帮他们加了两个菜并悄悄给他们那桌饭菜买了单。

　　第二天，我俩去了德格印经院。

　　始建于1729年的德格印经院，是全国最大的藏文印经院，完整保存有27万余块珍贵的印版，这个规模全世界都罕见。难得的还有它时至今日保持着

传统工艺制作刻印。二楼仅有一间收藏经文雕版的房间对外开放，为保护珍贵的雕版，房间没有照明设施，只能借助从藏窗外射进的一缕幽深的光亮，隐隐看到数千块墨黑的雕版整齐地叠放在一排排木架上。更让人遗憾的是，当天刻印经文的作坊没有刻工们的身影，据说因为季节的关系，每年只有半年的时间从事刻印。

据传当年德格土司为了保证刻板的质量，将刻过经文的地方洒上金砂作为支付刻工的工钱，雕版刻得越深越精细，自然得到的金砂就越多。这个传说无从求证，我不愿相信只有金砂才能保障工匠们的精益求精。

就在失望地走下窄窄的木梯时，迎面上来十几位藏族同胞，竟是昨天在饭馆的邻桌。

这些长途跋涉而来的人们，满脸虔诚地走进收藏经文雕版的库房后，有的双手合十致意，有的伏地朝拜，有的抚摸着经文雕版双眼充盈着泪水。没有人在意房间的光线是否幽暗，经文对他们来说就是光。

我忽然惭愧起来，惭愧自己到德格印经院最大的目的只是拍摄，那些雕版离我咫尺之遥却又如此之远。

第二天出城，很远就看见了那群朝圣者们的背影，显然他们早早地就上路了。那个背着行囊的汉族青年也跟着他们大踏步地走着。我相信这段日子也会是他终生难忘的快乐和单纯的时光。

第五十一章

小石山写着大大的"西藏" // 一个村庄盖房用的木头就是一片倒下的森林 // 矮拉山不矮，海拔 4000 多米

江达县的岗托是 317 国道进藏的门户。

找到岗托很容易，一来有座知名的岗托金沙江大桥横跨两省区，二是大桥附近的江滩上有座小山般的巨石，上面用红漆题写的"西藏"两字非常醒目。

岗托处于川藏两省区交界处的咽喉要道，因此桥头的检查站不但有特警、交警值勤，还有驻军守卫。和巴塘通往西藏的金沙江大桥一样，路过这里必须出示身份证、驾驶证、行驶证等证件，缺一不可，经过电脑验证之后才给发放一张入藏通行证，也有没带齐证件的，找谁通融都不行，最后不得不打道回府。

大桥旁边有条沿江小路通往岗托村，那座写着西藏两字的小石山就属于这个村子。虽然只有百十户人家，但因是进藏的第一座村落而被称为藏东第一村。

村路布满大大小小的水坑，看看那些停在村民门前的载重汽车就知道原因了。依靠公路交通的优势，村民中跑运输的很多，因此再看看除了货车之外为数不少的小轿车，就能猜测到村民的富裕水平。

岗托村的村民虽然生活在交通要道，民风依然淳朴。我俩进村后想去江滩近距离拍摄那座写着西藏两字的著名石山，车在迷宫似的乡间小道转了几圈也走不到通往江边的路，打算弃车步行，又找不到能停车的空位。一位站在阳台上晒粮食的村民发现后，立马放下手里的活计跑下来，让把车辆停在

他家门口，我问停车费多少，他愣了一下，连连摆手，又热情地带我们走到了江边。笑眯眯地蹲在一边等我俩拍摄完毕，领我们去家里取车，还指指楼上说，不急着上路的话，喝杯酥油茶再走。

岗托村的藏居都由土坯砌就，再在外墙上嵌满一根根粗壮的大圆木，略略数了一下，所用的圆木加起来可达百根之多，若按村里百户人家计算，一个小村庄的民居建房所用的圆木可达到上万根，站起来就是一大片森林，这还不包括每家墙角堆放的备用木头。

和岗托一样，沿路见到的许多新盖的民居木料使用量惊人，特别是香格里拉一带，近年流行给新居装饰两根气派的原木门柱，据说愈是硕壮愈显示富有，使用的原木直径甚至大到两人合围不住。我也试探地问过原木的来历，村民指指远山说，近处当然早已砍没了，深山里大木头还有。

当地规定了村民盖房时可申请一定额度的木材，但按这种建筑方式来盖房，额度显然远远不够。住在金沙江峡谷森林资源较丰富的地方，就地取材对当地百姓确实方便而经济，且世世代代也以原木装饰为美，可是它也会导致过量砍伐，给长江上游本已脆弱的生态环境带来显而易见的影响。这对矛盾难道无解？

出了岗托，路上翻越的第一座垭口海拔 4245 米，它就是大名鼎鼎的"矮拉山"。齐伟笑道，连这样的高山都放进了矮人的行列，挺能说明西藏的高度。

矮拉山不但不矮，崎岖险峻程度在 317 线上也是有名的，连那些走惯险道的长途汽车司机都不敢掉以轻心。陡峭的山道不仅紧贴令人眩晕的深谷，而且全程无防护，路面还狭窄，仅容两车擦肩而过，一旦受到剐蹭，很容易翻下山，那些跌入深谷的汽车仍然面目全非地躺着，被太阳折射的寒光无言地警示每一辆过路车大意的结局。

所以，我们一路上特别担心会车，偏偏车还不断，而且尽是大型载重货车。遇到了只能老实地待在原地不动，敬请对方先走。好容易遇到空档，车小心翼翼走到拐弯处，一辆油罐车没有注意到我们的鸣笛，忽然闯了过来。在这里对峙或是硬挤毫无意义，便选择了风险很大的倒车给对方让路，因为对方倒车的风险更大。

司机显然懂得我们的善意，当他平安通过之后连连鸣笛致谢。

走过矮拉山的人总结出一句名言，景无敌，路烂极。由于多年前走过西藏，深知西藏今天的道路建设的巨大改观，但是像矮拉山这么险峻的路段没有得到改善，确实让人有几分纳闷。下山才得知正在修建矮拉山隧道，隧道工人说这条将要废弃的山路已不会再投资，两年后，长达 4.8 公里的矮拉山隧道就能通车，需要一个多小时的车程才能翻越的矮拉山，以后只要七八分钟便可迅速穿过了。

平安翻越矮拉山之后，回望刚刚经过的蜿蜒山道，竟有些许不舍。它意味着平生对它的第一次翻越也成为最后一次。

第五十二章

类乌齐的重庆印象 // 第一次在草原扎营 //
央秋节，知道了什么是通宵达旦

经过西藏昌都的类乌齐去青海的玉树，当晚就在类乌齐县城住下了。宾馆旁边有座恩达重庆广场，县城主干道叫重庆大道，街上跑的车有的印着"重庆捐赠"。一问当地人，果然，类乌齐是重庆市对口援藏地区。

于是也明白了为什么我们住的宾馆叫大山重庆宾馆，类乌奇在藏语中意指大山。"大山重庆"也寓意藏汉一家亲。之前经过重庆巫山县的时候，曾发现巫山的主干道叫广州大道，因为当地许多主要项目都是广州援建的。援建单位在援建地冠名，好像是个不成文的惯例。

高原上的县城通常都不大，规模甚至不及内地的一个小镇，但也是麻雀虽小五脏俱全，经营各种日常用品的商铺应有尽有。最兴隆的往往是手机和摩托车店，常聚着三五一群的年轻人。

第二天离开了这座小县城前往玉树，途经甲桑卡乡的时候，发现有许多藏族村民穿着盛装川流不息地赶往河对岸的一片宽阔平整的坝子，那里已搭起一顶顶华美的帐篷，喇嘛们紫色的僧袍时隐时现。原来，当地正在过央秋节。

没有犹豫便修改了当天的行路方案，决定也在坝子上搭个帐篷，好好拍摄节日的场景。

但很快得知，为保障节日的安全，外人在这里搭帐篷必须经过组织者的同意。经了解，这是一年中度过漫长的足不出户的诵经期之后，喇嘛们走出寺院和百姓娱乐休闲的节日，所以组织者是类乌齐寺院的管委会。请示了管委会的负责人扎多，他欣然同意，还请大家帮助我们腾出一块草地支起帐篷。这些帮助我们的藏族村民，支帐篷的速度又快动作又熟练，也不奇怪，坝上繁花似盛开的帐篷中不少是村民们自带的时尚户外帐篷。

喇嘛们的帐篷要比村民的大得多，一顶足有十来米高可容纳百名僧众的华丽帐篷，听说造价可高达十几万元。

黑色帐篷是喇嘛们的伙房，里面支起两口非常大的铜锅，由几位体格健壮的年轻喇嘛日夜值班，给大家烧水打酥油茶。进出黑帐篷的人络绎不绝，热气腾腾的铜锅，香味浓郁的酥油茶，还有味道醇厚的酸奶，加上人们的插科打诨，呈现出一幅生动活泼的世俗场景。

我和齐伟一进伙房，就有喇嘛热情地递上两只木碗，接着伸过一把盛满酸奶的大铜勺，你刚喝完又被盛情地添满。酸奶太好喝了，轮番的添加之后，

以至我们俩的胃像奶牛的乳房一样鼓胀。

在蓝天白云下回荡的音乐声中，村民们精彩的表演开始了。人们常形容这片高原上的人会走路就会跳舞，会说话就能歌唱，来自各个乡村的表演队竭尽所能，不断将演出推向高潮。

喇嘛们虽然与民同乐，但都坐在搭建的看台上面观看，每人一部手机，纷纷高举着拍摄演出的场景，还忙着向亲朋好友转发视频和图片，在这个信息化的时代，僧人一步也没有落下。

当过中学教师，现为寺庙管委会负责人的扎多说，类乌齐寺是西藏昌都著名的寺院之一，有民谣唱道，去拉萨朝圣先去类乌齐寺，可见它在藏区的影响。现在寺里有200多位喇嘛，国家给注册的喇嘛都办了医保和社保，每年从县里到自治区都要评比先进和谐寺庙、爱国守法先进僧尼、民族团结进步模范集体，类乌齐经常榜上有名。

　　扎多还说，去年有位被专门送到北京学习的 40 多岁的喇嘛，因为爱情还俗了。由于到北京的进修机会很难得，大家为他感到惋惜。

　　草原上的节日也是商品交易的重要场所，坝子上有很多帐篷变成了各种临时商铺，卖羊毛卖食品卖服装。许多打扮得漂漂亮亮的小伙子和姑娘什么也不买，只是在人群里转哪转哪，物色合意的对象，碰上了，或羞涩地或毫不忸怩地拿出手机互加微信。

　　夜幕降临后，年轻人依然在坝子上载歌载舞，音乐响彻星空，帐篷仿佛都在随着草场颤动。

　　噢，甲桑卡！

第五十三章

蓝天、白云、雪山 // 青藏高原的每一次峰回路转都给人惊喜 // 从金沙江来到通天河 // 放两片金黄的树叶顺流而下

随着海拔的上升，峡谷的陡峭，能够沿江而行的公路时断时续之后，便彻底地消失了。只能选择经昌都、玉树到曲麻莱、唐古拉山镇这样一条曲折迂回的线路。

世界海拔最高的青藏高原，连绵不断地呈献由蓝天、白云、雪山、草地构成的壮丽景象。几乎每一次峰回路转都会给你欣喜，而每一次欣喜都让人血脉偾张。

然而，愈往上游的方向走，人烟愈来愈稀少，时间长了，旅途难免会有些许寂寞，但每翻越一个高寒的垭口时，便有风中吹得猎猎作响的五彩经幡在等候，如一位从不违约的老朋友。正是在它一次次地迎来送往中，我们在青海省玉树州结古镇的直门达再次和金沙江重逢。而这一面也是和金沙江就此挥别，因为长江由此而上改称"通天河"，

我特地摘了两片金黄的树叶放入水中，愿它们顺江而下时把我俩对亲人的思念和祝福带到千山之外的江城。

进入玉树也就进入了青藏高原的腹地，人称三江源地区，地球上著名的长江、黄河、澜沧江三条大河均发源于此。

结古镇的通天河河畔专门建有一座由花岗岩雕成的三江源自然保护区纪念碑，向世界宣告三江源自然保护区从此设立。

　　据媒体公布，纪念碑在设计上融合了一组具有特别含义的数据：高达6.621 米的碑体寓意长江正源地各拉丹冬雪峰 6621 米的高度；纪念碑基座面积 363 平方米，寓意三江源保护区 36.3 万平方公里的面积，高 4.2 米的基座则寓意三江源 4200 米的平均海拔；由 56 块坚实的花岗岩堆砌而成的碑体，寓意生活在祖国大地的 56 个民族；碑体上方两只捧向蓝天的双手，象征着人类对三江源的爱心与呵护。

　　距纪念碑不远就是古老的直门达渡口。通天河在玉树境内只有这段水流相对平缓，所以自古以来就成为人们去往藏区商贸集散地玉树的通道，也是青海、四川藏族群众前往拉萨朝拜的重要渡口，繁忙时等待用牛皮筏子过渡的人甚至要排到十多天以后。传说当年文成公主入藏，也是在这里过的渡口。

　　1963 年通天河大桥通车之后，渡口便结束了摆渡的历史。

　　渡口始于何年何月已无从考证，起码当年唐僧师徒取经归来渡过通天河时没有，西游记里描写师徒四人是被老龟驮着过河的，因为有负老龟嘱托，回程时被老龟掀翻落水，那些历经千辛万苦取回的经书也被河水打湿，他们上岸后不得不在岸边的石头上晾晒经书。

传说中的晒经台至今仍在河边，那是一块巨大的黑色岩石，没有想象中的平展，犬牙交错还有几分狰狞。岩石旁的几棵古柏披满了五色经幡，风吹起来，如花似锦。

唐僧取经怎么会绕到长江源头通天河？还真有不少人考证后认为吴承恩的小说编得离谱。

神话毕竟是神话，正如孙悟空一个筋斗十万八千里，来不得较真。但历经九九八十一难去印度取回大藏经书的玄奘却真有其人，吴承恩无非想告诉世人完成一件大事必须吃得千辛万苦。而我们从长江入海口起始的长江行，再难也比不过挑担牵马万里跋涉的唐僧师徒。

沿着通天河继续往上几十公里，渐渐路已非路，变成一条从崖壁上凿出的羊肠小道，仅容一个车身。一边是青面獠牙的山体，一面是波浪滚滚的江水，感觉还不如换乘唐僧师徒的小白马走得安心。

有时车刚刚在山道上拐个弯，就听见车后哗啦一响，从山上滑下一堆碎石来。我担心地对齐伟说，要是塌方再大点就堵在里面了，他说那也没办法调头，只能往前走。

峰回路转之后，一个不亚于云南德钦县日锥山的通天河大拐弯，猝不及防出现在眼前，我俩啊的一声，好似哥伦布发现一片新大陆。没想到这里还掖着一个经幡飘拂的小村庄。

从地图上发现这个地方是玉树的仲达乡塘达村。村庄寂静如空巢，一位正在屋前默默挖沟的藏族村民，用不太熟练的汉话告诉说，年轻人都出去打工了，留下的都是老人和小孩，小孩也上学去了。家里主要收入来源除了出外打工就是挖虫草。

当我们告诉他这个大拐弯很少有，长江上两个有名的大拐弯发展旅游搞得特别火之后，他笑起来，不相信河水拐个弯还有人会开车或坐飞机来看。我又问他，这个大拐

弯有没有名字，他摇摇头。

　　我还忍不住问，进村的路这么险，村民平日怎么进出的？他说以骑摩托为主。还讲，从前的路更难走，2010年玉树大地震后，路损毁严重，政府已派施工队专门修整过了。听了他的话后我倒吸一口冷气，真难想象这路更不好走的时候是什么样的。

　　发现这个藏在碧山环抱中的通天河大拐弯，让我们很是兴奋，又追问村民，平日有无外人来？他立起锨把告诉说，扶贫干部、防疫站医生、科技人员常来的。这是用生命在履行天职啊！顿时，我俩对往来在这条险峻山路上的他们心生敬意。

第五十四章

在治多"重逢"索南达杰 // 他手握一副望远
镜，目光仍在远眺广袤的可可西里 // 藏羚羊是
大自然的孩子也是自由的孩子

继续沿着通天河走的设想，也因为路的中断而搁浅了，于是绕道治多县前往曲麻莱。

通往曲麻莱的 308 省道是条新铺好的柏油路，如一匹黑亮的绸缎铺在高原上。公路两边伸展着延绵不断的金黄草场，成群的牦牛悠然游走，雪峰在万物之上闪烁白银般的光芒。

车过安多县城的时候，路边赫然出现一座肃穆的英雄广场，纪念的英雄就是为保护国家珍稀野生动物壮烈殉职的杰桑·索南达杰。安多是他的家乡。广场上，被一群藏羚羊亲昵地簇拥着的他，手握一副望远镜，目光仍在远眺广袤的可可西里。

位于青海省玉树藏族自治州的可可西里，面积达 4.5 万平方公里，是中国最大的无人区之一，也是藏羚羊、藏野驴、野牦牛等珍稀动物最集中的地区。时任治多县西部工委书记的索南达杰与偷猎者展开激烈枪战，不幸中弹牺牲，被零下 40 多摄氏度的严寒凝固成跪卧持枪的冰雕。

他生前梦寐以求的是在可可西里边缘建立一个自然保护站，作为反偷猎的前沿阵地。从摄影师成为探险家又转变为环保志愿者的杨欣，被索南达杰的事迹所震动，率领民间环保组织"绿色江河"的志愿者们，在可可西里建立了中国民间第一个自然生态环境保护站，并将它命名为"索南达杰自然保护站"。一批接一批的志愿者从中国四面八方聚集在索南达杰的旗帜下，完

成他未竟的事业。

　　杨欣与我是老朋友了。2001 年，时任武汉晚报"范春歌工作室"主任的我，受杨欣之托，向社会招募到保护站越冬的环保志愿者，最终从上千名踊跃的报名者中间选送了一对大学教师夫妇。鉴于武汉志愿者在那里的优秀表现，索南达杰自然保护站次年又选中了两名武汉人。

　　杨欣曾不止一次地从青藏高原发出"呼唤"，希望我亲自到索南达杰自然保护站看一看，我应诺多年，因为种种原因，才于 2008 年的冬天和齐伟启程。他在电话里专门为我俩联系了格尔木人民医院的藏族女医生寒梅，54 岁的寒梅大姐是著名的高原病防治专家，经常义务帮助去可可西里的科考人员和志愿者，有志愿者母亲之称。

寒梅大姐和索南达杰是中学同学，当索南达杰从格尔木出发去可可西里执行巡逻任务的时候，她还曾在家中为老朋友饯行，没想到他一去不回。

我们和寒梅大姐于格尔木会合后，在经过海拔 4772 米的昆仑山口时，一起瞻仰了耸立在这里的索南达杰烈士纪念碑。索南达杰从碑上镶嵌的黑白镜框里向我们凝望，仿佛在说，我走了，你能为可可西里做什么？

寒梅大姐冒着凛冽的山风，把索南达杰遗像前被风拂乱的哈达，一遍又一遍细心地整理好。

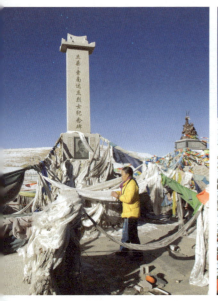

　　到达索南达杰自然保护站，首先映入眼帘的是历经艰辛建成的瞭望塔，在冬日肃杀的荒原上耸立的它，宛若可可西里一位孤绝又坚定的卫兵。保护站小屋内一字排开的简易床铺，铁炉上吱吱作响的水壶，墙角堆放的已蔫叶的大白菜，让志愿者艰苦的高原生活一览无余。

　　三个站员有两人都因病因事下山了，23岁的藏族青年江永已独自坚守一个月。

　　来之前就听寒梅大姐讲，此时正处藏羚羊繁殖期，保护站收养了5只和母亲走失的小藏羚，一天要喂3次牛奶，小家伙每顿咕嘟咕嘟喝光两瓶才知足。所以我们从格尔木出发时专门买了两箱牛奶带给小藏羚羊。

　　江永见了好高兴，当即拿着奶瓶去给藏羚羊喂奶，我好奇地跟上去。刚走进围栏，5只大眼睛的小藏羚便从枯黄的草地飞奔而来，围着江永用小嘴蹭他的衣服撒娇，其中一只迫不及待地衔住了奶嘴。江永疼爱地摸摸这个，拍拍那个，眼神露出女性般的温柔。

　　这让我产生了一个疑问：工作人员有感情了，舍不得放走怎么办？小羊产生依赖感，不愿离去怎么办？江永说，舍不得也要在它们能独立觅食的时候放归自然，这是对它们最大的爱护。每次放归之后，小藏羚往往会绕着围栏不肯离开，但通常几天之后就会去找同伴了，保护站的附近经常会出现大批的藏羚羊。

"那放归后的藏羚羊长大后还会跑回来探望你们吗？毕竟饲养了那么久。"江永摇摇头：没有，它们本来就是属于大自然的自由的孩子。

为了让野生动物自由地迁徙，青藏铁路为它们修筑了几十处专门的通道，后来还在青藏公路特意设立了保障野生动物平安通过的红绿灯。这也是中国第一个为野生动物设立的红绿灯。

若索南达杰在天有灵，看到这一切，该有多么的欣慰啊！

没有想到今天会在索南达杰的家乡与他以这样的方式"重逢"。我和齐伟都很遗憾车上没有准备两条洁白的哈达以敬献英雄。

第五十五章

看不到一棵树的曲麻莱 // 长江源头喊渴 //
藏羚羊越来越多，也不惧怕人类了 // 不冻泉，
和寒梅大姐失之交臂

曲麻莱县城到了。

它近5万平方公里的辽阔土地，横跨通天河（长江）、黄河两大水系，也被称为长江和黄河源头第一座县城。

县城不大，但三条路的名字气势不小：一条叫长江，一条叫黄河，还有一条叫澜沧江，暗合了"三江源"。在城里转一圈，如同把三条大江走遍了。

住在县城的宾馆，第一件事就是赶紧看房间的水龙头有没有水。以前听说当地缺水，整个县城的宾馆都不供水。

曲麻莱县城已经搬过两次了，都是因为缺水及生态环境恶化。搬到这个叫约改的地方，仍然缺水。据说108眼水井，竟干涸了98眼，从前挖到地下几米深，清水就嘟嘟往上冒，后来挖到几十米深也看不到水源。老百姓的吃水喂牲畜面临困难，工地建设也因为缺水而停工，用拖拉机从几公里甚至几十公里外运水来卖，成为一项兴隆的新生意。

位于长江、黄河源头的曲麻莱缺水的情况，让人们担忧被称为中华水塔的三江源出现生态灾难，2005年中央电视台还千里迢迢地赶来调查。虽然不像有媒体宣称的"长江失踪了"那样骇人听闻，但地表水慢慢枯竭、地下水位严重下降的缺水现象十分严峻。

科学家们分析原因，一是受全球气候变化形成的干暖化的影响，二是与人类活动有关。举例说采金活动就破坏了地表植被和水源。

从 20 世纪 80 年代开始，三江源采金活动近似于疯狂，几十万人怀揣黄金梦涌入这一地区。曲麻莱这个当时人口不到 2 万的县，淘金者最盛时竟达到 8 万之众。 三江源位于高原生态圈，生态环境极其脆弱，大面积的河床被人轮番开挖后，原有的地形地貌和地下水源被破坏。当那些淘金者兜着金灿灿、沉甸甸的金子离开后，生活在这里的人开始承受当初没有遏止淘金的恶果。

今天我们打开宾馆的水龙头，清水哗啦啦泻下来，走到街上也未见到排长队买水的拥挤场面。当地一位公务员告诉说，国家近年给曲麻莱的城镇建设投资了 5 个多亿，其中供水工程解决了多年来困扰这里的缺水问题。

曲麻莱有条曲麻莱河，又称楚玛尔河，它和沱沱河、当曲并称为长江上游的三大源头。

之前从书中见过曲麻莱河的图片，青藏高原特有的蓝天白云下，河床红得让人难以置信。到了河边，亲眼看见这条发源于昆仑雪山的河流，果然，朱红的河水如同流自红染坊。

曲麻莱的居民说，这条河虽然流过红土区，但从前没有浑浊得像红泥汤，水清时还能见到许多鱼儿游来游去。可能是水土流失导致泥沙量变得非常大，使其成了一条远近闻名的红河。

在这片海拔4000米的高原上，沿路很少看见头戴银冠的美丽雪山。当地人也说，从前的高山在夏天都戴顶白雪的帽子，如今冬天的山顶才有少量的积雪。专家说全球雪山的雪线都上移了。

离开曲麻莱的那天，齐伟突然问我，县城缺一样东西，你发现没有？我很快记起来，这两天在县城转遍了，没有见到一棵树！

车驶出曲麻莱县城的时候，从车窗远远望去，迎宾路口竟奇迹般地站着一棵躯干粗壮的葱翠大树，于是兴奋地指给他看：天哪，有树！

齐伟不动声色地说，我早就发现了，你下车再细瞧。

其实，不用下车，定下神的我已经看清那是一棵人工仿真树，在苍凉的高原上，它显得那么温暖又那么孤独，更有些许怪诞。

在海拔4200米的高寒地带，而且地表下缺水的曲麻莱，种树实在太困难了。我们习惯了在花团锦簇绿意盎然的都市生活，殊不知世界上有的地方能看见一棵树竟是一种奢望。

也因为都市拥有鲜花绿树但稀缺雪山草原，人们络绎不绝地奔向青藏高原，如果有一天雪山草地都消失了呢？

若在几十年前，大家会觉得危言耸听，今天大概不会了。

去往不冻泉的路上，在曲麻莱老县城所在的色吾沟，看见一截残垣断壁孤零零地伫立在荒原之上。它是被废弃的老县城留下的唯一遗迹了，残破的门楼上面写着"为人民服务"，墙上还用红漆喷绘了"打井"两字和三串手机联系号码。

这段废墟显然是特意保留的，圈在乳黄色的护墙内，墙下立有一块石碑"老一辈曲麻莱人艰苦奋斗的象征，新一代曲麻莱人团结奋进的动力"。

据说中国有两座因生态环境恶化被迫废弃的县城，一座是甘肃的阿克赛，一座就是曲麻莱。恰恰两座都被我俩遇见了。2008年我和齐伟在去酒泉的路上，曾经过变成废墟的阿克赛老县城。今天站在曲麻莱的老城遗址上，暗暗祈愿这种名单不再添加。

离昆仑山的不冻泉愈近，惊喜地发现藏羚羊不断增多，三五一群在草甸上闲散地觅食，对来往的车辆视而不见，若不细看，会误以为是牧民放牧的羊群。而8年前我们来青藏线的时候，离公路如此近的地方是绝对看不见藏羚羊的，它们总是远远地躲避人类的活动，一旦有风吹草动便撒开四蹄逃之夭夭，留给人类一群惊恐的背影。

而今这个变化太令人意外了，表明多年的野生藏羚羊保护已经卓有成效啦！一路过于沉重的心情变得欣快起来。

　　中午，抵达海拔接近 4700 米的青藏线上的不冻泉站，就算登上巍巍昆仑了。

　　当年寒梅大姐带着我俩探访昆仑山上的索南达杰自然保护站时，曾路过不冻泉。冬天在这个海拔，几乎所有的湖泊和溪流都结了冰，唯有这片小小的水洼清水荡漾。我揣测它可能是由地热产生的一个温泉。

　　科学家们说过，青藏高原至今仍在隆起，由于地层断裂带相对集中，地质活动活跃，容易将地层深部的热量传递至地表浅层，使地下水温度升高。

　　索南达杰自然保护站的志愿者们往往要驱车 30 来公里来不冻泉取水。

　　听说现在不冻泉已被保护起来，上面还加盖了小亭子。可是我俩来不及光顾它，车的油量已不多，要赶紧在不冻泉附近的一条小街上找加油站。印象里，这个青藏线上的重要驿站有座加油站的。

　　到了街上，发现加油站已不止一座，但不知为何全部停止了加油业务。我们傻眼了，油箱内的汽油难以保证当天赶到长江源头第一镇唐古拉山镇。于是慌忙钻进路边小卖部打听，附近还有什么地方可加上汽油，店主笑说附近再没有加油的地方，早有准备地从里屋拎出一个汽油桶。

这种情况下根本没有讨价还价的可能，老老实实甚至还高高兴兴地按店主给出的高价，加足了能跑到唐古拉山镇的汽油。

就在坐进驾驶室准备启动车的时候，忽然在小街上看见了多年未遇的老朋友杨欣。

当年从青藏高原返回武汉的途中，我和齐伟专程绕道成都去了"绿色江河"的大本营。我问23岁就参加了长漂探险九死一生的杨欣，已45岁的他还有没有再次长漂的想法。

他笑道，长江早已不是1986年的长江，那时中间只有个葛洲坝水电站，如今长江已让十几座水电站截成多段。他摇摇头，1986年的长江全程漂流探险是第一次也是最后一次了。少顷，他想了想又说，或许还会和长漂的幸存者们漂一次长江，时断时续的长漂或许能唤起人们对曾一直奔腾到大海的长江的回忆。

那次和杨欣分手后，听说他带领"绿色江河"民间环保组织又在唐古拉山镇的沱沱河边，建立了一座长江源水生态环境保护站。没想到这么巧，竟在青藏线上见到他。

视线里的杨欣，8年未见，大胡子依然茂盛，只是胡须已花白了。从他的皮卡车上还跳下了好几个人，其中竟还有久违的寒梅大姐！

我按捺住激动的心情没有喊出声，因为他们正走进不冻泉一家餐馆，齐伟说还是不打扰的好，反正到了唐古拉山镇还会见面的。

于是，我俩开车悄悄地离开了。

第五十六章

夜色里的唐古拉山镇 // 长江 1 号 // 来自甘
肃的女民工小杨，风吹着她忧伤的蓝头巾 // 我
有了剧烈的高原反应 // 长江源纪念碑

唐古拉山镇沱沱河沿，长江在这里被青藏高原托举在海拔 4539 米的高度。

因为不适合人类生存，镇上的牧民早在多年前就被搬到了海拔仅有 2800 米的格尔木。现在出现的多是来去匆匆跑青藏线的司机，在这里给车加水、加油，吃饭或小憩。

街上也有商铺和旅馆，房子低矮，都不超过两层。每家招牌上的字都大得夸张，竭力显示自身的存在。在这样的地方谋生，任谁都不容易。

暮色四合，寒风凛冽，偶尔有神色冷峻的行人，穿过雪花卷过的街面，

也匆匆消失在旅馆或餐馆厚厚的门帘之后，只有披着褴褛长毛的藏狗在街上若无其事地游走。

对我们来讲，坐落在小镇边缘的一幢褚红色城堡似的建筑，堪称最温暖的所在，它就是老朋友杨欣主持的长江源水生态环境保护站。想到不给朋友添麻烦，我俩在镇上的一家宾馆悄悄住下。它名叫宾馆，实际上和招待所无异，但在这个寒冷的冬天，有热水和电热毯已不错。

没料到当晚，我的高原反应忽然剧烈起来，平日每分钟 70 次的心跳突然猛增到每分钟 120 次，血压骤升到 200 毫米汞柱。我坚持没有吸氧，希望能够慢慢适应环境，保持体力，顺利到达 200 公里外的长江源头各拉丹冬雪峰。

第二天清晨，我俩冒着雪花去拜访保护站。

那年去索南达杰自然保护站时买了两箱牛奶，都送给了站里收养的藏羚羊，这次给杨欣和志愿者们带了水果。短短一二百米路，我的脚步已经放得很慢了，心脏仍跳得像要蹦出胸腔，中途好几次蹲下身来喘气。

保护站大院的中央，有一尊象征长江线路图的洁白雕塑，既像一只展翅高飞的大雁，又宛若一条飘拂的哈达。

杨欣义卖自己拍摄的长江画册是筹建保护站的经费来源之一。我和齐伟就曾自费千元认购过一套画册，某种意义上讲，这座保护站也有我俩的一砖一瓦呢。

不期而遇，让杨欣十分意外。当我纳闷没有见到寒梅大姐时，杨欣说她昨天已从不冻泉返回格尔木的家了。我们就这样遗憾地和敬爱的寒梅大姐失之交臂。

和杨欣重逢在长江源头，有说不完的话题。这座条件已和当年的索南达杰自然保护站迥然不同的新站，近 400 平方米的空间，会议室、图书室、多功能展示厅、餐厅、医务室、宿舍一应俱全。有两家企业还为它投资百万建起太阳能光伏独立电站和先进的净水及污水处理系统。杨欣介绍，保护站已与多家科研机构合作建立了长江源水环境长期监测体系。

我们来之前的 7 月，著名影星胡歌作为志愿者也从长江入海口来到保护

站参加了环保公益活动，胡歌已经多次到保护站做志愿者了。这个寒冷的冬季，站里还有好几位年轻的志愿者在值守。他们是来自深圳的袁芳，来自江西九江的王丽丽，而丁龚敏和李崴是一对夫妻，他俩特意从北京开车赶来的。被大伙叫作大管家的东非，已是保护站的老资格志愿者了，摄影技术棒，饭菜也做得好，可惜不忍心蹭饭的我们品尝不了他的手艺。

副站长吐旦旦巴是位藏族小伙子，家里的牧场宽阔，被志愿者们戏称"亲王"。作为土生土长的唐古拉山镇人，他对长江源的生态保护有着最深切的感受。伴随青藏高原交通的巨大改善和传统生活方式的改变，高原的垃圾迅猛增加，仅仅一年多的时间，他们就收集了近十万个矿泉水瓶和易拉罐，还有多达几千公斤的废旧电器和电池。

在高原处理这些海量垃圾的成本高昂，志愿者们通过用饮料、蔬菜等物品和牧民交换啤酒瓶等方式，以及拜托来往的司机和自驾行的游客捎走一袋分类打包好的垃圾，来减轻长江水源生态环境的压力。

由格尔木市出资建设的长江一号邮局在保护站刚刚落成启动，还将在长江流经的 11 个省、自治区、直辖市，每地设立一个长江主题邮局，除了提供普通邮政服务，也借助互联网，把 6300 公里长江干流的自然历史文化与生态环境保护串联在一起。我俩听了挺欣慰，沿长江走来，见过很多的"长江一号"，不是建在江边的豪华会所，就是建在江中的船舶餐馆，沱沱河的这座邮局无疑赋予了"长江一号"真正的意义。

就在杨欣兴致盎然地勾画保护站未来的蓝图时，马路对面的一群来自甘肃偏远山村的农民工正在雪花中忙碌地搅拌泥沙。

唯一的女性、27 岁的小杨拄着铁锨愁眉不展，她告诉我，3 个月前就跟着乡亲来到沱沱河给人做基建，空气稀薄的青藏高原远远比想象的艰苦，初来时双脚像踩在棉花上，头疼欲裂，整夜睡不着觉，手里的工具好似有千斤重。当小工的她工钱每天只有 120 元，会泥瓦活的一天才可以拿到 300 元。留在家乡的丈夫患病干不了农活，公婆身体也不好，只靠她的收入撑起这个家。请他们盖房的这家雇主本说好每个月结算工钱，可是干了 3 个月了，还没有拿到一分钱。眼下进入天寒地冻的季节，已不适合施工，过两天就得和乡亲们一起打铺盖回家了。

我同情地问她，出来签合同没有。她说，乡亲能带自己出来挣钱已不错了。我又问，你们的工头给这家雇主签合同没有。她说也是熟人介绍，现在活路不好找，人家打了个手机就都赶来了。我也为她着急，让她指认谁是工头。她有点害怕，赶紧说算了算了再等等，工头也说他没有拿到钱，万一得罪了，回到乡里日子难过。正聊着，一个男人大声地催促小杨干活，零乱的雪花中，小杨披了披已经褪色的蓝头巾，赶紧挥动起锨把……

距沱沱河大桥约 1 公里的地方，立有一座江泽民题写的"长江源"朱红大字的纪念碑，长江正源沱沱河在它身后呈网状流向天边，流向远方。

而我俩从海风湿润、海拔仅有 4 米的长江入海口出发，经过万里跋涉站在了海拔 4000 米以上、空气稀薄的长江源，心情难以言表。

回望两年来无数次往返长江两岸，溯江而上的日子，一路见证了长江在中下游平原的舒缓与从容，也见证了它在上游深山峡谷中的奔腾和激越。

这是一条集雄浑与婉约、刚烈与柔情于一身的长河，属于大自然，也属于幸福或忧伤地生活在它广袤流域上的每一个人……

第五十七章

雁石坪，大雪 // 长江行结束了

沱沱河发源于唐古拉山主峰各拉丹冬的姜根迪如冰川，长江第一滴水从冰舌下汩汩流出。

对于去过南极长城科考站采访的我，虽然已经见识过美丽壮观的冰川，但姜根迪如是长江源的冰川啊！

为了走进它的这一天，期待很久了。

去姜根迪如，要先抵达离冰川最近的西藏安多县玛曲乡，此后将经过近百公里人迹罕至的荒原。每年有长达半年的时间，由于太阳照射土层软化，这片冻土带会变成一块巨大的吸水海绵，极易发生陷车。纵横交错的河道，水流湍急的雪水河也是一只只守在通往冰川路上的拦路虎。所以人们去姜根迪如冰川往往组队而行，单辆车入内非常危险。

因此，只有一辆越野车的我们，特意把进入姜根迪如的时间安排在了这个冬季。

从唐古拉山镇出发的时候，齐伟仰脸看看天空灰厚的云层，有些忧虑地说，再下雪就麻烦了，虽然大地封冻，可就看不见车辙，到了玛曲乡也会寸步难行。我说，高原的天孩儿脸，没准一会儿又太阳高照了呢。

沿着 109 国道走了约一个时辰，公路旁出现了一条小路，沿着它可以到达 80 公里外的玛曲乡，虽然距离姜根迪如冰川脚下尚有最难走的 80 公里，但对于已经走过 6000 多公里长江的我们，它只是咫尺之遥了。

越野车离开国道拐向小路后，意外发现通往玛曲乡的路口立有一个高高的蓝色告示牌，上面用汉藏两种文字写着"您已进入长江源生态保护区，未经允许擅自闯入按法规追究责任"。路边有间把守路口的小房子。

我俩犹豫了一下，知道它并非通往姜根迪如的唯一通道，高原太辽阔了。但凡事须有规矩，想进主人的家是应该得到允许的。于是停下车走进把守路口的小屋。两位正在围着炉子取暖的玛曲乡村民值班员，见有人来请示很惊诧，告诉说要到那曲地区政府部门办理通行证明。

从这里到那曲得往返 680 公里，一着急，我的高原反应似乎更严重了。

两人中年轻些的村民能讲汉语，谈到之所以设卡的原因，说近些年随着户外装备越来越先进，路过玛曲乡到冰川探险的人也多起来，越野车一队队漫无边际地乱走，车轮子把乡路压烂了，草场也碾坏了，还有人扎帐篷烧火做饭随意扔垃圾。有的车坏在沼泽里又没法拉出去，就干脆扔在了荒原上。牧民们很

有意见，认为姜根迪如冰川之所以越来越少，就是被人为破坏的。

为了保护牧民的利益，也为了保护长江源头的生态环境，地方政府在路口设了这个卡子，防止随意进入，还给牧民发放了望远镜，一旦发现偷偷溜进去的，就及时向政府报告。即使这样，偷跑进去的人还是不少，地方太大，相当于内地的一个省，怎么防得住？

听到这里，我和齐伟面面相觑。

少顷，他俩用藏语商议了之后热情地说，你俩是这么多天来，唯一来我们卡子打招呼的人。接着他们主动接通了玛曲乡乡长的手机，帮我俩说情。我在手机里向乡长说明了原委，他惊诧地问：你们就一台车两个人？我说是的。他担忧地说：一台车到不了姜根迪如的！我说，远远地看一眼都行！

"好吧，你们进来。"乡长说。

得知乡长同意放行，两位值班员由衷地替我俩高兴。

可我们算了算时间，赶到玛曲乡也得 3 个多小时，而且住宿不方便，决定当晚先住在 12 公里外的雁石坪，明天再早早赶往玛曲乡。于是满怀谢意向两位值班的村民道别。

在海拔 4700 米的雁石坪住下的当夜，我的高原反应达到顶峰，呕吐，呼吸急促，不得不用上氧气袋。用上就放不下了，如同抱着一个亲人。

这一夜是我走长江以来身体最难受的一个夜晚，齐伟担心出意外，也焦急地守护着，一夜未眠。

天亮时人感觉好受点，便挣扎着起床，当我摇摇晃晃走到窗前，拉开窗帘的一刹那，人整个呆住了，天地一片银白，昨夜不知何时降落的一场大雪已把世界覆盖。

齐伟见我神态异样，急忙问怎么啦？我平静地说，长江行结束了。

我俩止步于离长江源头姜根迪如冰川 190 公里的雁石坪。

亲爱的母亲：

您好！

我是在大雪过后的雁石坪给您写信的。

您在地图上那条穿过青藏高原的 109 国道能找到这个小镇。

昨天，我和齐伟从百里之外的唐古拉山镇赶到了这里。

坐落在长江源头沱沱河的唐古拉山镇和雁石坪一样，居住的人口不过数百人，而在长江入海的地方是中国特大城市上海，世界上最现代最繁华的都市之一。

一条大江首尾的强烈反差，给我的冲击是难以用语言描述的。

通往长江源头之一姜根迪如冰川的路口，这般天寒地冻的日子，两位当地的藏族村民代表他们的玛曲乡执着地守在那里，能驱寒的唯有一个火炉和一只装满酥油茶的暖壶。当他们和乡长得知我俩从长江入海口一路走来要抵达源头冰川，却没有擅自进去，而是真诚地征询许可时，认为是对他们家园的尊重，欣然同意放行。

可是因为这场大雪，天地像被一大张雪白的宣纸裱得严丝合缝，通往姜根迪如冰川原本就没有路，这下连平日能辨别方向的车辙印也全部埋没了，我和齐伟只好就此向青藏高原告别。

长江源头的自然生态已经非常脆弱。我们没有在那片冰清玉洁的冰川留下两行零乱的足迹和一道深深的车辙，或许是对的。

其实这一路，也渐渐明白，长江并非一个源头，所有注入长江的支流乃至无数条无名的小溪，都是长江之源，没有它们，一条发源于冰川的涓涓之水是绝对走不远的，更谈不上能在中国版图上长征 6300 公里。

我们更是于无数的支流和细流中读长江，或者说从一滴水一个人读长江，读懂了长江，也就读懂了我们的祖国。自然，这也是一生的功课，不是一趟行走能完成的。

自古到今，献给长江的诗篇数不胜数，我就留下一封长长的家书好了。

记得我在通天河与金沙江交接的地方，在舒缓的江流之中放下两片金黄的树叶，祈愿它带着我们的思念顺流而下去往家乡，即便它没有到达，也变成了流过家门的长江的一部分。

我写信的这个雁石坪还有一个传说。当年率领大军修建青藏公路的慕忠生将军，有一天见到一位战士在悄悄流泪，便问其原因，战士说想家了。将军问他家在哪里，战士回答在一个叫雁石坪的地方，将军为了安慰士兵的思乡之情，便将这个地方取名"雁石坪"。

这是我在长江源听到的最令人动容的故事。

现在，我比任何时候都要思念您。

再过两天，我们将顺江而下踏上归程，一定会平安地回到您和家人的身边的。

您放心好了。

女儿　春歌

2016 年 10 月 12 日

图书在版编目（CIP）数据

儿行千里：沿着长江上高原／范春歌著.
—武汉：长江出版社，2018.11
ISBN 978-7-5492-6142-0

Ⅰ.①儿… Ⅱ.①范… Ⅲ.①游记—作品集—
中国—当代 Ⅳ.①I267.4

中国版本图书馆 CIP 数据核字(2018)第 267412 号

儿行千里：沿着长江上高原   范春歌 著

责任编辑：胡紫妍 李卫星
装帧设计：刘斯佳
出版发行：长江出版社
地　　址：武汉市解放大道 1863 号　　　　　　　邮　　编：430010
网　　址：http://www.cjpress.com.cn
电　　话：(027)82926557(总编室)
　　　　　(027)82926806(市场营销部)
经　　销：各地新华书店
印　　刷：武汉精一佳印刷有限公司
规　　格：710mm×1000mm　　　　1/16　　　21 印张　　　310 千字
版　　次：2018 年 11 月第 1 版　　　　　　2019 年 4 月第 2 次印刷
ISBN　978-7-5492-6142-0
定　　价：86.00 元